Ellis Peters
Pilger des Hasses

ELLIS PETERS

Pilger des Hasses

WILHELM HEYNE VERLAG
MÜNCHEN

Titel der englischen Originalausgabe:
THE PILGRIM OF HATE
Ins Deutsche übertragen von Jürgen Langowski

Die Originalausgabe erschien
im Verlag Futura Publications,
A division of Macdonald & Co. (Publishers) Ltd., London

Umschlaggestaltung: Atelier Ingrid Schütz, München
Umschlagfoto (hintere Klappe): William Haddock
Satz: Kort Satz GmbH, München
Druck und Bindung: May + Co., Darmstadt
Printed in Germany 1989

ISBN 3-453-03230-6

Am Nachmittag des fünfundzwanzigsten Tages im Mai trafen sie sich in Bruder Cadfaels Hütte im Herbarium, und das Gespräch drehte sich um wichtige Staatsangelegenheiten, um Könige und Kaiserinnen und um das wechselhafte Glück der beiden unversöhnlichen Konkurrenten um den Thron.

»Nun, noch ist die Dame nicht gekrönt!« sagte Hugh Beringar so entschieden, als sähe er einen Weg, es zu verhindern.

»Und sie ist noch nicht einmal in London«, stimmte Cadfael zu, während er behutsam in dem Topf herumrührte, der in die Glut seiner Kohlenpfanne eingebettet war. Das Gebräu durfte nicht an den Seiten hochkochen und anbrennen. »Sie kann erst gekrönt werden, wenn man sie nach Westminster einläßt. Und damit hat man es, wie ich hörte, nicht besonders eilig.«

»Wo die Sonne scheint«, versetzte Hugh traurig, »da sammeln sich die Frierenden. Meine Aufgabe jedoch, alter Freund, führt mich in den Schatten. Wenn Henry von Blois das Lager wechselt, dann folgen ihm die Männer wie im Gänsemarsch. Wenn er einen Schritt tut, gehen sie mit ihm und heften sich an seine Fersen.«

»Nicht alle«, wandte Cadfael ein. Er lächelte einen Augenblick, während er sein Gebräu umrührte. »Ihr nicht. Und Ihr seid gewiß nicht der einzige.«

»Gott verhüte!« sagte Hugh. Er mußte lachen und schüttelte seine trübselige Stimmung ab. Er hatte in der offenen Tür gestanden, wo die strahlende Frühlingssonne einen weichen, goldenen Schein über die Büsche und Beete des Kräutergartens warf. Die feuchte Mittagsluft war schwer von würzigen, üppigen Düften. Hugh trat ins Innere der Hütte, ließ sich auf die Bank an der hölzernen Rückwand fallen und setzte die Hakken seiner Stiefel weit gespreizt auf den Boden. Er war klein gewachsen, doch ebenmäßig gebaut. Seine kleine Statur und sein geringes Gewicht hatten schon manchen Mann getäuscht, und die meisten hatten es bereut.

Das Sonnenlicht, das durch die Böen, die an den Büschen zerrten, etwas abgekühlt war, spiegelte sich in einer von Cadfaels bauchigen Glasflaschen und beleuchtete flackernd Hughs schmales, gebräuntes und sauber rasiertes Gesicht, den fein geschwungenen Mund, die beweglichen schwarzen Augenbrauen, die sich skeptisch heben konnten, und das kurz geschnittene schwarze Haar. Ein Gesicht, das zugleich beredt und undurchdringlich war. Bruder Cadfael war einer der wenigen Menschen, die darin zu lesen verstanden; nicht einmal Hughs Frau Aline vermochte es besser.

Cadfael stand in seinem zweiundsechzigsten Jahr, während Hugh noch ein oder zwei Jahre an seinem dreißigsten Geburtstag fehlten, aber wenn die beiden in Cadfaels Hütte behaglich zwischen den Kräutern beisammensaßen, fühlten sie sich wie Gleichaltrige.

»Nein«, sagte Hugh vorsichtig, nachdem er die Umstände sorgfältig bedacht hatte, »nicht alle. Wir sind noch ein paar, und wir stehen nicht so schlecht da und können halten, was wir haben. Die Königin ist mit ihrer Armee in Kent, und Robert von Gloucester wird es kaum wagen, uns anzugreifen, solange sie sich so nahe im Süden von London aufhält. Und da uns die Waliser aus Gwynedd gegen den Grafen von Chester den Rücken freihalten, können wir unsere Grafschaft für König Stephen behaupten und die Zeit abwarten. Wenn sich das Glück einmal gewendet hat, dann kann es sich auch ein zweites Mal wenden. Und die Kaiserin ist noch nicht die Königin von England.«

Trotzdem, dachte Cadfael, während er schweigend das Gebräu für Bruder Aylwins wunde Knie umrührte, es sah ganz danach aus, als würde sie es bald sein. Nach drei Jahren Bürgerkrieg zwischen Cousin und Cousine, die um die englische Krone kämpften, stritten die Parteien erbitterter denn je, und das Volk litt unter Unsicherheit, Plünderungen und Mord und Totschlag. Der Handwerker in der Stadt, der Pächter im Dorf, der Leibeigene auf dem Gutshof, sie alle würden sich von Herzen über einen Monarchen freuen, egal wer es war, der für Ruhe und Ordnung im Land sorgte, damit sie ihren bescheidenen Geschäften nachgehen konnten. Aber für einen Mann wie Hugh ging es um mehr. Er war König Stephens Lehnsmann und inzwischen Sheriff von Shropshire, und er hatte geschworen, die Grafschaft für seinen König zu verteidigen. Der König wurde in der Burg von Bristol gefangengehalten, seit er die Schlacht von Lincoln verloren hatte. Ein einziger Tag im Februar nur, und das Glück der beiden Thronanwärter hatte sich gewendet. Die Kaiserin Maud schwebte droben in den Wolken, während Stephen, der gekrönte und gesalbte Herrscher, eingesperrt und bewacht drunten im Kerker saß. Sein Bruder, Henry von Blois, der Bischof von Winchester und päpstlicher Legat, bei weitem der einflußreichste Kirchenmann und bislang ein Unterstützer seines Bruders, steckte in der Klemme. Er konnte ein Held sein und sich vernehmbar und entschlossen zum König bekennen, wodurch er sich die Feindschaft einer nicht ungefährlichen Dame zuziehen würde, deren Stern rasch stieg, oder er konnte sein Mäntelchen nach dem Wind hängen, sich mit dem wechselhaften Glück abfinden und sich auf ihre Seite schlagen. In aller Stille natürlich und mit guten Argumenten versehen, um nicht das Gesicht zu verlieren. Allerdings war es möglich, dachte Cadfael, der nicht einmal einem Bischof lautere Motive absprechen wollte, daß Henry in erster Linie Recht und Ordnung am Herzen lagen, so daß er bereit war, jeden zu unterstützen, der sie gewährleisten konnte.

»Was mir Sorgen macht«, sagte Hugh beunruhigt, »ist der Mangel an verläßlichen Nachrichten. Gerüchte höre ich mehr als genug, und jedes neue widerspricht dem letzten, aber nichts, worauf ich wirklich bauen könnte. Ich werde froh sein, wenn Abt Radulfus zurück ist.«

»Nicht nur Ihr, sondern alle Brüder hier im Haus werden sich freuen«, stimmte Cadfael inbrünstig zu. »Ausgenommen vielleicht Jerome; der plustert sich immer auf, wenn Prior Robert die Verantwortung für das Kloster innehat, und die Wochen, seit der Abt nach Winchester gerufen wurde, hat er sichtlich genossen. Aber Roberts Regiment gefällt uns anderen gar nicht gut, das kann ich Euch versichern.«

»Wie lange ist der Abt jetzt fort?« überlegte Hugh. »Sieben oder acht Wochen! Der Legat liebt es anscheinend, Würdenträger um sich zu versammeln. Mit dieser Unterstützung fällt es ihm zweifellos leichter, sich der Kaiserin entgegenzustellen. Henry ist kein Mann, der sich ohne weiteres vor einem Prinzen verneigt, und er braucht jeden Rückhalt, den er bekommen kann.«

»Er läßt allerdings einige Würdenträger ziehen«, sagte Cadfael. »Das könnte ein Anzeichen dafür sein, daß er eine Art Abkommen getroffen hat. Oder man hat ihn glauben gemacht, daß er eines getroffen hätte. Der Vater Abt hat eine Nachricht aus Reading geschickt; er müßte in einer Woche wieder hier sein. Ihr werdet kaum einen besseren Augenzeugen finden als ihn.«

Bischof Henry hatte sich alle Mühe gegeben, den Verlauf der Ereignisse selbst zu bestimmen. Indem er Anfang April alle Prälaten und Äbte im Bischofsrang nach Winchester einberufen und die Versammlung von einer gewöhnlichen Kirchenversammlung zu einem Bischofskonzil aufgewertet hatte, konnte er sich für die folgenden Verhandlungen eine gute Ausgangsposition sichern und sogar vor dem Erzbischof Theobald von Canterbury, der in rein englischen Kirchenangelegenheiten sein Vorgesetzter war, seine Vorrangstellung behaupten. Letzteres spielte allerdings keine große Rolle, denn Cadfael bezweifelte, daß Theobald sich daran gestoßen habe, daß er ausgebootet worden sei. Angesichts der Umstände war der stille, ängstliche Mann wahrscheinlich froh, sich unbemerkt im Schatten halten zu können und dem Legaten die Hitze der Sonne zu überlassen.

»Ich weiß. Wenn ich seinen Bericht über die Dinge, die drunten im Süden vor sich gegangen sind, erst angehört habe, kann ich meine Vorkehrungen treffen. Wir sind hier weit genug entfernt, und Stephens Königin, Gott schütze sie, hat eine recht ansehnliche Streitmacht aufgestellt. Die Flamen, die in Lincoln entkamen, sind zu ihrer Truppe gestoßen. Sie wird Himmel und Erde in Bewegung setzen, um Stephen aus der Gefangenschaft zu befreien, und ihr wird jedes Mittel dazu recht sein. Sie ist«, sagte Hugh überzeugt, »ein besserer Soldat als ihr Herr. Keine bessere Kämpferin auf dem Schlachtfeld – ihr könntet in ganz Europa keinen Kämpfer finden wie ihn, ich sah ihn in Lincoln – es war ein Wunder! Aber die bessere Befehlshaberin, das ist sie. Sie hält an ihren Zielen fest, wo er ermüdet und einer anderen Beute nachjagt. Man sagte mir, und ich glaube es, daß sie südlich des Flusses ihren Kordon immer enger um London zieht. Je näher die Rivalin an Westminster herankommt, desto enger wird die Schlinge gezogen.«

»Ist es denn sicher, daß die Londoner bereit sind, die Kaiserin einzulassen? Wir haben gehört, daß sie spät zum Konzil gekommen sind und halbherzig für Stephen gesprochen haben, bevor sie klein beigaben. Man muß gewiß sehr beherzt sein, um Henry von Winchester Aug' in Auge gegenüberzustehen und ihm etwas abzuschlagen«, räumte Cadfael seufzend ein.

»Sie haben beschlossen, sie einzulassen, und das ist fast so gut, als hätten sie sie anerkannt. Aber wie ich hörte, verhandeln sie noch über die Bedingungen für ihren Einzug in die Stadt, und jede Verzögerung ist für Stephen und mich ein kostbarer Zeitgewinn. Wenn ich nur«, sagte Hugh, und das tanzende Licht vertiefte plötzlich die Linien seines gespannten, ausdrucksvollen Gesichts, »wenn ich nur einen guten Mann nach Bristol hineinbekommen könnte! Es gibt immer einen Weg, in eine Burg zu gelangen, und sogar in den Kerker. Zwei oder drei gute, verschwiegene Männer könnten schon ausreichen. Eine Handvoll Gold für einen unzufriedenen Wärter ... es wäre nicht das erste

Mal, daß ein König befreit würde; selbst Ketten wären kein Hindernis, aber er ist nicht einmal angekettet. So weit ist sie nicht gegangen, noch nicht. Cadfael, ich träume! Meine Aufgabe ist hier und ich bin ihr kaum gewachsen. Ich habe nicht die Mittel, in Bristol etwas zu versuchen.«

»Wenn Euer König freikommt«, sagte Cadfael, »dann braucht er diese Grafschaft dringender denn je.«

Er nahm den Topf vom Feuer, wandte sich von der Kohlenpfanne ab und setzte ihn zum Abkühlen auf einen flachen Stein, den er zu diesem Zweck bereitgelegt hatte. Sein Rücken knackte ein wenig, als er sich wieder aufrichtete. Hin und wieder spürte er seine Jahre, aber wenn er aufrecht stand, besaß er noch die alte Spannkraft.

»Ich bin hier für den Augenblick fertig«, sagte er, während er sich die Hände rieb, um die Dellen zu entfernen, die ihm der Henkel in die Haut gedrückt hatte. »Kommt hinaus ins Tageslicht und seht Euch die Blumen an, die wir für den Feiertag der heiligen Winifred gezogen haben. Der Vater Abt wird gerade rechtzeitig heimkommen, um den Zug von St. Giles anzuführen. Wir werden dann das Haus voller Pilger haben.«

Sie hatten den Reliquienschrein der walisischen Heiligen vor vier Jahren aus Gwytherin geholt, wo sie begraben lag, und auf dem Altar der Hospitalkapelle von St. Giles aufgestellt. Das Hospital lag am Rande der Vorstadt von Shrewsbury; dort wurden die Kranken, die Infizierten, die Behinderten und Aussätzigen, die die Stadt nicht betreten durften, beherbergt und gepflegt. Und dann hatten sie den Schrein feierlich zum Altar der Heiligen in die Abteikirche getragen, wo er in vollem Schmuck Wunder wirken und all jene heilen und segnen sollte, die in Not geraten waren und zur Andacht kamen. Auch in diesem Jahr sollte diese letzte Reise wiederholt werden, auf welcher der Schrein in einer Prozession von St. Giles herübergebracht wurde, und der Altar der Heiligen würde allen zugänglich sein, die ihr Gebete und Opfer darbringen wollten. Sie hatte jedes Jahr viele Pilger angezogen, und auch in diesem Jahr würden sie in Scharen kommen.

»Man fragt sich fast«, sagte Hugh, der breitbeinig zwischen den Blumenbeeten stand und die Blüten betrachtete, deren blasse Frühlingsfarben dem prächtigen Glanz des Sommers wichen, »ob Ihr Euch nicht vielmehr auf eine Hochzeitsfeier vorbereitet.«

Die Haselnuß- und Weißdornhecken verstreuten ihre silbernen Blütenblätter und ließen silbrig-grüne Weidenkätzchen in den Kräutergarten fallen. In der Wiese hinter dem Garten reckten sich Schlüsselblumen, und die Iris hatten feste, pralle Knospen. In Cadfaels umfriedetem Kräutergarten standen dichte Büsche von Pfingstrosen, deren Knospen gerade aufbrachen. Cadfael benutzte die Samen zu medizinischen Zwecken, und Bruder Petrus, der Koch der Abtei, benutzte sie als Küchengewürze.

»Vielleicht ist der Mann gar nicht weit«, erwiderte Cadfael, während er zufrieden die Früchte seiner Arbeit betrachtete. »Eine unaufhörliche und reine Hochzeitsfeier. Dieses walisische Mädchen blieb bis zum Tage ihres Todes unschuldig.«

»Habt Ihr sie denn inzwischen unter die Haube gebracht?«

Das müßige Geplauder war nach dem Grübeln über die Staatsangelegenheiten eine Erleichterung. In einem solchen Garten konnte man an den Frieden, an ein gedeihliches Leben und an Freundschaft glauben. Aber auf seine Worte folgte ein so tiefes und lastendes Schweigen, daß Hugh die Ohren spitzte und sich fast verstohlen zu seinem Freund umdrehte, noch bevor die unbedachte Antwort kam. Ob unbedacht aus Geistesabwesenheit oder aus Absicht, das konnte man nicht sagen.

»Nicht vermählt«, erwiderte Cadfael, »aber gewiß gut gebettet. Und zwar mit einem guten Mann, der ihrer würdig ist. Er hat diese Belohnung verdient.«

Hugh hob fragend die Augenbrauen und warf einen Blick über die Schulter zum langgestreckten Dach der großen Abteikirche, wo, wie jedermann wußte, die fragliche Dame in einem versiegelten Reliquienschrein auf einem eigenen Altar ruhte. Es war ein zierlicher, kleiner Sarg; gerade groß genug, um die schmächtige heilige Waliserin aufzunehmen.

»Da drinnen ist kein Platz für zwei«, wandte Hugh freundlich ein.

»Nicht für zwei von unserem Wuchs, nein, nicht da drin. Aber dort, wo wir sie hingelegt haben, war genug Platz.« Er wußte, daß Hugh ihm jetzt aufmerksam zuhörte, wenn er ihn auch noch nicht verstand.

»Wollt Ihr mir damit sagen«, fragte Hugh immer noch freundlich, »daß sie *nicht* dort drüben in ihrem prächtigen Schrein liegt, wo doch jeder *weiß*, daß sie da drinnen liegt?«

»Wer weiß? Wie oft habe ich mir gewünscht, an zwei Orten gleichzeitig sein zu können. Vielleicht vermag eine Heilige, was mir verwehrt ist? Sie war drei Tage und drei Nächte dort drinnen, das weiß ich. Sie mag ein wenig von ihrer Heiligkeit zurückgelassen haben — und wenn auch nur, um uns zu danken, die wir sie wieder herausgeholt haben, um sie dorthin zurückzubringen, wo sie, wie ich sicher glaube, sein wollte. Aber trotz allem«, räumte Cadfael kopfschüttelnd ein, »nagt in mir ein kleiner Zweifel. Was ist, wenn ich sie falsch verstanden habe?«

»Dann müßt Ihr Euer Heil in Beichte und Buße suchen«, sagte Hugh unbeschwert.

»Aber erst, wenn Bruder Mark zum Priester geweiht ist!« Der junge Mark hatte sein Mutterhaus und seine Schäfchen in St. Giles verlassen und sich dem Bischof von Lichfield angeschlossen. Leoric Aspleys Stiftung ermöglichte ihm das Studium, und das Ziel seiner Wünsche lag fern, aber deutlich vor ihm: Das Priesteramt, für welches Gott ihn bestimmt hatte. »Ich spare mir für ihn alle Sünden auf, die ich, vielleicht irrtümlich, nicht für Sünden halte«, sagte Cadfael. »Er war drei Jahre meine rechte Hand und meine Herzensfreude, und er kennt mich besser als jeder andere. Euch vielleicht ausgenommen.« Er warf seinem Freund einen arglosen Blick zu. »Er wird die Wahrheit von mir erfahren, und nach seinem Urteilsspruch und seiner Absolution nehme ich jede Buße auf mich. Ihr könnt das Urteil sprechen, Hugh, aber Ihr könnt mir nicht die Absolution erteilen.«

»Und auch nicht die Buße auferlegen«, erwiderte Hugh und lachte unbefangen. »Nun sagt es mir schon, und Ihr sollt ohne Buße davonkommen.«

Die Vorstellung, sich endlich einem Menschen anzuvertrauen, gefiel Cadfael sehr. »Das ist eine lange Geschichte«*, warnte er.

»Dann erzählt nur, denn was ich hier tun konnte, ist getan, und Ihr erwartet nichts weiter als Aufmerksamkeit und Geduld; und warum sollte ich mir eine gute

---

*Vgl. Im Namen der Heiligen, Heyne 6475

Geschichte entgehen lassen? Ihr seid bis zur Vesper frei, und vielleicht erntet Ihr sogar Lob«, sagte Hugh, während er ein priesterlich-ernstes Gesicht aufsetzte, »wenn Ihr Euer Herz den weltlichen Mächten ausschüttet. Und ich bin verschwiegen wie ein Beichtvater.« »Dann wartet«, sagte Cadfael. »Ich will uns einen Schluck vom neuen Wein holen, und dann können wir uns auf die Bank an der Nordmauer in die Nachmittagssonne setzen. Wenn ich erzähle, wollen wir es gemütlich haben.«

»Es geschah etwa ein Jahr, bevor wir uns kennenlernten«, begann Cadfael, als sie bequem an den erwärmten rauhen Steinen der Gartenmauer lehnten. »Wir hatten damals noch keine Hausheilige und waren etwas neidisch auf die Kluniazenser in Wenlock, die das Grab ihrer sächsischen Gründerin Milburga entdeckt hatten und groß zur Schau stellten. Wir bekamen gewisse Zeichen, und ein erkrankter Bruder machte sich auf den Weg nach Wales, um in Holywell zu baden, wo das Mädchen Winifred zum erstenmal starb, worauf die Heilquelle aufbrach. Ihr eigener Patron, der heilige Beuno, konnte sie ins Leben zurückholen, aber die Quelle blieb und wirkte Wunder. Prior Robert kam auf die Idee, daß man die Dame bewegen könnte, Gwytherin zu verlassen, wo sie zum zweitenmal gestorben war und begraben lag, um ihre Herrlichkeit hierher nach Shrewsbury zu bringen. Ich war bei der Gruppe, die mit ihm reiste, um mit der dortigen Pfarrei zu verhandeln und sie zu überreden, die Gebeine der Heiligen herauszugeben.«

»Das alles«, warf Hugh ein, der gewärmt und aufmerksam neben ihm saß, »weiß ich so gut wie jeder andere.«

»Gewiß! Aber Ihr wißt nicht, was darauf folgte. In Gwytherin gab es einen walisischen Herren, der nicht zulassen wollte, daß die Ruhe des Mädchens gestört würde. Er ließ sich weder durch Drohungen noch durch Bestechung überreden, sie gehen zu lassen. Und dann starb er, Hugh — er wurde ermordet. Von einem der unseren, von einem ehrgeizigen Bruder, der schon die Bischofsmütze im Auge hatte. Aber als wir ihn anklagen wollten, kämpfte er um sein Leben. An jenem Ort gab es zwei junge Leute, die Tochter des toten Herren und ihren Geliebten, die durch ihn in Gefahr geraten waren. Der Junge schlug zornig und mit gutem Grunde zu, als er sein Mädchen verletzt und blutend sah. Er war stärker, als er gedacht hatte. Er brach dem Mörder den Hals.«

»Wie viele Menschen haben davon gewußt?« fragte Hugh. Er zog die Augen zusammen und betrachtete nachdenklich die glänzenden Blätter der Rosenbüsche.

»Nur die Liebenden, der Tote und ich. Und die heilige Winifred, die aus ihrem Grab geholt und in den Sarg gelegt worden war, den jedermann hier kennt. *Sie* wußte davon. Sie war dabei. Von dem Augenblick an, als ich sie heraufholte«, sagte Cadfael, »denn ich selbst war es, der sie aus der Erde hob, und ich war es, der sie wieder hineinsenkte — ich bin heute noch froh darüber — von dem Augenblick an, als ich ihre zarten Gebeine freilegte, hatte ich das Gefühl, daß sie nichts weiter wollte, als in Frieden gelassen zu werden. Es war ein kleiner, verwilderter und stiller Friedhof mit einer kleinen Kapelle, die schon lange nicht mehr benutzt wurde; überall üppig blühende Wiesenblumen und weiche grüne Grabhügel. Und der walisische Boden! Das Mädchen war Waliserin, von der gleichen Abstammung wie ich, ihre Kirche war von der alten

Art, und was wußte sie schon von einer fernen englischen Grafschaft? Und ich hatte diese jungen Leute in meiner Obhut. Wer hätte ihrem oder meinem Wort geglaubt, wo auf der anderen Seite die ganze Macht der Kirche stand? Man hätte die Reihen geschlossen, um den Skandal zu begraben und den Jungen dazu, dabei hatte er sich nichts weiter zuschulden kommen lassen, als seine Liebste zu verteidigen. Also ergriff ich gewisse Maßnahmen.«

Hughs bewegliche Lippen zuckten. »Nun versetzt Ihr mich aber in Erstaunen! Welche Maßnahmen waren das wohl? Ein Bruder, für dessen Tod Erklärungen gefunden werden mußten, Prior Robert, der bei Laune gehalten werden mußte ...«

»Na ja, Robert ist eine schlichtere Seele, als er selbst annimmt, und der tote Bruder half mir sehr. Er hatte sich bemüht, seine Frömmigkeit herauszustellen. Er hatte Botschaften von der Heiligen übermittelt — er sagte uns auch, sie wollte das Grab, aus dem sie gehoben worden war, dem Ermordeten überlassen —, und er fiel in einen Trancezustand und betete darum, diese Welt lebendig verlassen und ein Leben im göttlichen Segen führen zu dürfen ... so taten wir ihm diesen kleinen Gefallen. Er hatte allein in der alten Kirche Nachtwache gehalten, und am Morgen nach seiner Wache fand man seine Kutte und die Sandalen zusammengefallen in einem Gebetsstuhl, und sein Körper hatte sich offenbar daraus emporgehoben. Es duftete süß, und überall lagen Weißdornblüten. Er hatte zuvor behauptet, die Heilige sei ihm erschienen, und warum sollte Robert sich nicht daran erinnern und ihm glauben? Er war gewiß fort. Warum sollte man ihn suchen? Würde denn ein Bruder aus unserem Hause splitternackt durch die walisischen Wälder laufen?«

»Wollt Ihr mir etwa sagen«, fragte Hugh vorsichtig, »daß das, was Ihr hier im Reliquienschrein habt, gar nicht ... dann war der Sarg noch nicht versiegelt?« Seine Augenbrauen hoben sich bis zu der Haarsträhne in seiner Stirn, aber seine Stimme blieb leise und gleichmütig.

»Nun...« Cadfael rieb sich verlegen die braune Knollennase. »Versiegelt war er schon, aber es gibt viele Möglichkeiten, ein Siegel so zu öffnen, daß es unverletzt scheint. Das ist eine der eher zweifelhaften Fähigkeiten, die ich erworben habe, aber damals war ich froh darüber.«

»Und Ihr legtet die Dame mit ihrem Verehrer an den Ort zurück, an dem sie gewesen war?«

»Er war ein anständiger, guter Mann, und er hatte edel für sie gesprochen. Sie würde ihm den Platz nicht neiden. Ich habe fest geglaubt«, gab Cadfael zu, »daß sie keine Einwände dagegen hatte. Sie hat danach in Gwytherin durch viele Wunder ihre Kraft bewiesen, also kann ich nicht glauben, daß sie zornig ist. Aber was mir Sorgen macht, ist, daß sie uns hier bisher noch nicht ihre Gunst erwiesen hat, so daß Robert glücklich sein könnte und mein Gewissen zur Ruhe käme. Oh, ein paar kleine Dinge sind geschehen, aber kein eindeutiges Zeichen. Was ist, wenn ich nun doch ihren Unmut erregt habe? Mir selbst, der ich *weiß*, was wir dort drinnen auf dem Altar haben, geschieht das nur recht – die Schuld trifft mich allein, wenn ich gefehlt habe. Aber was ist mit den Unschuldigen, die es *nicht* wissen und in gutem Glauben kommen und auf ihre Gnade hoffen? Was ist, wenn ich die Schuld an ihrer Enttäuschung und ihrer Not trage?«

»Ich sehe ein«, erwiderte Hugh mitfühlend, »daß Bruder Mark sich mit der Priesterweihe beeilen und rasch zurückkommen muß, um Euch diese Last von den Schultern zu nehmen. Es sei denn«, setzte er mit einem kurzen, etwas schrägen Lächeln hinzu, »die heilige Winifred erbarmt sich Euer und sendet Euch bald ein Zeichen.«

»Ich weiß bis heute nicht«, grübelte Cadfael, »was ich sonst hätte tun sollen. Es war eine Lösung, die alle zufriedenstellte, sowohl hier bei uns als auch dort. Die Kinder waren frei und konnten heiraten und glücklich werden, das Dorf behielt seine Heilige, und die Heilige hatte ihr Volk um sich. Robert hatte bekommen, was er wollte — jedenfalls glaubte er es, was beinahe dasselbe ist. Und die Abtei von Shrewsbury hat nun ihre alljährliche Feier und kann auf ein volles Gästehaus hoffen, auf reichlich Ruhm und Gewinn. Wenn die Heilige nur einen nachsichtigen Blick in meine Richtung werfen oder mit dem Auge zwinkern würde, damit ich erkenne, daß ich sie richtig verstanden habe.«

»Und Ihr habt mit niemandem darüber gesprochen?«

»Kein Wort. Aber das ganze Dorf Gwytherin weiß Bescheid«, räumte Cadfael mit einem schuldbewußten Grinsen ein. »Niemand hat es ausgesprochen, das war nicht nötig, aber jeder weiß es. Das ganze Dorf war auf den Beinen, als wir den Schrein aufluden und uns auf den Heimweg machten. Sie halfen sogar beim Tragen und stellten uns einen kleinen Karren zur Verfügung. Robert glaubte, er hätte sie gebändigt, sogar jene, die am Anfang so widerstrebend gewesen waren. Er freute sich sehr. Was er doch für eine schlichte Seele ist! Es würde ihn sehr schmerzen, wenn er es jetzt erführe, wo er doch ein Buch über das Leben der Heiligen schreibt und darin schildert, wie er sie nach Shrewsbury holte.«

»Ich könnte es nicht übers Herz bringen, ihm einen solchen Kummer zu bereiten«, sagte Hugh. »Je weniger gesagt wird, desto besser für alle. Gott sei Dank habe ich nichts mit dem kanonischen Recht zu tun; das weltliche Gesetz eines Landes, in dem das Gesetz nicht viel gilt, macht mir schon genug Kopfschmerzen.«

Natürlich konnte Cadfael sich seiner Verschwiegenheit sicher sein; das wurde auf beiden Seiten stillschweigend vorausgesetzt. »Nun, Ihr sprecht die Muttersprache der Dame, und zweifellos hat sie Euch, mit oder ohne Worte, gut verstanden. Wer weiß? Wenn Eure Feier stattfindet — es ist doch der zweiundzwanzigste Juni, nicht wahr? —, dann mag sie Mitleid für Euch empfinden und für Euch ein großes Wunder tun, damit Euer Gewissen zur Ruhe kommt.«

Vielleicht würde sie das tun, dachte Cadfael eine Stunde später, als er dem Ruf der Glocke folgte, die zur Vesperandacht läutete. Nicht, daß er selbst ein solches Zeichen verdient hätte, aber unter dem unablässigen Strom der Pilger war doch gewiß einer, der es verdient hatte und billigerweise nicht abgewiesen werden konnte. Er würde sich damit demütig und freudig zufrieden geben. Und wenn sie nun achtzig Meilen entfernt war, an dem Ort, an dem die Überreste ihres Körpers lagen? Schon zu Lebzeiten war mit diesem Körper ein Wunder geschehen, denn sie war brutal getötet und dann wiedererweckt worden — und konnten Zeit und Raum einem solchen Geschöpf Grenzen setzen? Wenn es ihr gefiel, konnte sie still und zufrieden mit Rhisiart im Grab liegen, dem Vogelgesang in den Weißdornhecken lauschen und zugleich körperlos hier sein, eine kleine Flamme ihres Geistes im Sarg des unwürdigen Columbanus, der nicht für ihre Erhöhung, sondern für seine eigene getötet hatte.

Bruder Cadfael ging seltsam erleichtert zur Vesper, nachdem er seinem Freund ein Geheimnis aus der Zeit anvertraut hatte, als sie sich noch nicht kannten. Nach ihrer ersten Begegnung waren sie zunächst potentielle Gegenspieler gewesen, die versuchten, sich gegenseitig an Gewitztheit zu übertrumpfen, doch nach und nach hatten sie entdeckt, wieviel sie beide gemeinsam hatten, der alte Mann – Cadfael räumte höchstens ein, daß er die Mannesblüte ein wenig überschritten hatte – und der junge, dessen Leben gerade begann und der einen so außergewöhnlich wachen Geist und große Klugheit besaß. Alles Glück des Lebens lag vor ihm, und er hatte es gefunden, denn nun war er der unumstrittene Sheriff von Shropshire, wenn auch unter einem machtlosen, gefangenen König, und droben in der Stadt, in der Nähe der Kirche St. Marien, hatte er ein Nest, in dem seine Frau und sein einjähriger Sohn auf ihn warteten, wenn er nach getaner Arbeit die Haustüre zuzog.

Cadfael dachte an sein Patenkind, den stämmigen kleinen Kobold, der munter durch die Zimmer von Hughs Stadthaus krabbelte, seinem Paten ohne Hilfe auf den Schoß kletterte und bereits menschliche Geräusche der Zustimmung, Verwunderung, Empörung und Zuneigung zu äußern begann. Jeder Mann bittet den Himmel um einen Sohn, und Hugh hatte seinen bekommen, einen vielversprechenden Sprößling. Und so hatte auch Cadfael durch die Patenschaft vor Gott einen Sohn.

Die Menschen konnten in dieser Welt glücklich sein, so zerrissen und umkämpft sie auch war, trotz aller Grausamkeit und Gier. So war es immer gewesen, und so würde es immer sein. So würde es bleiben, solange der unbezwingbare Funke der Freude nicht erlosch.

Als sie nach dem Abendessen und dem Tischgebet im Refektorium in der wohligen Wärme und dem späten Licht des Maitages die Bänke zurückschoben, um sich von der Tafel zu erheben, war Prior Robert Pennant als erster auf den Beinen und richtete sich, mit silberner Tonsur und bleichem Gesicht ganz der strenge Prälat, zu seiner vollen Größe von mehr als sechs Fuß auf.

»Brüder, ich habe eine weitere Nachricht vom Vater Abt erhalten. Er ist bereits auf dem Heimweg und hat inzwischen Warwick erreicht. Er hofft, am vierten Juni oder sogar eher wieder bei uns zu sein. Er bittet uns, voller Eifer die Vorbereitungen zur Feier von St. Winifreds Überführung zu treffen und unserer barmherzigen Schutzherrin die gebührende Ehre zu erweisen.« Vielleicht hatte der Abt ihn pflichtgemäß in dieser Weise instruiert, doch der Nachdruck kam von Robert selbst, der sich als Patron der Patronin sah. Er musterte die treu ergebenen Brüder an den Tischen des Refektoriums wie ein Adliger, der seine Leibeigenen betrachtet, und richtete sich an die ergebensten unter ihnen. »Bruder Anselm, habt Ihr die Musik vorbereitet?«

Bruder Anselm, der Vorsänger, der selten an etwas anderes als an seine Neumen* und seine Instrumente dachte, hob zögernd den Kopf, bemerkte, daß er gemeint war, und starrte den Prior großäugig an. »Der Ablauf der Prozession und des Gottesdienstes ist vorbereitet«, sagte er, etwas überrascht, daß es jemand für nötig hielt, danach zu fragen.

»Und Ihr, Bruder Denis, habt Ihr alles vorbereitet und die Vorratskammern aufgefüllt, damit wir eine große Zahl von Gästen bewirten können? Wir werden

*Mittelalterliche Notenzeichen (Anm. d. Übers.)

sicher jeden Schlafplatz und jeden Teller brauchen, den wir nur finden können.«

Bruder Denis, der für die Gäste verantwortlich war, an äußere Unruhe gewöhnt und in seiner Domäne ein selbstsicherer Herrscher, erklärte gelassen, daß er alle nötige Vorsorge getroffen habe und außerdem Reserven bereitständen, auf die er, wenn nötig, zurückgreifen könne.

»Wir werden auch viele Kranke versorgen müssen, die ja gerade zu uns kommen, weil sie krank sind.«

Bruder Edmund, der Krankenwärter, wartete nicht ab, bis er aufgerufen wurde, sondern erhob sich und erklärte lebhaft, daß er diesen Umstand berücksichtigt habe und auf die erhöhte Nachfrage nach Krankenlagern und Medikamenten eingestellt sei. Weiterhin wies er darauf hin, daß Bruder Cadfael bereits Vorräte von all jenen Medizinen geliefert habe, die höchstwahrscheinlich gebraucht würden, und bereit sei, jede Not zu lindern, die sonst noch entstehen mochte.

»Gut denn«, sagte Prior Robert. »Der Vater Abt hat noch ein weiteres Anliegen. Er bittet uns, bei jedem Hochamt für den Seelenfrieden eines guten Mannes zu beten, der heimtückisch in Winchester erschlagen worden ist, als er, wie es seine Christenpflicht verlangte, versuchte Frieden zu halten und die beiden Parteien zu versöhnen.«

Einen Augenblick schien es Bruder Cadfael und wahrscheinlich auch den meisten anderen Brüdern, als sei der Tod eines einzigen Mannes, noch dazu weit entfernt im Süden eines Landes, in dem der Tod seit langem zum Alltag gehörte, kein Anlaß zu einer so feierlichen Erwähnung und Ehrung; das Schlachtfeld bei Lincoln war mit Toten übersät gewesen, in den Straßen von Worcester floß Blut, Grafen kämpften allenthalben um Land, und Räuberbanden beherrschten Dörfer, in denen das Gesetz nicht mehr galt. Dann betrachtete er es von einer anderen Seite, nämlich mit den weltklugen Augen des Abtes. Da war ein guter Mann in eben jener Stadt, in der Prälaten und Barone über Frieden und Königswürde verhandelten, niedergestochen worden, als er versuchte, die Parteien daran zu hindern, sich gegenseitig die Kehlen durchzuschneiden. Direkt unter der Nase des päpstlichen Legaten. Das war ein so schlimmes Sakrileg, als hätte man ihn auf den Altarstufen niedergemacht. Es war nicht der Tod eines einzelnen Mannes, es war ein bitteres Symbol für die Schwäche des Gesetzes und das Fehlen von Hoffnung und Trost. So hatte Radulfus es gesehen und so wollte er die Erwähnung des Mannes in den Gottesdiensten seines Hauses verstanden wissen. Der tote Mann sollte feierlich geehrt und dem Himmel empfohlen werden.

»Der Vater Abt bittet uns«, sagte Prior Robert, »für sein ehrenhaftes Einschreiten zu danken und für die Seele von Rainald Bossard zu beten, eines Ritters, der in den Diensten der Kaiserin Maud stand.«

»Einer aus den Feindesreihen«, bemerkte ein junger Novize zweifelnd, als sie danach im Kreuzgang darüber sprachen. Sie waren in dieser Grafschaft daran gewöhnt, die Sache des Königs für ihre eigene zu halten, denn sein Erlaß hatte es ihnen ermöglicht, in den letzten vier Jahren ein geruhsames Klosterleben zu führen und hatte ihnen den größten Teil des Aufruhrs, der ganz England in Unruhe versetzte, erspart.

»Gewiß nicht«, erwiderte Bruder Paul, der Novizenmeister, mit sanftem Tadel. »Kein guter und ehrbarer Mann ist unser Feind, nur weil er in diesem Streit für die andere Seite eintritt. Die Lehnspflicht dieser Welt gilt nicht für uns, aber wir müssen sie als wertvolles Gut achten, als eine Verpflichtung, die ebenso schwer wiegt wie unsere Gelübde. Die Ansprüche beider Thronbewerber sind in gewisser Weise berechtigt, und es ist kein Makel, wenn man seinem Herrn die Treue hält, ob es nun der König ist oder die Kaiserin. Und dieser Mann war gewiß ehrbar, denn sonst hätte der Vater Abt uns nicht aufgetragen, für ihn zu beten.«

Bruder Anselm, der grübelnd die Silben des Namens nachsprach, klopfte den Rhythmus auf die Steinbank, auf der er saß, und wiederholte leise den Namen: »Rainald Bossard, Rainald Bossard...«

Der jambische Rhythmus klang in Bruder Cadfaels Ohren nach und kroch in sein Bewußtsein. Es war ein Name, der niemand hier etwas bedeutete. Man konnte keine Gestalt und kein Gesicht, kein Alter und keinen Charakter damit verbinden. Es war nichts weiter als ein Name, also entweder eine Seele ohne Körper oder ein Körper ohne Seele. Der Name begleitete Cadfael in seine Zelle im Dormitorium, wo er die letzten Gebete sprach und die Sandalen abstreifte, bevor er sich zum Schlafen niederlegte. Der Rhythmus setzte sich sogar in seinem traumlosen Schlaf fort, denn als ein Gewitter aufkam, erwachte Cadfael von einem lautlosen doppelten Blitz, der diesem Rhythmus folgte. Cadfael fuhr mit geschlossenen Augen auf und wartete auf den Donner. Der ließ so lange auf sich warten, daß Cadfael glaubte, nur geträumt zu haben. Doch dann hörte er ihn, weit entfernt und leise und dennoch seltsam bedrohlich. Hinter Cadfaels geschlossenen Lidern zuckten und erstarben die stummen Blitze, und das Echo kam so spät und so leise, aus so großer Ferne...

So fern vielleicht wie die märchenhafte Stadt Winchester, in der wichtige Entscheidungen gefallen waren. Cadfael hatte die Stadt noch nie gesehen, und wahrscheinlich würde er sie niemals sehen. Eine Bedrohung aus einer so fernen Stadt konnte hier ebensowenig Grundmauern und Herzen erschüttern, wie der weit entfernte Donner die Stadtwälle von Shrewsbury niederreißen konnte. Doch das beunruhigende Murmeln klang in Cadfaels Ohren nach, als er wieder einschlief.

Abt Radulfus ritt am dritten Juni, von seinem Kaplan und Sekretär, Bruder Vitalis, eskortiert, in die Abtei von St. Peter und St. Paul ein und wurde von allen dreiundfünfzig Brüdern, den sieben Novizen und sechs Klosterschülern und von allen Laienbrüdern und Dienern wärmstens begrüßt.

Der Abt war ein hochgewachsener, schlanker und harter Mann von etwa fünfzig Jahren. Er hatte ein hageres Asketengesicht und die klugen Augen eines Gelehrten, und er war so energiegeladen und robust, daß er abstieg und sofort das Hochamt zelebrierte, bevor er sich zurückzog, um den Straßenstaub abzuwaschen und nach dem langen Ritt eine Erfrischung zu sich zu nehmen. Ebensowenig vergaß er das Gebet, das er seiner Herde auferlegt hatte und das dem Seelenfrieden von Rainald Bossard diente, der am Mittwoch, dem neunten April, im Jahre des Herrn 1141 in Winchester ermordet worden war. Er war seit acht Wochen tot und in einem ganz anderen Teil Englands ermordet worden – welche Bedeutung hatte Rainald Bossard für die unbedeutende Stadt Shrewsbury oder die Bewohner dieses entlegenen Benediktinerklosters?

Die Brüder sollten erst am nächsten Morgen beim

Kapitel den Bericht des Abtes über das wichtige Konzil im Süden hören, auf dem über die Zukunft Englands entschieden werden sollte; doch als Hugh Beringar am Nachmittag Abt Radulfus seine Aufwartung machte und um eine Audienz bat, mußte er nicht warten. Die wichtigen Angelegenheiten erforderten die enge Zusammenarbeit der weltlichen und kirchlichen Mächte, um das bißchen Ordnung und Gesetz zu verteidigen, das in England überlebt hatte.

Das private Sprechzimmer des Abtes, das zu seiner Wohnung gehörte, war ebenso streng wie der Vater, der in ihm wohnte; es war spärlich möbliert, doch nun, um die Mittagsstunde, fiel das volle Sonnenlicht durch zwei geöffnete Läden auf den gefliesten Boden. Draußen, im kleinen, umfriedeten Garten, sah man üppiges Grün und Blumen in strahlenden Farben. Bunte Tupfer, ein Widerschein des frisch erblühten Lebens draußen, flammten auf der dunklen Holzvertäfelung des Raumes auf, erzitterten, zuckten hin und her und verschwanden. Hugh saß im Schatten und betrachtete das scharfgeschnittene Profil des Abtes, das sich kantig und dunkel vor dem beweglichen, hellen Hintergrund abhob.

»Meine Verpflichtung ist Euch ebenso bekannt, Ehrwürdiger Vater«, sagte Hugh, während er das ruhige, edle Gesicht betrachtete, »wie mir die Eure. Aber wir haben vieles gemeinsam. Was immer Ihr mir über den Gang der Dinge in Winchester sagen könnt, wird mir sehr von Nutzen sein.«

»Das kann ich verstehen«, sagte Radulfus mit einem schmalen, traurigen Lächeln. »Ich ging, weil ich von dem gerufen wurde, der das Recht hat, mich zu rufen. Ich wußte, wie die Dinge standen — der König gefangen, die Kaiserin über den größten Teil des Südens herrschend und durch das Recht des Eroberers in der Position, die Königskrone zu beanspruchen. Wir beide, Ihr und ich, wir wußten, was dort unten verhandelt werden würde. Ich kann Euch nur das berichten, was ich selbst sah. Am ersten Tag unserer Versammlung, es war Montag, der siebte April, geschah weiter nichts außer der feierlichen Begrüßung aller Teilnehmer und der Verlesung der Briefe – es gab eine ganze Menge davon! –, der Briefe all jener, die ihr Fernbleiben entschuldigten. Die Kaiserin hatte in der Stadt Unterkunft genommen, doch sie zog mehrmals ins Land hinaus, nach Reading und zu anderen Orten, während wir verhandelten. Sie nahm an den Verhandlungen nicht teil; soviel Diskretion besitzt sie.« Er sprach mit trockener Stimme und es war nicht zu erkennen, ob er das Ausmaß ihrer Rücksichtnahme für ausreichend oder unzureichend hielt. »Am zweiten Tag...« Er unterbrach sich und versuchte, sich zu erinnern, was er gesehen hatte. Hugh wartete aufmerksam, ohne sich zu rühren.

»Am zweiten Tag, es war der achte April, hielt der Legat seine große Rede...«

Es war nicht schwer, sich ihn vorzustellen. Henry von Blois, Bischof von Winchester und päpstlicher Legat, der jüngere Bruder und deshalb Gefolgsmann des Königs, unanfechtbar im Kapitelhaus seiner eigenen Kathedrale eingerichtet, der klügste Drahtzieher des Königreichs, daheim auf seinem eigenen Grund und Boden – und doch in die Defensive gedrängt, soweit dies jedenfalls bei einem so rührigen Mann möglich war. Hugh war ihm noch nie begegnet und hatte sich nicht einmal dem Gebiet genähert, über das er herrschte. Er hatte nur von ihm gehört, und doch konnte er ihn jetzt vor sich sehen, wie er mit kaiserlicher Haltung seiner unwilligen Versammlung vorsaß. Er hatte eine schwierige Rolle zu spielen, denn er mußte sich von seiner bekannten Verbundenheit mit seinem Bruder lossagen und doch Gesicht, Ansehen und Einfluß bei jenen wahren, die auf seiner Seite gestanden hatten. Dazu als Gegenspielerin eine harte, erfahrene Frau, die genau auf jedes seiner Worte achtete, ausgestattet mit neuer Machtfülle, mit welcher sie zerstören oder bewahren konnte, je nachdem, wie gut er seinen disziplinlosen Haufen bei der Stange hielt.

»Er sprach ermüdend lange«, berichtete der Abt offen, »aber er ist ein sehr begabter Redner. Er erinnerte uns daran, daß wir zusammengekommen waren, um zu versuchen, England aus Chaos und Zerstörung zu retten. Er sprach von der Zeit des verstorbenen Königs Henry, als im ganzen Land Ordnung und Frieden gehalten wurden. Und er erinnerte uns daran, wie der alte König, der keinen Sohn hatte, seine Barone zu sich rief und sie einen Treueid auf sein einziges Kind schwören ließ, auf seine Tochter, die Kaiserin Maud, die verwitwet ist und sich mit dem Grafen von Anjou wiederverheiratet hat.«

Die Barone hatten den Eid geschworen, fast alle jedenfalls, und nicht zuletzt auch Henry von Winchester. Hugh Beringar, der erst vor eine solche Prüfung gestellt worden war, als er für sich selbst entscheiden konnte, schürzte halb geringschätzig und halb mitleidig die Lippen. Er nickte verständnisvoll. »Seine Lordschaft hatten einiges zu erklären.«

Der Abt versagte es sich, durch ein Wort oder einen Blick der versteckten Kritik an seinem Kirchenbruder zuzustimmen. »Er erklärte, die lange Abwesenheit der Kaiserin, die in der Normandie gewesen sei, habe natürlich einige Sorge um das Wohl des Staates hervorgerufen. Eine Interimszeit ohne Herrscher wäre gefährlich gewesen. Und so, sagte er, wurde sein Bruder, Graf Stephen, als er sich erbot, akzeptiert und einmütig zum König erklärt. Er räumte seinen eigenen Anteil an der Krönung offen ein, denn er selbst war es gewesen, der vor Gott und den Menschen sein Wort dafür verpfändet hatte, daß Stephen die Heilige Kirche ehren und achten werde und die guten, gerechten Gesetze des Landes wahren. Bei diesem Unterfangen, sagte Henry, habe der König jedoch schändlich versagt. Zu seinem großen Kummer und Schmerz müsse er dies zugeben.«

Das war also der Vorwand für die niederträchtige Fahnenflucht, dachte Hugh. Stephen sollte die ganze Schuld auferlegt werden, da er doch seinen treuen Bruder so enttäuscht und alle seine Versprechen gebrochen hatte, so daß ein Mann Gottes wohl die Geduld verlieren mußte und sich gezwungen sehen konnte, einen Wechsel des Monarchen erleichtert zu begrüßen.

»Ganz besonders«, fuhr Radulfus fort, »erinnerte er daran, wie der König einige seiner Bischöfe in Ruin und Tod getrieben habe.«

Darin lag mehr als nur ein Körnchen Wahrheit, wenn auch der einzige Tote, Robert von Salisbury, an Alter, Verbitterung und Verzweiflung gestorben war, nachdem man ihn entmachtet hatte.

»Deshalb, so *sagte* er«, fuhr der Abt mit genau berechneter Betonung fort, »habe Gott über den König gerichtet, indem er ihn den Feinden als Gefangenen auslieferte. Und er selbst, im Dienst der Heiligen Kirche treu ergeben, mußte wählen zwischen seiner Hingabe an den sterblichen Bruder und der an seinen unsterblichen Vater und konnte nicht anders, als sich dem himmlischen Richterspruch zu beugen. Deshalb habe er uns zusammengerufen: um sicherzustellen, daß ein Königreich, das seines Königs beraubt war, nicht in Schutt und Asche fiel. Und diese Angelegenheit, erklärte er der Versammlung, diese Angelegenheit sei unter dem englischen Klerus ernsthaft erörtert worden, denn der Klerus — so *sagte* er — habe das Vorrecht vor jedem anderen, einen König zu wählen und zu weihen.»

In den trockenen, gemessenen Worten lag ein Unterton, der Hugh aufmerken ließ. Denn dies war ein gewaltiger und beispielloser Anspruch, den Abt Radulfus allem Anschein nach mehr als verdächtig fand. Der Legat hatte sein Gesicht zu wahren, und er besaß eine gut geschmierte Zunge, mit der er ein Schutzgitter aus Worten schmieden konnte.

»Hat es denn eine solche Kirchenversammlung gegeben? Und wart Ihr dabei, Ehrwürdiger Vater?«

»Es gab eine Versammlung«, sagte Radulfus. »Sie dauerte nicht lange und zeitigte keinesfalls eindeutige Ergebnisse. Den größten Teil der Unterhaltung bestritt der Legat. Die Kaiserin hatte ihre Vasallen geschickt.« Der Abt sprach ruhig und sachlich, aber er war gewiß keiner der Vasallen gewesen. »Ich erinnere mich nicht daran, daß er bei dieser Gelegenheit unser Vorrecht formuliert hätte. Aber da war auch noch kein König gefangengenommen.«

»Und noch kein neuer ausgerufen. Er wollte wohl eine Abstimmung vermeiden.« Es war leicht, einen eigenen Gegenherrscher zu ernennen und alle Rechnungen durcheinander zu bringen.

»Er fuhr fort«, sagte Radulfus kühl und trocken, »und erklärte, wir hätten die Tochter des verstorbenen Königs von England zur Herrscherin gewählt, die Erbin seines Edelmutes und Friedenswillens. Wie der Herr zu Lebzeiten an Verdiensten unübertroffen war, so mochte auch seine Tochter gekrönt werden und diesem unruhigen Land den Frieden bringen, wie er es getan hat. Wir bieten ihr — *sagte er* — aus ganzem Herzen unsere Treue an.«

Damit hatte sich der Legat äußerst geschickt aus der Affäre gezogen. Dennoch würde eine so resolute, mutige und rachsüchtige Dame wie die Kaiserin eine aus ganzem Herzen zugesicherte Treue mit Mißtrauen betrachten, eine Treue, die ihr schon einmal geschworen und, unter Druck geraten, wieder entzogen worden war. Dies konnte leicht noch einmal geschehen. Wenn sie klug war, behielt sie ihre Vorbehalte für sich und den Legaten, der sich vorsichtig auf ihre Seite schlug, genau im Auge; aber vergessen oder vergeben würde sie nie.

»Und da war niemand, der dem widersprach?« fragte Hugh leise. »Niemand. Es mangelte an Gelegenheit und noch mehr an Veranlassung. Und dann verkündete der Bischof, daß er eine Abordnung der Stadt London eingeladen habe, die noch am gleichen Tage eintreffen sollte. Deshalb sei es notwendig, unsere Diskussion bis zum nächsten Morgen zu vertagen. Doch die Londoner kamen erst am nächsten Tag, und wir trafen uns etwas später als an den vorangegangenen Tagen. Wie dem auch sei, sie kamen. Mit recht sauren Gesichtern und steifen Hälsen. Sie sagten, sie repräsentierten die ganze Stadt London, in die aus Lincoln viele Barone als Bürger gekommen seien, und sie wollten, ohne die Rechtmäßigkeit unserer Versammlung in Frage zu stellen, den einstimmigen Wunsch vortragen, daß der König freigelassen werden sollte.«

»Das war kühn«, sagte Hugh mit erhobenen Augenbrauen. »Wie hat seine Lordschaft es aufgenommen? Verlor er die Fassung?«

»Ich glaube, es hat ihn getroffen, aber nicht vernichtend. Er hielt eine lange Rede — das ist eine gute Art, andere wenigstens eine Zeitlang zum Schweigen zu bringen — und hielt der Stadt vor, daß sie Männer als Bürger aufgenommen habe, die ihren König im Krieg im Stich gelassen hätten, nachdem sie selbst ihn mit ihrem schlechten Rat so schrecklich in die Irre geschickt hatten, daß er hoffnungslos verloren war und Niederlage und Gefangenschaft erdulden mußte, woraus ihn auch die Gebete besagter falscher Freunde nicht retten konnten. Diese Männer, sagte er, schmeichelten und unterstützten nur um des eigenen Vorteils willen.«

»Wenn er die Flamen meinte, die aus Lincoln fortgerannt sind«, räumte Hugh ein, »dann hat er nicht mehr als die Wahrheit gesprochen. Aber aus welchem anderem Grunde wurde die Stadt je unterstützt? Was geschah dann? Hatten sie denn den Mut, sich gegen ihn zu behaupten?«

»Sie waren zunächst unsicher, was sie erwidern sollten, und zogen sich zurück, um sich zu beraten. Und während es still war, trat plötzlich ein Schreiber vor und überreichte Bischof Henry ein Pergament und bat ihn, es laut zu verlesen. Der Bote sprach so selbstbewußt, daß ich mich frage, warum der Bischof nicht sogleich begann. Doch statt dessen öffnete er das Schreiben und las es schweigend, und einen Augenblick später schrie er in höchstem Zorn, das Pergament sei eine Beleidigung für die geehrten Anwesenden, es sei entwürdigend und die Unterzeichner Feinde der Heiligen Kirche. Er werde an einem so heiligen Ort wie dem Kapitelhaus kein einziges Wort laut verlesen. Und darauf« sagte der Abt grimmig, »entriß der Schreiber ihm das Papier und las es selbst mit lauter Stimme vor und übertönte den Bischof, der ihn zum Schweigen bringen wollte. Es war eine Bitte von Stephens Königin an alle Anwesenden und besonders an den Legaten, den Bruder des Königs, sich auf seinen Treueid zu besinnen und den König aus der Gefangenschaft zu befreien, in die er durch Verrat gekommen war. Und ich, sagte der tapfere Mann, der das Pergament verlas, bin ein Schreiber und stehe in den Diensten der Königin Matilda. Und wer meinen Namen wissen will, er ist Christian, und ein wahrer Christ bin ich wie andere auch und stehe treu zu meinem Wort.«

»Das war wirklich tapfer!« sagte Hugh und pfiff leise. »Aber ich bezweifle, daß es ihm gut ergangen ist.«

»Der Legat antwortete mit einem Wortschwall, etwa des gleichen Inhalts wie am Vortag, aber leidenschaftlicher, und schüchterte die Männer aus London so ein, daß sie die Köpfe einzogen und sich mürrisch bereiterklärten, den Bürgern von der Wahl des Konzils zu berichten und die Entscheidung nach Kräften zu unterstützen. Christian, der den Bischof so erzürnt hatte, wurde noch am gleichen Abend auf der Straße angegriffen, als er unbewaffnet auf dem Rückweg zur Königin war. Ein paar Strolche lauerten ihm in der Dunkelheit auf und flohen unerkannt, als ein Ritter der Kaiserin mit seinen Männern zu Hilfe kam. Eine Schande war es, Mord als Gegenwehr in einem Streit zu verwenden, nachdem der ehrliche Mann so furchtlos und offen gesprochen hatte. Der Schreiber kam mit ein paar Kratzern davon, aber der Ritter bekam ein Messer von hinten zwischen die Rippen. Es drang ihm bis ins Herz, und er starb in einer Gosse in Winchester. Eine Schande für uns alle, die behaupten, Frieden schaffen zu wollen und Feinde zu Freunden zu machen.«

Seinem düsteren Zorn nach zu urteilen, hatte ihn diese mutwillige Tat, die alle Vorspiegelungen von gutem Willen, von Gerechtigkeit und Versöhnung zerstörte, sehr bekümmert. Einen Mann zu erschlagen, weil er offen für die andere Seite eintrat und dann auch noch den Ehrbaren und Ritterlichen zu töten, der versucht hatte, das Unheil zu verhüten — das waren in der Tat böse Vorzeichen für die Friedensabsichten des Legaten.

»Und der Mörder wurde nicht gefaßt?« fragte Hugh stirnrunzelnd.

»Nein. Die Strolche flohen in der Dunkelheit. Niemand schien ihre Namen oder ihren Unterschlupf zu kennen. Der Tod kommt heute so oft, sogar heimtükkisch und durch Verrat im Dunkeln, daß dieser Mord wie alle anderen vergessen werden wird. Und am nächsten Tag schloß unser Konzil mit dem Spruch, eine große Zahl von Stephens Männern zu exkommunizieren. Der Legat erklärte all jene für gesegnet, die die Kaiserin segneten, und verfluchte jeden, der sie verfluchte. Damit entließ er uns«, sagte Radulfus. »Nur wir Mönche wurden nicht entlassen, sondern blieben noch einige Wochen bei ihm.«

»Und die Kaiserin?«

»Sie zog sich nach Oxford zurück, während in London langatmig verhandelt wurde, wann und wie und unter welchen Bedingungen sie in die Stadt eingelassen werden sollte und wie viele Männer sie nach Westminster mitbringen dürfte. Wie es schien, stritt man sich um jeden Einzelpunkt. Aber in neun oder zehn Tagen wird sie einziehen, und kurz darauf wird sie gekrönt werden.« Er hob eine große, kräftige Hand und ließ sie in den Schoß seiner Kutte fallen. »So scheint es wenigstens. Was sonst soll ich Euch von ihr erzählen?«

»Ich möchte wissen, wie sie diese zögernde Anerkennung erträgt«, erwiderte Hugh. »Wie verfährt sie mit den gerade erst übergelaufenen Baronen? Und wie verstehen die sich untereinander? Es ist keine Kleinigkeit, die alten und die neuen Vasallen beisammen zu halten und zu verhindern, daß sie sich gegenseitig an die Kehle gehen. Hier und dort ein umstrittenes Anwesen, ein paar Felder, die dem einen genommen und dem anderen gegeben werden ... ich glaube, Ehrwürdiger Vater, Ihr wißt so gut wie ich, wie so etwas verläuft.«

»Ich würde nicht unbedingt sagen, daß sie weise ist«, antwortete Radulfus vorsichtig. »Sie weiß nur zu gut, wie viele ihr auf Befehl ihres Vaters den Treueid geschworen haben und dann zu König Stephen übergelaufen sind, um jetzt ebenso schnell auf ihre Seite zu wechseln, weil ihr Stern aufsteigt. Ich kann gut verstehen, daß sie keine Gelegenheit ungenutzt läßt, hier und dort zu sticheln. Das ist nicht weise, aber es ist menschlich. Aber daß sie überheblich und kühl mit denen umgeht, die nie geschwankt haben – denn es gibt einige, die ihr zu ihrem eigenen Schaden immer die Treue hielten«, sagte der Abt respektvoll und verwundert, »und die treu bleiben werden, was immer sie tun mag. Es ist eine große Dummheit und sehr ungerecht, sie so überheblich zu behandeln, nachdem sie ihr die ganze Zeit zur Seite gestanden haben.«

Ihr beruhigt mich, dachte Hugh, während er das schmale, ruhige Gesicht betrachtete. Die Frau muß von Sinnen sein, wenn sie sogar Männer wie Robert von Gloucester verhöhnt, da sie sich nun dem Thron so nahe glaubt.

»Sie hat den Legaten grob beleidigt«, sagte der Abt, »als sie es Stephens Sohn verwehrte, nun, da der Vater gefangen ist, in dessen Rechte als Graf von Boulogne und Mortain einzutreten. Das wäre nur gerecht gewesen. Aber nein, sie wollte es nicht dulden. Bischof Henry verließ ihren Hof für eine Weile, und sie hatte große Mühe, ihn zurückzulocken.«

Das wird immer besser, dachte Hugh, während er umsichtig seine Position bedachte. Wenn sie so stur ist, daß sogar Henry die Flucht ergreift, dann kann sie alles zunichte machen, was er und andere für sie getan haben. Wenn sie die Krone erst in der Hand hat, könnte sie sie sogar voller Zorn gegen jemanden schleudern, mit dem sie eine Rechnung zu begleichen hat. Er ließ sich Zeit, jedes Detail ihres Verhaltens zu bedenken, und faßte langsam Mut. Sie hatte einigen ihr Land genommen und es anderen gegeben. Sie hatte ihre natürlich etwas zögernden neuen Verbündeten arrogant behandelt und sie drohend an ihre frühere Feindschaft erinnert. Einige hatte sie sogar in der Erinnerung an alte Beleidigungen zornig abgewiesen. Anwärter auf einen umstrittenen Thron sollten etwas nachsichtiger sein. Man mußte Maud in Ruhe lassen und beten. Sie würde sich selbst ins Verderben stürzen.

Nach dem langen Gespräch stand er auf und verabschiedete sich. Er hatte ein sehr klares Bild von den möglichen Entwicklungen gewonnen, mit denen er rechnen mußte. Selbst Kaiserin Maud war lernfähig, und es war immer noch möglich, daß sie sich in Westminster einschmeichelte und ihr die Krone aufgesetzt würde. Es wäre ein Fehler, die Enkelin Williams von der Normandie und die Tochter Henry des Ersten zu unterschätzen. Und doch könnte sie an ihrer eigenen Unnachsichtigkeit zu Grunde gehen.

Er konnte sich später nicht erklären, warum er sich im letzten Augenblick noch einmal umdrehte und fragte: »Ehrwürdiger Vater, dieser Rainald Bossard, der gestorben ist... Ihr sagtet, er sei Ritter der Kaiserin gewesen. Zu wessen Gefolge gehörte er?«

In der Hütte im Kräutergarten vertraute er Bruder Cadfael alles an, was er erfahren hatte, und forderte die unerschütterliche Ruhe des Freundes mit seinen Eindrücken und Zweifeln heraus, wie ein Mann, der seine Sense an einem Gedenkstein schleift. Cadfael war mit einem allzu süffig geratenen Wein beschäftigt und schien kaum zuzuhören, aber Hugh ließ sich nicht täuschen. Sein Freund hatte ein scharfes Ohr, das jeden Unterton wahrnahm, und Cadfael warf sogar hin und wieder einen raschen Blick in Hughs Richtung, um mit dem Auge Bestätigung für das zu finden, was er mit dem Ohr vernommen hatte.

»Macht es Euch nur bequem und wartet ab, was kommt«, sagte Cadfael schließlich. »Ihr wollt sicher auch einen guten Mann nach Bristol schicken? Der König ist ihre einzige Geisel. Wenn der König befreit wird, oder Robert oder Brian FitzCount oder ein anderer bedeutender Mann gefangen wird, dann habt Ihr einen guten Stand gegen sie. Gott vergib mir, was für einen Rat gebe ich Euch, der ich doch keinen Prinzen in dieser Welt habe!« Aber ganz sicher war er nicht, denn er hatte schon einmal mit Stephen zu tun gehabt, und er mochte den Mann, obwohl dieser, nachdem er schlecht beraten worden war, die Garnison von Shrewsbury niedergemetzelt hatte; danach aber hatte er die Tat bereut, solange seine flatterhafte Erinnerung es zuließ. Inzwischen, da er in Bristol im Kerker saß, mochte er die für ihn untypische Greueltat vergessen haben.

»Und wißt Ihr«, fragte Hugh behutsam, »wessen

Mann dieser Ritter Rainald Bossard war, der in den Straßen von Winchester verblutet ist? Der, für den Ihr beten solltet?«

Cadfael wandte sich von seinem munter blubbernden Krug ab und musterte mit schmalen Augen das Gesicht seines Freundes. »Wir wissen nur, daß es ein Mann der Kaiserin war. Aber wie ich sehe, seid Ihr bereit, mich aufzuklären.«

»Er gehörte zum Gefolge von Laurence d'Angers.«

Cadfael richtete sich ungewöhnlich hastig auf und grunzte, als sein alter Rücken krachte. Es war der Name eines Mannes, den sie beide noch nie gesehen hatten, der aber für sie beide mit lebhaften Erinnerungen verbunden war.

»Ja, *dieser* Laurence! Ein Baron aus Gloucestershire und Lehnsmann der Kaiserin. Einer der wenigen, die in diesem Wechselspiel noch nie das Fähnchen nach dem Wind gehängt haben, und der Onkel jener beiden Kinder, denen Ihr aus Bromfield herausgeholfen habt, damit sie sich ihm anschließen konnten, als sie sich nach der Eroberung von Worcester verirrt hatten. Erinnert Ihr euch noch an jenen harten Winter? An den Wind, der wahre Berge von Schnee fortwehte, um sie über Nacht an einer anderen Stelle neu aufzutürmen? Ich spüre heute noch die Kälte, die wie ein Messer durch Haut und Knochen schnitt ...«

Auch Cadfael würde diese Winterreise nie vergessen.* Seit dem Angriff auf Worcester waren knapp anderthalb Jahre vergangen. Bruder und Schwester waren gen Norden nach Shrewsbury geflohen, durch den schlimmsten Winter seit vielen Jahren. Laurence d'Angers war damals nur ein Name wie viele andere

*Vgl. Die Jungfrau im Eis, Heyne 6629

gewesen, und nun tauchte er wieder auf. Als Gefolgsmann der Kaiserin Maud war es ihm nicht gestattet worden, König Stephens Herrschaftsgebiet zu betreten, um nach seinen jungen Verwandten zu suchen, aber er hatte insgeheim einen Knappen geschickt, der sie suchen und holen sollte. Cadfael würde nie vergessen, wie er diesen dreien zur Flucht verholfen hatte. Er sah sie deutlich vor seinem inneren Auge: Der Junge Yves, der damals dreizehn Jahre alt war, scharfsinnig, galant und tapfer und jeder Gefahr mit trotzig vorgeschobenem normannischen Kinn begegnend, seine ältere Schwester Ermina, deren Weiblichkeit gerade erblühte, und die entschlossen die Konsequenzen ihrer Torheiten auf sich nahm. Und der dritte...

»Ich habe mich oft gefragt«, grübelte Hugh, »wie es ihnen danach ergangen ist. Ich wußte, daß Ihr sie in Sicherheit bringen würdet, wenn ich es Euch überließ, aber sie hatten noch einen gefährlichen Weg vor sich. Ich fragte mich, ob wir noch einmal von ihnen hören würden. Eines Tages, dachte ich, würde die Welt von Yves Hugonin hören.« Beim Gedanken an den Jungen lächelte er liebevoll und belustigt. »Und der dunkle Bursche, der sie holen kam, der gekleidet war wie ein Wäldler und kämpfte wie ein Ritter ... ich glaube, Ihr wußtet mehr über ihn, als ich je erfuhr.«

Cadfael betrachtete lächelnd die glühenden Kohlen. Er stritt es nicht ab. »Also gehört sein Herr zum Gefolge der Kaiserin. Und der Ritter, der getötet wurde, stand in den Diensten von d'Angers? Das war eine üble Sache, Hugh.«

»Das denkt auch Abt Radulfus«, sagte Hugh düster. »Im Schutze der Dunkelheit — und alle spurlos entkommen, sogar der Mann, der das Messer benutzt hat. Eine üble Sache, denn das war gewiß kein Zufall. Der

Schreiber Christian entkam ihnen, doch einer von ihnen wandte sich gegen den Retter, bevor er floh. Es spricht für großen Haß, so etwas noch im letzten Moment vor der Flucht zu tun, nachdem der Plan vereitelt ist. Blieb es denn dabei? Gibt es denn in Winchester keine Leute, die für das Gesetz eintreten?«

»Nun, einige Bürger wären sicher erfreut gewesen, wenn der kühne Schreiber ebenso wie der Ritter in der Gosse verblutet wäre. Einige mögen sogar gegen ihn zur Jagd geblasen haben.«

»Wie gut für die Kaiserin«, erwiderte Cadfael, »daß wenigstens einer ihrer Männer aufrecht genug war, einen offen auftretenden Gegner zu respektieren und ihm im Tode beizustehen. Es wäre eine Schande, wenn dieser Mord ungesühnt bliebe.«

»Alter Freund«, sagte Hugh traurig, indem er sich erhob, um sich zu verabschieden, »England hatte in den letzten Jahren viele solcher Schandtaten zu schlukken. Es wird zur Gewohnheit zu seufzen, die Achsel zu zucken und zu vergessen. Ich weiß natürlich, daß Euch das sehr schwerfällt. Ich habe mehr als einmal gesehen, wie Ihr alle Sitten über den Haufen geworfen habt, und ich habe mich sehr darüber gefreut. Aber nicht einmal Ihr könnt jetzt, abgesehen von den Gebeten für seine Seele, noch etwas für Rainald Bossard tun. Es ist ein weiter Weg nach Winchester.«

»So weit ist es gar nicht«, sagte Cadfael mehr zu sich selbst als zu seinem Freund, »und um viele Meilen näher als noch vor einer Stunde.«

Er ging zum Vespergottesdienst und nahm im Refektorium das Abendbrot ein. Dann mußte er zur Schriftlesung und zur Komplet, und die ganze Zeit hatte er ein Gesicht vor dem inneren Auge, so daß er kaum auf die

Lesung achtete und Mühe hatte, sich auf das Gebet zu konzentrieren. Und doch sprach er die ganze Zeit eine Art Gebet, voller Dankbarkeit, Lob und Demut.

Ein so freundliches, junges, dunkles und lebendiges Gesicht – verblüffend schön, als er es zum erstenmal über die Schulter des Mädchens gesehen hatte: das Gesicht des jungen Knappen, der geschickt worden war, um die Hugonin-Kinder zu ihrem Onkel und Vormund zu bringen. Ein ovales, zurückhaltendes Gesicht mit hoher Stirn, fein geschwungener Nase und einem anmutigen Mund, mit den feurigen, furchtlosen Goldaugen eines Falken. Ein Kopf, der von dichtem blauschwarzem Haar bedeckt war, das sich an den Schläfen frech kringelte und die Wangen umrahmte wie angelegte Flügel. Jung und doch gut ausgebildet war das Gesicht, Ost und West waren in ihm vereint. Glattrasiert war der Junge wie ein Normanne und olivenfarben wie ein Syrer – Cadfaels Erinnerungen an das Heilige Land verschmolzen in diesem einen Gesicht. Der Lieblingsknappe von Laurence d'Angers, mit dem er vom Kreuzzug heimgekehrt war. Olivier de Bretagne.

Wenn sein Herr mitsamt Gefolge bei der Kaiserin war, wo mochte dann Olivier sein? Der Abt war ihm vielleicht sogar begegnet, natürlich ohne ihn zu erkennen, oder er hatte ihn neben seinem Herrn reiten sehen und einen Moment lang seine Schönheit bewundert. Nur wenige Gesichter heben sich so von der Masse ab, dachte Cadfael; Gottes Finger kann sie nicht erwählen, aber er kann sie zeichnen, damit sie bemerkt werden, und seine Vertreter auf Erden sind die ersten, die es bemerken.

Und dieser Rainald Bossard, der nun tot ist, ein Ehrenmann, der einem ehrenhaften Gegner geholfen hat, war Oliviers Kamerad, der dem gleichen Herrn diente und sich zum gleichen Dienst verpflichtet hatte. Sein Tod mußte Olivier bekümmern. Ein Kummer für Olivier ist auch ein Kummer für mich, eine Missetat an Olivier ist eine Missetat an mir. So weit Winchester auch entfernt ist, ich muß den Mord in dieser dunklen Straße beklagen, weil ein Mann für eine edelmütige Tat gestorben ist, und er starb nicht vergebens, weil der Schreiber Christian überlebte und zu seiner Herrin, der Königin, zurückkehren konnte, nachdem er seinen Auftrag ausgeführt hatte.

Das leise Rascheln und Rühren hinter den leichten Trennwänden von Cadfaels Zelle war schon lange verstummt, als er sich von den Knien erhob und die Sandalen abstreifte. Die kleine Lampe an der Nachttreppe warf einen trüben Schein zu den Deckenbalken hinauf, die gräulich über seiner dunklen Zelle verliefen. Wie lange war diese Zelle jetzt sein Heim? Achtzehn oder neunzehn Jahre schon? Er konnte sich nicht genau erinnern. Es war, als hätte ein Teil von ihm, sein Herz, sein Verstand oder seine Seele, was auch immer es war, sich nicht so sehr hierher zurückgezogen, sondern sei vielmehr heimgekommen, um von einem Erbe Besitz zu ergreifen, das ihm von Geburt an gehört hatte. Und doch erinnerte er sich voller Dankbarkeit und Freude an die Jahre, als er durch die Welt gereist war, an die glückliche Kindheit und die unbeschwerte Jugend, an das Kreuz und die Leidenschaft der Kreuzfahrten, an die Frauen, die er gekannt und geliebt hatte, an seine Jahre als Seemann vor der Küste des Heiligen Königreichs von Jerusalem, an die Pilgerschaft, die ihn schließlich hier zu seiner letzten Zuflucht geführt hatte. Nichts war vergebens gewesen, wie dumm und schlimm es auch damals ausgesehen hatte, nichts war verloren, nichts sinnlos, denn irgendwie hatte es ihn auf die kleine Kammer vorbereitet, in der er jetzt diente und ruhte. Gott hatte ihm ein Zeichen geschickt: Er mußte nichts bereuen, sondern nur alles offenlegen und dazu stehen. Vor Gott, nicht vor den Menschen.

Er lag still in der Dunkelheit, ausgestreckt und reglos wie ein Toter im Sarg, doch er war entspannt, die Arme lagen locker an seinen Seiten, und mit halbgeschlossenen Augen träumte er, über sich die Decke, zwischen deren Balken das schwache Licht spielte.

In dieser Nacht gab es keine Blitze, nur ein beruhigend gleichmäßiges Donnergrollen vor und nach der Morgenmette und den Laudes; es war so harmlos, daß viele Brüder es überhaupt nicht bemerkten. Cadfael hörte es, als er aufstand, und er hörte es, als er sich wieder zur Ruhe legte. Es schien wie eine Erinnerung und Bekräftigung, daß Winchester tatsächlich näher an Shrewsbury gerückt war, und es schenkte ihm Trost. Sein Kummer wurde im Himmel nicht übersehen, sondern beachtet, und er konnte sich darauf freuen, seinen Teil zum Eintreiben der Schuld an Rainald Bossard beizutragen. Derart beruhigt schlief er endlich ein.

Am siebzehnten Juni wurde St. Winifreds mit kostbaren Silberornamenten geschmückter und mit Blei verkleideter Eichensarg von seinem Ehrenplatz gehoben und mit feierlichem Ernst zu seinem vorübergehenden Ruheplatz in der Kapelle des Hospizes von St. Giles getragen, wo er wie schon mehrmals bis zum Feiertag am zweiundzwanzigsten Juni bleiben sollte. Das Wetter hielt sich, es war sonnig und schön, fast wolkenlos und doch kühl genug für einen Fußmarsch. Ein ideales Wetter für die Pilger, die vom achtzehnten Juni an eintrafen; zunächst kamen einige Vorboten, die den Hauptstrom ankündigten.

Bruder Cadfael hatte trotz seiner aufrichtigen Erklärung, er hätte in jener Sommernacht in Gwytherin gar nicht anders handeln können, als er gehandelt hatte, etwas schuldbewußt zugesehen, als der Reliquienschrein seine Reise antrat. Damals hatte er vor allem ihre walisische Abstammung gespürt; das Gefühl, das sie für die vertraute Sprache der Gegend haben mußte, für den stillen Wechsel der Jahreszeiten und die Einsamkeit, in der sie so lange in ihrer Schönheit geruht hatte, die vielen köstlichen kleinen Wunder, die sie für ihr Volk gewirkt hatte. Nein, er konnte nicht glauben, daß er gefehlt hatte. Wenn sie ihm nur einen Blick schenken würde und lächeln und ihm sagen: Gut gemacht!

Der allererste Pilger kam, nachdem Bruder Denis ihm den Weg beschrieben hatte, am Spätnachmittag zögernd in den Kräutergarten, um den Gefährten aufzusuchen, der seine Leidenschaft teilte. Cadfael jätete gerade die dicht bepflanzten Minze-, Thymian- und Salbeibeete, was in der Wärme eines schönen Junitages eine anstrengende, ermüdende Arbeit war; Frühlingssonne und Regenschauer hatten einander lebhaft abgewechselt, und das Grün glich einem Schlachtfeld. Er trat gebückt aus einem gejäteten Beet heraus und prallte rücklings gegen einen Menschen, der hinter ihm stand. Er fuhr erschrocken auf, drehte sich um und sah sich einem rostfarben gekleideten Bruder gegenüber, der, wenn auch etwa fünfzehn Jahre jünger, von einer ähnlichen Statur war wie er selbst. Sie sahen sich groß an, die beiden stämmigen, untersetzten Ordensbrüder, und fanden auf den ersten Blick Gefallen aneinander.

»Ihr müßt Bruder Cadfael sein«, sagte der fremde Bruder mit einer vollen, melodiösen Baßstimme. »Bruder Denis erklärte mir, wo ich Euch finden konnte. Mein Name ist Adam, und ich komme aus Reading. Ich habe dort genau die gleiche Aufgabe wie Ihr sie hier erfüllt, und ich habe sogar so weit im Süden in meinem Haus noch von Euch gehört.«

Während er sprach, wanderte sein Blick zu einigen von Cadfaels besonderen Schätzen: Zum Mohn, den er aus dem Heiligen Land mitgebracht und wie seinen Augapfel behütet hatte, zu dem empfindlichen Feigenbaum, der beharrlich im Schutze der Nordwand gedieh, wo die Sonne ihn hegte. Cadfael erwärmte sich rasch für seinen Bruder und freute sich über den milden Neid, der durch das runde, rasierte Gesicht zog. Er war ein kräftiger, handfester Mann, der sich selbstbewußt bewegte; wenn man ihn reizte, würde man schnell bemerken, wie er zupacken konnte. Und gebräunt war er; ein Mann, der im Freien arbeitete.

»Ihr seid mehr als willkommen, Bruder«, sagte Cadfael herzlich. »Seid Ihr zur Feier der Heiligen gekommen? Und hat man Euch einen Platz im Dormitorium gegeben? Ein paar Zellen sind frei und stehen unseren Mitbrüdern zur Verfügung.«

»Mein Abt schickte mich aus Reading mit einem Auftrag zu unserem Schwesterhaus in Leominster«, erwiderte Bruder Adam, während er prüfend eine Zehe in den reichen, fruchtbaren Lehm von Bruder Cadfaels Minzebeet steckte und angesichts seiner Qualität anerkennend die Augenbrauen hob. »Ich bat um Erlaubnis, meinen Botengang etwas auszudehnen, um an der Überführung von St. Winifred teilnehmen zu können, und die Erlaubnis wurde gewährt. Ich komme nur selten so weit in den Norden, und es wäre schade gewesen, wenn ich eine solche Gelegenheit verpaßt hätte.«

»Und Ihr habt das Bett eines Bruders bekommen?« Ein solcher Mann, ein Benediktiner und Gärtner und Kräuterkundiger dazu, durfte nicht mit einem Lager im Gästehaus abgespeist werden. Cadfael hatte ihn sofort ins Herz geschlossen, als er bemerkte, wie der Neuankömmling mit strahlenden Augen die Schätze des Gartens auf den ersten Blick erkannte.

»Bruder Denis war so freundlich. Ich schlafe in einer Zelle neben den Novizen.«

»Dann sind wir fast Nachbarn«, sagte Cadfael zufrieden. »Nun kommt, ich will Euch zeigen, was es hier zu sehen gibt. Der Hauptgarten ist auf der anderen Seite der Vorstadt am Flußufer, aber hier ziehe ich meine Kräuter. Und wenn es etwas gibt, das man sicher nach Reading transportieren kann, dann sollt Ihr Ableger mitnehmen, wenn Ihr uns wieder verlaßt.«

Darauf begann eine angenehme, wortreiche Unterhaltung, während sie über die Wege des umfriedeten Gartens wanderten und ihre Erfahrungen in Anbau und Gebrauch der Kräuter austauschten. Bruder Adam aus Reading hatte ein gutes Auge für Raritäten und würde wahrscheinlich mit Ablegern beladen heimkehren. Er bewunderte die Sauberkeit und Ordnung in Cadfaels Werkstatt, die raschelnden Büschel getrockneter Kräuter, die an den Deckenbalken und unter der Traufe hingen, und die Sammlung von Flaschen, Krügen und Kannen auf den Regalen. Er hatte einige Hinweise und Ratschläge zu geben, und sie verbrachten einen glücklichen Nachmittag in freundschaftlichem Wettstreit. Als sie vor der Vesper zum großen Hof zurückkehrten, betraten sie eine lebhafte Szenerie, als hätte das Getümmel der Feier schon begonnen. Pferde wurden in die Stallungen geführt, Bündel wurden ins Gästehaus getragen. Ein beleibter älterer Mann, der wie ein Reiter gekleidet war, schritt, von einem Diener gefolgt, rasch zur Kirche hinüber, um direkt nach seiner Ankunft seine Aufwartung zu machen.

Die jüngsten von Bruder Pauls Schutzbefohlenen umringten neugierig und mit aufgerissenen Augen das Torhaus und begafften die Neuankömmlinge, bis Bruder Jerome, der wie immer emsig mit den Aufträgen des Priors beschäftigt war, sie fortscheuchte. Doch die Jungen entfernten sich nicht sehr weit, und kaum war Jerome außer Sicht, da waren sie wieder zur Stelle. Einige Bewohner der Vorstadt hatten sich auf der Straße versammelt, um zuzusehen, und zwischen ihren Beinen tollten Hunde aufgeregt herum.

»Morgen«, sagte Cadfael, der die Szene betrachtete, »werden es noch viel mehr sein. Das hier ist erst der Anfang. Wenn sich das Wetter hält, wird es ein sehr schönes Fest zu Ehren unserer Heiligen.«

Und sie wird verstehen, daß es zu ihren Ehren abgehalten wird, dachte er bei sich, obwohl sie so weit entfernt ist. Und wer weiß, ob sie uns nicht in ihrer Herzensgüte doch einen Besuch abstattet? Was ist Entfernung schon für eine Heilige, die im Nu überall sein kann, wo sie sein will?

Das Gästehaus füllte sich am nächsten Tag weiter. Ständig kamen neue Pilger, einige allein, andere in Gruppen, die sich auf der Straße zusammengefunden hatten, einige zu Fuß, einige auf Ponys, einige in bester Ferienstimmung, einige, die nur wenige Meilen gereist waren, und einige, die aus großer Entfernung kamen. Und unter ihnen waren viele, die auf Krücken gingen oder von besser sehenden Freunden geführt wurden; manche hatten schlimme Verwachsungen oder Hautkrankheiten oder waren hinfällig; und alle hofften auf Linderung.

Cadfael ging seinen Alltagspflichten nach und teilte seine Zeit zwischen Kirche und Herbarium, doch er warf, wann immer er den großen Hof durchquerte, auf dem es jetzt förmlich wimmelte, ein interessiertes Auge auf alles, was es da zu sehen gab. Jeder Ankömmling, jedes Gesicht erregte seine Aufmerksamkeit, aber er wußte zu keinem einen Namen und erkannte niemand. Wer seine lindernden Dienste brauchte, würde zu ihm gewiesen werden, und auch wer zufällig seinen Weg kreuzte, genoß seine ungeteilte Aufmerksamkeit.

Als erstes fiel ihm die Frau auf, die mit einem Korb unter dem Arm vom Tor über den Hof zum Gästehaus eilte. Sie kam, es war kurz nach der Prim, mit frischem Brot und kleinen Kuchen vom Markt aus der Vorstadt. Eine umsichtige Hausfrau, die sogar an einem Feiertag früh zum Markt ging und besorgte, was sie brauchte; anscheinend vertraute sie nicht darauf, daß die Bäckerei der Abtei ihr liefern konnte, was sie haben wollte. Sie war eine kräftige, selbstbewußte Frau, etwa fünfzig Jahre alt, aber in voller, rosiger Blüte stehend. Ihr Kleid war schlicht und schmucklos, aber aus gutem Tuch gewirkt und saubergehalten, und unter dem braunen Kopftuch leuchtete ihre weiße Haube. Sie war nicht groß, hielt sich aber so aufrecht, daß sie größer wirkte, und ihr Gesicht war jung, großäugig und flächig und hatte ein energisches Kinn.

Sie verschwand eilig im Gästehaus; er hatte sie nur einen kurzen Moment lang gesehen, aber sie hatte ihm genug Eindruck gemacht, um ihn den Morgen über durch Gottesdienst und Andachten zu begleiten, und als die Gläubigen nach der Messe die Kirche verließen, sah er sie wieder. Sie hatte die Arme ausgebreitet wie eine Henne, die ihre Vögelchen vor sich herscheuchte; die beiden Küken verschwanden fast hinter ihrer Leibesfülle und den weiten Röcken. Sie vermittelte ganz allgemein einen Eindruck von Weitläufigkeit; ihr Kopfputz war gewiß höher und breiter als nötig, die Hüften waren von Unterröcken gebauscht, und die Aura von Geschäftigkeit und Befehlsgewalt, die sie verbreitete, wirkte ebenso ausschweifend und überschwenglich. Sein Herz flog der energischen, kraftvollen Frau entgegen, während er sich etwas Mitgefühl für ihre behüteten Küken erlaubte, die derart unter den weiten, erstickenden Schwingen verstaut wurden.

Als er am Nachmittag in seinem kleinen Königreich damit beschäftigt war, die Medikamente zusammenzustellen, die er am nächsten Morgen durch die Vorstadt nach St. Giles mitnehmen mußte, um sicherzustellen, daß während des Festes genügend Vorräte dort wären, dachte er weder an sie noch an einen anderen Bewohner des Gästehauses, denn bislang hatte niemand einen Anlaß gefunden, seine Hilfe zu erbitten. Er packte gerade Pastillen in ein kleines Kästchen – Tabletten für wunde, trockene Kehlen –, als ein massiger Schatten in die offene Tür seines Verschlages fiel, und eine frische helle Stimme sagte: »Ich bitte um Verzeihung, Bruder, aber Bruder Denis riet mir, zu Euch zu kommen und er schickte mich her.«

Und da stand sie, füllte breitschultrig die Tür aus, hatte die Hände vor dem Bauch verschränkt, den Kopf erhoben und den Blick voll auf ihn gerichtet. Ihre großen, weit auseinanderstehenden Augen waren hellblau und nur von wenigen bleichen Wimpern gerahmt, doch sie blickten fest und frei heraus.

»Ihr müßt wissen, Bruder, daß es um meinen jungen Neffen geht», fuhr sie selbstbewußt fort. »Um den Sohn meiner Schwester, die so dumm war, sich davonzumachen und einen walisischen Tunichtgut aus Builth zu heiraten. Nun ist ihr Mann tot und sie selber auch, das arme Mädchen, und ihre beiden Kinder blieben verwaist zurück, mit niemandem außer mir, der sich um sie kümmern kann. Und da auch mein Mann gestorben ist, mußte ich das Handwerk weiterführen und durfte nie ein Kind mein eigen nennen. Nicht, daß ich nicht mit der Arbeit und den fahrenden Händlern zurechtkäme, denn in den letzten zwanzig Jahren habe ich wohl gelernt, was es als Tuchmacherin zu lernen gibt, aber ich hätte doch gern einen eigenen Sohn gehabt. Nun, es sollte nicht sein, und der Sohn meiner Schwester ist mir herzlich willkommen, ob er nun gesund ist oder nicht, denn er ist der liebste Junge, den Ihr je gesehen habt. Wißt Ihr, Bruder, er hat solche Schmerzen. Ich sehe ihn nicht gern so leiden, wenn er sich auch nie beklagt. Deshalb komme ich zu Euch.«

Cadfael ergriff sofort die Gelegenheit, als sie die erste Lücke in ihrem Wortschall ließ, um einige Worte einzuwerfen.

»Kommt herein, meine Dame, und seid willkommen. Sagt mir, von welcher Art die Schmerzen Eures Jungen sind, und ich will sehen, was ich für Euch und ihn tun kann. Aber am besten sollte ich ihn wohl selbst sehen und mit ihm reden, denn er weiß ja am besten, was ihm wehtut. Setzt Euch, macht es Euch bequem, und erzählt mir von ihm.«

Sie trat selbstbewußt ein und setzte sich, indem sie energisch die weiten Röcke ausbreitete, auf die Bank an der Wand. Sie musterte interessiert und neugierig die vollen Regale, die herabbaumelnden, getrockneten Kräuter, die Kohlenpfanne, die Töpfe und Flaschen, schien aber in keiner Weise von Cadfael und seinen Geheimnissen eingeschüchtert.

»Ich komme aus dem Tuchmacherland unten in Campden, Bruder. Mein Gatte hieß Weaver und war Tuchmacher wie vor ihm sein Vater und sein Großvater, und mein Name ist Alice Weaver, und ich führe die Arbeit fort, wie er sie getan hat. Aber meine junge Schwester brannte mit einem Waliser durch, und die beiden sind jetzt tot, und ich habe die Kinder zu mir genommen. Das Mädchen ist achtzehn Jahre alt, eine brave, hart arbeitende Jungfer, und ich glaube doch, daß wir bald einen anständigen Mann für sie finden werden, wenn ich auch ihre Hilfe sehr vermissen werde, denn sie ist mittlerweile recht geschickt und stark und gesund, ganz anders als der Junge. Sie ist nach einer ausländischen walisischen Heiligen benannt, Melangell, wenn Ihr den Namen je gehört habt!«

»Ich bin selbst Waliser«, erwiderte Cadfael fröhlich. »Ich weiß, unsere walisischen Namen machen Euren englischen Zungen schwer zu schaffen.«

»Ah, nun, der Junge bekam jedenfalls einen Namen, der kurz und einfach ist. Rhun heißt er. Er ist jetzt sechzehn, zwei Jahre jünger als seine Schwester, aber ihm fehlt ihre Lebhaftigkeit, dem armen Kerl. Er ist gut gewachsen und hübsch anzusehen, aber in seiner Kindheit geschah etwas mit seinem rechten Bein; es ist verwachsen und schwach, so daß er nur den großen Zeh aufsetzen kann, und auch den nur zur Seite gedreht. Er kann ihn nicht belasten, nur gerade eben aufsetzen. Er geht auf zwei Krücken. Ich habe ihn hergebracht, weil ich hoffe, daß die heilige Winifred etwas für ihn tun kann. Aber der Weg hierher ist ihm schwergefallen, obwohl wir schon vor drei Wochen aufgebrochen sind und nur kleine Etappen zurückgelegt haben.«

»Er ist den ganzen Weg zu Fuß gegangen?« fragte Cadfael entsetzt.

»Ich bin nicht so wohlhabend, daß ich mir noch ein Pferd leisten könnte neben dem, das ich für die Arbeit daheim brauche. Zweimal nahm ihn unterwegs ein freundlicher Fuhrmann mit, so weit es ging, aber den Rest ist er auf seinen Krücken gehumpelt.

Viele andere, die zu diesem Fest gekommen sind, hatten es genauso schwer oder sogar noch schwerer. Aber nun ist er wohlbehalten hier und sicher im Gästehaus untergebracht, und wenn meine Gebete etwas nützen, dann wird er auf zwei kerngesunden Beinen nach Hause gehen. Aber seit ein paar Tagen ist es so schlimm wie noch nie.«

»Ihr hättet ihn gleich mitbringen sollen«, sagte Cadfael. »Von welcher Art sind nun seine Schmerzen? Schmerzt es, wenn er sich bewegt, oder wenn er still liegt? Sind es die Beinknochen, die ihm wehtun?«

»Am schlimmsten ist es, wenn er nachts im Bett liegt. Daheim hörte ich ihn nachts oft vor Schmerzen weinen, wenn er auch versucht, es so leise wie möglich zu tun, um uns nicht zu stören. Oft schläft er wenig oder gar nicht. Seine Knochen schmerzen, aber auch die Sehnen in seiner Wade verknoten sich in solchen Krämpfen, daß er stöhnen muß.«

»Da können wir etwas tun«, sagte Cadfael nachdenklich. »Zumindest können wir es versuchen. Es gibt Tränke, die den Schmerz lindern und ihm wenigstens helfen, des Nachts zu schlafen.«

»Nicht, daß ich der Heiligen nicht vertraue«, erklärte Alice Weaver eilig. »Aber er soll doch wenigstens ohne Schmerzen auf sie warten können. Warum sollte ein leidender Bursche nicht auch Hilfe bei gewöhnlichen Sterblichen suchen, bei einem guten Mann wie Euch, der sowohl den Glauben als auch das Wissen hat?«

»Wirklich, warum nicht!« stimmte Cadfael zu. »Auch der geringste unter uns kann ein Werkzeug der göttlichen Gnade sein, wenn auch unverdientermaßen. Laßt den Jungen besser zu mir kommen, damit wir uns ungestört unterhalten können. Das Gästehaus ist überfüllt und laut, aber hier haben wir unsere Ruhe.«

Sie erhob sich zufrieden, um zu gehen, aber sie hatte auch beim Abschied noch viel über die lange, beschwerliche Reise zu sagen, über die kleinen Freundlichkeiten, die sie unterwegs erfahren hatten, über die anderen Pilger, von denen einige sie überholt hatten und vor ihnen eingetroffen waren.

»Da drinnen ist mehr als einer«, sagte sie, indem sie ihren Kopf in Richtung der hohen Rückwand des Gästehauses neigte, »der wie mein Rhun Eure Hilfe braucht. In den letzten Tagen reisten wir mit zwei jungen Burschen, mit denen wir gut Schritt halten konnten, denn sie waren ebenso behindert wie wir. Oh, einer der beiden war gesund und munter, aber er wollte seinem Freund keinen Schritt vorauseilen; der arme Kerl ist barfuß einen noch längeren Weg gelaufen, als Rhun mit seinen Krücken gehumpelt ist. Seine Füße waren schrecklich anzusehen, aber er wollte sie nicht einmal mit Lumpen verbinden! Er sagte, er hätte ein Gelübde abgelegt, seine Reise unbeschuht zu Ende zu bringen. Er trug ein großes, schweres Kreuz an einem Band um den Hals, und das Band hatte seine Haut aufgescheuert und wundgerieben, aber das war auch ein Teil seines Gelübdes. Ich kann gar nicht verstehen, wie ein braver junger Bursche aus freiem Willen eine solche Folter auf sich nimmt, aber die Leute tun so seltsame Dinge. Ich würde sagen, daß er hofft, mit dieser Strenge gegen sich selbst eine große Gnade zu erlangen. Dennoch glaube ich, er sollte wenigstens ein wenig Balsam für seine Füße bekommen, solange er hier ruht. Soll ich ihn bitten, zu Euch zu kommen? Ich will den beiden gern einen kleinen Dienst erweisen. Der zweite, Matthew heißt er, das ist der Gesunde, brachte mein Mädchen in Sicherheit, als ein paar verrückte Reiter uns in ihrer Eile fast über den Haufen geritten hätten. Er trug ihre Bündel, denn sie war schwer beladen, und ich mußte Rhun helfen.

Um die Wahrheit zu sagen, ich glaube, der junge Mann war ganz von unserer Melangell eingenommen, denn er behandelte sie mit großer Aufmerksamkeit, während wir zusammen reisten. Er kümmerte sich um sie sogar besser als um seinen Freund, wenn er auch keinen Schritt von dessen Seite wich. Aber ein Gelübde ist ein Gelübde, und wenn ein Mann aus freien Stükken eine solche Qual auf sich nimmt, dann kann ein anderer wohl nicht viel tun, um es zu verhindern. Er kann ihm nur Gesellschaft leisten, und das tut der Junge hingebungsvoll, denn er weicht nie von seiner Seite.«

Sie stand jetzt vor der Tür und atmete genießerisch den Duft der sonnenbeschienenen Kräuter ein. Dann blickte sie noch einmal zurück und fügte hinzu: »Da sind auch noch einige, die können sich so oft und so laut, wie sie wollen, Pilger nennen – aber ich würde ihnen keine zwei Schritte weit trauen. Ich glaube, Strolche gibt es überall, sogar unter Heiligen.« »Solange die Heiligen Geld in der Börse haben oder etwas bei sich tragen, das zu stehlen sich lohnt«, stimmte Cadfael traurig zu, »sind die Schurken nicht weit.«

Ob Alice Weaver nun mit ihrem seltsamen Reisegefährten gesprochen hatte oder nicht, auf jeden Fall kam dieser eine halbe Stunde später zu Cadfaels Hütte, noch bevor der junge Rhun aufgetaucht war. Cadfael war wieder beim Jäten, als er die beiden kommen hörte; oder besser, er hörte die langsamen, geduldigen Schritte des Gesunden, unter denen der Kies auf dem Weg knirschte. Der andere ging geräuschlos; er trat vorsichtig und sachte auf den Grassaum, der unter seinen mißhandelten Füßen kühl und lindernd war. Das einzige Geräusch, das sein Kommen ankündigte, war das lange, mühevolle Seufzen und das schwache Zischen, mit dem der Atem schmerzhaft eingezogen wurde. Noch bevor Cadfael sich aufrichtete und herumdrehte, wußte er, wer da kam.

Sie waren etwa im gleichen Alter und ähnelten sich auch in Knochenbau und Hautfarbe; etwas mehr als mittelgroß waren sie, doch der eine, der so mühsam schritt, war etwas gebeugt. Sie hatten braune Haare und dunkle Augen und waren etwa fünfundzwanzig Jahre alt. Doch sie waren einander nicht so ähnlich, daß man sie für Brüder oder Verwandte halten konnte. Der Gesunde hatte eine etwas dunklere Haut, als hätte er sich mehr in Luft und Sonne aufgehalten, und breitere Wangen- und Kieferknochen; er hatte ein stolzes, verschlossenes Gesicht, das beunruhigend still blieb und nichts verriet. Das Gesicht des Leidenden war länglich, beweglich und leidenschaftlich. Seine Wangenknochen waren hoch, die Wangen darunter eingefallen, die Lippen vor Schmerz oder in unbändiger Leidenschaft zusammengepreßt. Zorn mochte einer seiner ständigen Gefährten sein, und brennende Inbrunst ein anderer. Der junge Matthew folgte ihm stumm und in eifersüchtiger Aufmerksamkeit.

Cadfael dachte an Alice Weavers wortreiche Vertraulichkeiten und betrachtete die vernarbten, geschwollenen Füße und den aufgescheuerten Hals. Der Pilger hatte sich ein Stück Leinentuch unter den Kragen seines einfachen dunklen Mantels gelegt, um die Reibung der dünnen Schnur zu mildern, an der ein schweres Eisenkreuz hing. Das Kreuz trug eine blattähnliche Auflage, wahrscheinlich aus Gold, und hing schwer vor seiner Brust. Nach der roten Linie auf dem Leinentuch zu urteilen, war das Polster neu oder es hatte nicht viel geholfen. Die Schnur war schneidend dünn und das Kreuz sehr schwer. Woran konnte ein junger Mann so sehr verzweifeln, daß er beschloß, sich selbst zu foltern? Glaubte er denn, Gott oder St. Winifred seien erfreut, wenn sie sein Leiden sähen?

Fiebrig glänzende Augen musterten ihn. Dann fragte eine leise Stimme: »Seid Ihr Bruder Cadfael? Das ist der Name, den Bruder Denis mir nannte. Er sagte, Ihr hättet Tinkturen und Salben, die mir helfen könnten. So weit jedenfalls«, setzte er hinzu, während er Cadfael wie gebannt betrachtete, »wie man mir überhaupt helfen kann.«

Cadfael betrachtete ihn nachdenklich, doch bevor er Fragen stellte, dirigierte er die beiden in seine Hütte und ließ den Leidenden niedersitzen, um die Wunden sorgfältig zu untersuchen. Der junge Matthew baute sich neben der offenen Tür auf; er achtete darauf, nicht das Licht zu versperren, aber er wollte nicht eintreten.

»Ihr seid recht weit ohne Schuhe gelaufen«, sagte Cadfael, der niederkniete, um die Wunden zu begutachten. »War eine solche Grausamkeit denn nötig?«

»Das war sie. Ich hasse mich nicht so sehr, um dies ohne Grund auf mich zu nehmen.« Der schweigsame Bursche an der Tür regte sich, ohne aber sein Schweigen zu brechen. »Ich habe ein Gelübde abgelegt«, fuhr der Verletzte fort, »das ich nicht brechen werde.« Anscheinend hatte er das Bedürfnis, sich zu erklären, um weiteren Fragen zuvorzukommen. »Mein Name ist Ciaran. Ich bin der Sohn einer walisischen Mutter, und ich kehre dorthin zurück, wo ich geboren wurde, um mein Leben zu beenden, wie es begonnen hat. Ihr seht die Wunden an meinen Füßen, Bruder, aber was mich am meisten schmerzt, ist nirgends an mir zu sehen. Ich habe eine tödliche Krankheit, die für andere keine Bedrohung ist, die meinem Leben aber bald ein Ende setzen wird.«

Das konnte wahr sein, dachte Cadfael, während er die geschwollenen Fußsohlen und die von Kies und

Steinen zerschnittenen Zehen mit Öl reinigte. Das fiebrige Feuer in den tiefliegenden Augen konnte bedeuten, daß im Innern ein noch grimmigeres Feuer wütete. Zwar schien der junge Körper, der jetzt entspannt dasaß, gut gebaut und nicht ausgemergelt, aber das war kein Beweis für eine makellose Gesundheit. Ciarans Stimme blieb leise, gleichmäßig und fest. Wenn er wußte, daß er sterben mußte, dann hatte er sich damit abgefunden.

»Ich habe mir eine Bußpilgerschaft auferlegt und bitte um Heil für meine Seele, was von größter Bedeutung ist. Ich will barfuß und mit einer Bürde beladen zum Stiftsherren von Aberdaron pilgern, damit ich nach meinem Tode auf der heiligen Insel Ynys Enlli begraben werden kann, deren Erdboden aus den Gebeinen und dem Staub von Tausenden und Abertausenden von Heiligen besteht.«

»Ich hatte gedacht«, erwiderte Cadfael nachsichtig, »daß man eine solche Gunst auch erwerben kann, wenn man beschuht und gemächlich und demütig wie jeder andere Mann dorthin geht.« Trotzdem, es war für einen gläubigen Waliser, der sein Ende nahe wußte, ein verständlicher Wunsch. Aberdaron, an der Spitze der Halbinsel von Lleyn gegenüber der heiligsten Insel der walisischen Kirche gelegen, war die letzte Ruhestatt vieler Menschen, und die Gastfreundschaft der Stiftsleute dort wurde keinem Menschen verweigert. »Ich will Euer Opfer nicht in Zweifel ziehen, aber ein selbstauferlegtes Leiden scheint mir etwas überheblich und nicht gerade demütig.«

»So mag es sein«, sagte Ciaran zurückhaltend, »aber das nützt mir jetzt nichts. Ich bin gebunden.«

»Das ist wahr«, warf Matthew von der Tür her ein. Gemessen und doch heftig ertönte seine Stimme, etwas tiefer als die seines Gefährten. »Unwiderruflich gebunden! Das sind wir beide, ich nicht weniger als er.«

»Aber wohl kaum durch dasselbe Gelübde«, entgegnete Cadfael trocken. Denn Matthew trug gute, stabile Schuhe, die etwas ausgetreten waren, aber immer noch einen Schutz vor den Steinen auf der Straße boten.

»Nein, nicht durch dasselbe Gelübde. Aber dennoch gebunden. Und ich vergesse meine Gelübde ebensowenig, wie er die seinen vergißt.«

Cadfael legte den Fuß, den er eingesalbt hatte, nieder, schob ein gefaltetes Tuch darunter, und hob den zweiten Fuß auf seinen Schoß. »Gott verhüte, daß ich je einen Mann in Versuchung bringe, seinen Eid zu brechen. Ihr zwei müßt tun, was ihr geschworen habt. Aber Ihr könnt wenigstens Eure Füße etwas ausruhen, bis die Feier vorbei ist. Damit hätten sie drei Tage Zeit zum Verheilen, und hier im Kloster ist der Boden eben. Und wenn die Wunden verheilt sind und Ihr weiterziehen wollt, gebe ich Euch eine Tinktur mit, die Eure Fußsohlen abhärtet. Warum nicht, wenn Ihr nicht geschworen habt, auf jegliche Hilfe von anderen Menschen zu verzichten? Und da Ihr zu mir gekommen seid, nehme ich an, daß ihr nicht so weit gegangen seid. So, bleibt noch ein wenig sitzen und laßt die Tinktur trocknen.« Er erhob sich von den Knien, begutachtete kritisch seine Arbeit und wandte sich dem Leinentuch zu, das Ciaran um den Hals trug. Er legte beide Hände sanft auf die Kordel, an der das Kreuz hing, und wollte sie ihm über den Kopf ziehen.

»Nein, laßt das!« Es war ein leiser, aber wilder Ausbruch, und Ciaran hielt Kreuz und Kordel fest und drückte seine Last heftig an sich. »Rührt es nicht an! Laßt das!«

»Aber Ihr«, sagte Cadfael erschrocken, »könnt es doch gewiß selbst abnehmen, während ich die Wunde versorge, die es Euch zugefügt hat? Es dauert nicht lange. Warum also nicht?«

»Nein!« Ciaran packte das Kreuz mit beiden Händen und drückte es an sich. »Keinen Augenblick will ich es abnehmen, ich will es Tag und Nacht tragen! Nein! Laßt mich!«

»Dann hebt es etwas an«, sagte Cadfael resigniert, »und haltet es hoch, während ich den Schnitt versorge. Nein, keine Angst, ich will Euch nicht hintergehen. Laßt mich nur das Tuch abnehmen und sehen, wie groß die Wunde darunter ist.«

»Ich habe ihn immer wieder gebeten, es abzulegen«, sagte Matthew leise. »Wie sonst könnte er seine Schmerzen wirklich loswerden?«

Cadfael wickelte das Tuch ab und betrachtete die tiefe Furche und das angetrocknete Blut. Er begann mit einer brennenden Lotion, um die Wunde von Staub und abgestorbenen Hautfetzen zu säubern, und legte dann eine Heilsalbe aus Klebkraut auf. Er faltete das Tuch neu zusammen und wickelte es vorsichtig unter der Kordel um den Hals. »Seht Ihr, Ihr habt Euren Schwur nicht gebrochen. Ihr könnt Eure Last wieder anlegen. Wenn Ihr das Kreuz beim Laufen in den Händen haltet und es im Bett etwas lockert, wird die Wunde verheilt sein, noch bevor Ihr wieder aufbrecht.«

Es schien ihm, als hätten es die beiden sehr eilig, ihn wieder zu verlassen, denn der eine setzte vorsichtig den Fuß auf den Boden, sobald er entlassen war, das Kreuz gehorsam mit beiden Händen haltend, während der andere sofort durch die Tür in den sonnenbeschienenen Garten hinaustrat und auf seinen Freund wartete. Der eine war ihm keinen Dank schuldig, der andere zollte ihm nur die allernotwendigste Anerkennung.

»Ich möchte Euch noch darauf hinweisen«, erklärte Cadfael, indem er die beiden nachdenklich betrachtete, »daß Ihr der Feier zu Ehren einer Heiligen beiwohnen werdet, die schon viele Wunder gewirkt hat und sogar dem Tode trotzte. Sogar einem Mann, der dem Tode geweiht ist«, fuhr er energisch fort, »vermag sie das Leben zu schenken. Vergeßt dies nicht, denn vielleicht hört sie zu!«

Sie gaben keine Antwort und wechselten keinen Blick. Sie starrten ihn nur erschrocken und besorgt aus der duftigen Helligkeit des Gartens an. Dann drehten sie sich gleichzeitig um und entfernten sich, einer humpelnd, der andere festen Schrittes.

Der Abstand war so kurz und das Jäten war so wenig vorangekommen, bis die nächsten zwei eintrafen, daß Cadfael sofort glaubte, die beiden Paare hätten sich vor seinem Kräutergarten getroffen und zumindest ein freundliches Wort gewechselt, nachdem sie die letzten Meilen gemeinsam gereist waren.

Das Mädchen ging hilfsbereit neben ihrem Bruder und überließ ihm den ebensten Teil des Pfades, während sie sich, eine Hand leicht und unaufdringlich unter seinen Ellbogen gelegt, bereithielt, ihn, wenn nötig, zu stützen. Ihr Gesicht war ihm voller Aufmerksamkeit und Liebe zugewandt. Wenn er der verhätschelte Liebling und sie das gesunde Arbeitstier war, dann hatte sie anscheinend keine Probleme mit dieser Einteilung. Ein einziges Mal nur schaute sie über die Schulter zurück und zeigte ein anderes, schüchterneres Lächeln. Sie war mit ihrem selbstgewirkten Kleid sauber und einfach gekleidet, das Haar war zu strengen Zöpfen geflochten, aber ihr Gesicht war lebhaft und strahlte wie eine Rose, und ihre Bewegungen waren trotz der Langsamkeit ihres Bruders von einer Spannkraft und Anmut, die einen hochfliegenden, strebsamen Geist verrieten. Für ein walisisches Mädchen war sie recht hell; ihr Haar hatte die Farbe von Altgold, und die Brauen, die sich hoffnungsfroh über den großen blauen Augen hoben, waren etwas dunkler. Alice Weaver ging nicht fehl in der Annahme, daß ein junger Mann, der diese hübsche kleine Frau einmal aus dem Straßengraben gehoben und in die Arme genommen hatte, sich freudig an das Erlebnis erinnern würde und nicht abgeneigt wäre, es zu wiederholen. Wenn er nur die Augen lange genug von seinem Reisegefährten wenden könnte, um es zu versuchen!

Die Junge stützte sich schwer auf seine Krücken. Sein rechtes Bein hing, die Zehe nach innen gedreht, schlaff herab und berührte kaum den Boden. Wenn er aufrecht gestanden hätte, wäre er eine Handbreit größer als seine Schwester gewesen, aber so zusammengekauert wirkte er kleiner als sie. Und doch war sein junger Körper anmutig geformt, dachte Cadfael, während er ihn nachdenklich betrachtete. Er hatte breite Schultern und schmale Hüften, und das gesunde Bein war lang, kräftig und gut gewachsen. Er hatte nicht viel Fleisch auf den Knochen; er hätte ruhig etwas mehr Gewicht haben können, aber wenn er den ganzen Tag Schmerzen litt, hatte er wohl keinen großen Appetit.

Cadfaels Blick, der zuerst auf den verdrehten Fuß gefallen war, wanderte langsam höher und fand schließlich das Gesicht des Jungen. Er war heller als das Mädchen; Haare und Augenbrauen waren weizengelb, sein schmales, glattes Gesicht glänzte wie Elfenbein, und die Augen, die Cadfaels Blick begegneten, waren von einem hellen Graublau, das kristallklar zwischen langen Wimpern funkelte. Es war das ruhige, stille Gesicht eines Menschen, der in geduldiger Hinnahme geübt und darauf gefaßt war, sein Leben lang diese Tugend üben zu müssen. Cadfael war beim ersten Blick klar, daß Rhun keineswegs eine Wunderheilung erwartete, so sehr Alice Weaver dies auch hoffen mochte.

»Bitte«, sagte das Mädchen schüchtern, »ich bringe meinen Bruder, wie meine Tante es mir aufgetragen hat. Sein Name ist Rhun, und ich heiße Melangell.«

»Sie hat mir von Euch erzählt«, erwiderte Cadfael, indem er sie zur Hütte heranwinkte. »Ihr habt eine lange Reise hinter Euch. Kommt herein und macht es Euch bequem, und ich will mir das Bein ansehen. Ist es durch eine Verletzung so geworden? Ein Sturz vom Pferd oder ein Huftritt? Oder ist es etwa das Knochenfieber?« Er bot dem Jungen einen Platz auf der langen Bank an, nahm ihm die Krücken ab und legte sie beiseite und drehte ihn so herum, daß er die Beine entspannt ausstrecken konnte.

Der Junge, der Cadfaels Blick ernst erwiderte, schüttelte langsam den Kopf. »Es war kein Unfall«, sagte er mit tiefer Männerstimme. »Es kam einfach. Es kam langsam, und ich erinnere mich nicht mehr an die Zeit davor. Man sagte mir, daß ich im Alter von drei oder vier Jahren zu straucheln und zu humpeln begann.«

Melangell, die in der Türe zögernd stehengeblieben war – seltsam, genau wie Ciarans Gefährte, dachte Bruder Cadfael –, warf beinahe hastig ein: »Rhun wird Euch die ganze Geschichte erzählen. Ich lasse Euch jetzt lieber allein; ich werde später zurückkommen und draußen auf der Bank warten, bis Ihr mich braucht.« Rhuns helle, klare Augen, durchscheinend wie Eis in der Sonne, strahlten sie über Cadfaels Schulter hinweg an. »Geh nur«, sagte er. »Es ist ein so schöner, sonniger Tag; du solltest ihn besser nutzen, als mit mir herumzuhumpeln.«

Sie sah ihn lange und ängstlich an, aber in Gedanken war sie bereits fort; zufrieden, daß er in guten Händen war, empfahl sie sich hastig und entschwand. Dann waren sie allein und sahen sich an, Fremde noch, die sich zögernd näherkamen.

»Sie wird Matthew suchen«, sagte Rhun nur. Er schien völlig sicher, daß er verstanden wurde. »Er war gut zu ihr. Und zu mir auch — einmal hat er mich das letzte Stück bis zu unserer Nachtunterkunft auf dem Rücken getragen. Sie mag ihn, und er würde auch sie mögen, wenn er sie nur richtig ansähe; aber er hat nur Augen für Ciaran.«

Diese unverblümte Einfachheit könnte ihm den Ruf eintragen, ein Einfaltspinsel zu sein, aber das wäre eine grobe Fehleinschätzung. Was er sah, sagte er auch — vorausgesetzt, hoffte Cadfael, er hatte den Menschen, mit dem er sprach, genau eingeschätzt —, und er sah mehr als die meisten Menschen, da er mehr als die anderen darauf angewiesen war, seine eintönigen Tage mit Beobachten und Wahrnehmungen zu verbringen.

»Waren sie schon hier?« fragte Rhun, der sich gehorsam bewegte, damit Cadfael ihm die lange Hose von der Hüfte und dem verwachsenen Bein streifen konnte.

»Sie waren hier. Ja, ich weiß es.«

»Ich würde sie gern glücklich sehen.«

»Sie hat es in sich, glücklich zu sein«, sagte Cadfael freundlich und fast gegen seinen Willen. Der Junge hatte eine Art an sich, daß die Antworten unbedacht und ganz von selbst herauskamen, als wäre es die natürlichste Sache der Welt. Der Junge hatte, dachte Cadfael, das Wort ›sie‹ ganz leicht betont; Rhun hatte kaum Hoffnung, selbst je glücklich zu werden, aber er wünschte seiner Schwester alles Glück. »Jetzt paßt auf«, sagte Cadfael, sich seinen Aufgaben widmend, »denn jetzt kommt die Hauptsache. Schließt die Augen und entspannt Euch so weit wie möglich und sagt es mir, sobald ich auf eine Stelle stoße, die schmerzt. Wie ist es jetzt im Ruhen? Tut Euch jetzt etwas weh?«

Rhun schloß folgsam die Augen. Er atmete gleichmäßig und wartete einen Augenblick. »Nein, ich bin ziemlich entspannt.«

Gut. Seine Sehnen schienen locker und kräftig, und in dieser Haltung hatte er keine Schmerzen. Cadfael tastete vorsichtig, sehr sanft und beruhigend, den Schenkel und den Unterschenkel des verwachsenen Beins ab und forschte und prüfte. Derart in Ruhe ausgestreckt schien das Bein beinahe wieder in der richtigen Stellung und wohlgeformt, wenn es auch dem Vergleich mit dem linken nicht standhielt. Außerdem wurde es durch die nach innen gedrehte Zehe und mehrere feste Knoten in der Wade entstellt. Cadfael tastete die Knoten ab und drang mit den Fingern tief ins verhärtete Gewebe ein.

»Da spüre ich etwas«, sagte Rhun. Er atmete tiefer. »Es fühlt sich nicht wie der andere Schmerz an – es tut etwas weh, aber es ist kein Schmerz, bei dem ich weinen müßte. Ein guter Schmerz...« Bruder Cadfael ölte sich die Hände ein, fuhr mit der Handfläche über die verkümmerte Wade und machte sich mit energischen Bewegungen ans Werk. Er bearbeitete Sehnen, die seit Jahren nicht belastet worden waren, abgesehen einmal von der Zehe, die nur unter starker Anspannung den Boden berühren konnte. Cadfael ging sanft und langsam vor und tastete nach den hartnäckigen Knoten. Dort waren unnatürliche Verspannungen, die sich noch nicht lösen wollten. Er arbeitete sanft mit den Fingern und forschte mit dem Geist an anderer Stelle.

»Ihr wurdet früh verwaist. Wie lange seid Ihr schon bei Eurer Tante Alice?«

»Seit sieben Jahren«, sagte Rhun, fast eingeschläfert von den kreisenden Fingern. »Ich weiß, daß wir ihr eine Last sind, aber sie verliert kein Wort darüber, und sie läßt nicht zu, daß ein anderer etwas sagt. Sie hat ein gutgehendes, kleines Geschäft, das für ihre Bedürfnisse genug hergibt. Sie beschäftigt dort zwei Männer, aber reich ist sie nicht. Melangell arbeitet schwer in Haus und Küche und verdient sich ihren Lebensunterhalt. Ich habe das Weben gelernt, aber ich bin sehr langsam. Ich kann nicht lange stehen und nicht lange sitzen, und so bin ich ihr keine Hilfe. Aber sie verliert kein Wort darüber, obwohl sie eine scharfe Zunge haben kann, wenn sie dazu aufgelegt ist.«

»Das kann ich mir vorstellen«, sagte Cadfael friedfertig. »Eine Frau, die so viele Pflichten hat, mag ab und zu die Geduld verlieren, ohne daß es böse gemeint wäre. Sie hat Euch hergebracht, weil sie auf ein Wunder hofft. Wußtet Ihr das? Warum sonst solltet ihr drei so weit wandern und Tag um Tag die Etappen an Eurer Geschwindigkeit messen? Und doch glaube ich, daß Ihr nicht mit einem Gnadenbeweis rechnet. Oder bezweifelt Ihr gar, daß St. Winifred Wunder tun kann?«

»Ich?« Der Junge erschrak. Er schlug die Augen auf, die klarer waren als der östliche Teil des Mittelländischen Meeres, in dem Cadfael vor langer Zeit gefahren war. »Oh, da irrt Ihr Euch. Ich glaube es schon. Aber warum sollte sie es gerade für mich tun? Menschen wie ich kommen zu Tausenden. Wie darf ich da erwarten, zu den Glücklichen zu gehören? Außerdem kann ich mein Los ertragen. Es gibt viele, die nicht ertragen können, was ihnen auferlegt wurde. Die Heilige wird schon wissen, wen sie auserwählt. Es gibt keinen Grund anzunehmen, daß ihre Wahl auf mich fällt.«

»Warum wart Ihr dann bereit, herzukommen?« fragte Cadfael.

Rhun wandte den Kopf ab, und blau geäderte Augenlider verhüllten gleich einer Anemonenblüte seine Augen. »Man wünschte es, und ich tat, was sie verlangten. Und dann war da Melangell ...«

Ja, die hübsche, dem Auge so gefällige Melangell, dachte Cadfael. Ihr Bruder wußte um ihre Armut und wünschte ihr ein wenig Freude und eine gute Partie; denn daheim, wo sie in Haus und Küche hart arbeiten mußte und als mittellose Nichte bekannt war, gab es keine Freier. Aber auf einer so weiten Reise, auf der man vielerlei Gesellschaft fand, mochten sich Gelegenheiten ergeben.

Rhun hatte sich bewegt und einen Muskel angespannt, der ihn zwickte, und nun lehnte er sich unter Schmerzen vorsichtig zurück. Cadfael zog dem Jungen die selbstgewirkte Hose über die Blöße, knotete sie fest zu und zog ihn sanft auf die Füße, auf den gesunden und den verkrüppelten, bis er auf dem Boden aus gestampfter Erde stand.

»Kommt morgen nach dem Hochamt noch einmal zu mir, denn ich glaube, daß ich Euch helfen kann, wenn auch nicht viel. Und nun bleibt hier sitzen. Ich will sehen, ob Eure Schwester schon zurück ist, und wenn nicht, könnt Ihr bleiben, bis sie kommt. Ich werde Euch auch einen Trank geben, den Ihr heute abend vor dem Einschlafen zu Euch nehmen könnt. Er wird Eure Schmerzen lindern und Euch zu Schlaf verhelfen.«

Das Mädchen wartete schon draußen, still und allein gegen die sonnengewärmte Mauer gelehnt, und ihr strahlendes Gesicht war verdüstert, als hätte sich etwas freudig Erwartetes als böse Enttäuschung erwiesen; doch als sie Rhun aus der Hütte kommen sah, erhob sie sich und begrüßte ihn mit einem resoluten Lächeln, und als die beiden sich langsam entfernten, klang ihre Stimme so fröhlich und warm wie immer.

Cadfael hatte Gelegenheit, sie alle am nächsten Tag beim Hochamt zu beobachten; natürlich hätte er seine Gedanken auf höhere Dinge richten müssen, aber sie weigerten sich störrisch, sich höher als bis zu Alice Weavers Kopfhaube und Matthews dichter Lockenpracht zu erheben. Fast alle Bewohner des Gästehauses, die vornehmen, die eigene Kammern hatten, ebenso wie die gewöhnlichen Pilger und Pilgerinnen, die in den beiden Schlafsälen untergebracht waren, kamen in ihrer besten Kleidung zu diesem Gottesdienst. Alice Weaver verfolgte andächtig jedes Wort der Messe und stieß Melangell mehrmals fest in die Rippen, um sie an ihre Pflichten zu erinnern, denn das Mädchen drehte den Kopf oft zur Seite, und ihr Blick galt eher Matthew als dem Altar. Zweifellos hatte der junge Mann ihr Wohlgefallen, wenn nicht sogar ihr ganzes Herz gewonnen. Matthew stand Schulter an Schulter neben Ciaran, aber er sah sich mindestens zweimal um und richtete seine verhangenen Augen, ohne daß sich sein Gesichtsausdruck veränderte, auf Melangell. Doch als sich ihre Blicke einmal trafen, wandte Matthew den Kopf rasch wieder ab.

Dieser junge Mann, dachte Cadfael, der den unterbrochenen Blickkontakt bemerkt hatte, hat etwas im Sinn, an dem ihn kein Mädchen hindern darf: Er muß seinen Gefährten sicher zum Ziel der Reise, nach Aberdaron, führen.

Ciaran war inzwischen überall in der Enklave bekannt. Er hatte nichts Geheimnisvolles, er sprach offen und demütig über sich selbst. Er war für das Priesteramt bestimmt worden, doch er war nicht über den ersten Schritt, den Rang eines Subdiakons, hinausgekommen. Er würde nie die Tonsur erhalten. Bruder Jerome, der immer gern bereit war, sich auf jedes Anzeichen von übernatürlicher Tugend und Heiligkeit einzulassen, hatte ihn unter seine Fittiche genommen und ausgefragt, und er erzählte freimütig jedem Bruder, der es hören wollte, was er erfahren hatte. Die Geschichte von Ciarans tödlicher Krankheit und seiner Bußpilgerschaft nach Aberdaron war inzwischen allen bekannt. Die Strenge, mit der er sich selbst behandelte, machte einen großen Eindruck. Bruder Jerome hielt es für eine Ehre, daß das Haus einen solchen Mann beherbergen durfte. Und tatsächlich zeigte das schlanke, leidenschaftliche Gesicht mit den brennenden Augen und dem widerspenstigen braunen Haar eine große Kraft und Entschlossenheit.

Rhun konnte nicht knien; er blieb den ganzen Gottesdienst steif und reglos auf seinen Krücken stehen, die großen, strahlenden Augen wie gebannt auf den Altar gerichtet. Im weichen, trüben Licht der Kirche, wo die Steinflächen gedämpft die Helligkeit eines wolkenlosen Sommertages reflektierten, sah Cadfael, daß der Junge schön war. Seine Gesichtszüge waren ebenmäßig und anmutig wie die eines Mädchens, der Schwung seines hellen Haars um Ohren und Wangen war engelhaft klar und züchtig. Wer konnte es der Frau, die keinen eigenen Sohn besaß, verdenken, wenn sie in ihn vernarrt war und ihm einige Wochen ihres Lebens schenken wollte, damit er durch ein wenn auch unwahrscheinliches Wunder geheilt würde?

Da mittlerweile nicht nur seine Aufmerksamkeit, sondern auch seine Augen abirrten, gab Cadfael den Kampf auf und ließ sie über die andächtigen Gläubigen wandern, die eng aneinandergedrängt das Hauptschiff der Kirche füllten. Eine wichtige Pilgerfahrt hatte viel von der Atmosphäre eines Jahrmarktes und zog all die Mitläufer an, die bei solchen Gelegenheiten auftauchten: Taschendiebe, gewandte Händler, die Reliquien, Süßigkeiten und Medizin feilboten, Wahrsager, Spieler, Schwindler und Betrüger aller Art. Und einige der letztgenannten erschienen in höchst respektabler Aufmachung und arbeiteten lieber im Klosterbezirk als auf dem Markt der Vorstadt. Es lohnte sicher die Mühe, die Leute hier drinnen gut im Auge zu behalten, während Hughs Wachtmeister draußen aufpaßten, um mögliche Störenfriede zu erkennen, bevor sie Unruhe stiften konnten.

Die Versammlung sah genauso aus wie das, was sie sein sollte. Dennoch waren einige Anwesende einen zweiten Blick wert. Drei bescheidene, unauffällige Handwerker, die kurz nacheinander gekommen waren und sich einander rasch und in aller Offenheit vorgestellt hatten und die sich anscheinend vorher nicht gekannt hatten: Walter Bagot, Handschuhmacher, John Shure, Schneider, und William Hales, Hufschmied. Kleine Handwerker, die das Fest mit ihrem Sommerurlaub verbanden und die Zeit genießen wollten. Warum auch nicht? Allerdings hatte Cadfael die andächtig gefalteten Hände des Schneiders bemerkt; der Mann hatte die langen, gut gepflegten Fingernägel eines Jahrmarktsgauners, die einen Schneider bei der Arbeit sehr gestört hätten. Cadfael prägte sich die Gesichter ein: Das des Handschuhmachers war rund und glänzend, als hätte er es mit dem Fett eingerieben, mit dem er sonst das Leder behandelte; das des Schneiders war länglich und triefäugig mit langem Haar, das die Augen halb verdeckte; das des Hufschmieds war braungebrannt und zwinkernd, das Sinnbild eines gutmütigen Menschen.

Vielleicht waren sie, was sie zu sein vorgaben. Vielleicht auch nicht. Hugh würde aufpassen, und ebenso die vorsichtigen Wirte der Vorstadt und der Stadt, denn sie brannten nicht gerade darauf, Betrüger und Halsabschneider in ihren Schenken zu bewirten, die den Ortsansässigen das Fell über die Ohren zogen.

Als Cadfael nach dem Hochamt die Kirche mit seinen Brüdern sehr nachdenklich verließ, erwartete Rhun ihn schon im Herbarium.

Der Junge ließ Cadfaels Behandlung schweigend und ergeben über sich ergehen und sagte, von der respektvollen Begrüßung abgesehen, kein Wort. Der Rhythmus von Cadfaels forschenden Fingern, die geduldig die Muskelverhärtungen lockerten, die die Lähmung verursachten, hatte eine beruhigende Wirkung, auch wenn sie einmal so tief griffen, daß der Patient vor Schmerz zusammenzuckte. Der Junge hatte den Kopf an die Balken der Rückwand gelehnt und die Augen halb geschlossen. Die Spannung seiner Wangen und Lippen verriet, daß er nicht schlief, aber Cadfael konnte das Gesicht des Jungen genau mustern, während er ihn behandelte. Er bemerkte die Blässe und die dunklen Ringe um die Augen.

»Habt Ihr den Schlaftrunk genommen, den ich Euch gestern gab?« fragte Cadfael, doch er wußte die Antwort bereits. »Nein.« Rhun öffnete besorgt die Augen, da er einen Vorwurf erwartete, doch Cadfaels Gesicht zeigte weder Überraschung noch Vorwurf.

»Warum denn nicht?«

»Ich weiß nicht. Ich hatte plötzlich das Gefühl, daß es nicht nötig wäre«, erwiderte Rhun. Er hatte die Augen wieder geschlossen, um sein Verhalten und seine Motive genau zu betrachten. »Ich habe gebetet. Nicht, daß ich an der Kraft der Heiligen zweifle. Aber es schien mir plötzlich so, als brauchte ich gar nicht zu wünschen, geheilt zu werden ... sondern eher, als könnte ich meine Lahmheit und meinen Schmerz aus freien Stücken aufgeben, nicht als Preis für eine Gunst. Die Leute bringen Opfer, aber ich habe nichts anderes anzubieten. Glaubt Ihr, daß das annehmbar wäre? Ich meine es in aller Demut.«

Kaum einer ihrer vielen Anbeter, dachte Cadfael, vermochte ein kostbareres Opfer darzubringen. Er ist einen langen, schweren Weg gegangen und hat schließlich erkannt, daß Entbehrung, Schmerz und Lahmheit gegen die innere Hinwendung zur Gnade und gegen einen tiefen Seelenfrieden nichts zählen. Diese Ergebenheit kann jeder Mensch nur für sein eigenes Schicksal empfinden, niemals für das eines anderen. Der Kummer eines anderen darf nicht schweigend hingenommen werden, wenn es eine Möglichkeit gibt, ihn zu lindern.

»Und habt Ihr gut geschlafen?«

»Nein. Aber das spielt keine Rolle. Ich lag die ganze Nacht wach und versuchte, mein Schicksal freudig anzunehmen. Ich war nicht der einzige, der keinen Schlaf fand.« Er war im Schlafsaal der Männer untergebracht, und unter seinen Gefährten mußte es, abgesehen von den Patienten mit ansteckenden Krankheiten, die Bruder Edmund isoliert hatte, noch einige andere geben, die auf die eine oder andere Weise ein schweres Los trugen. »Ciaran fand auch keine Ruhe«, sagte

Rhun nachdenklich. »Als nach den Laudes alles still war, erhob er sich leise, um niemand zu stören, von seinem Lager und wollte zur Tür. Ich fand es seltsam, daß er Gürtel und Ranzen an sich nahm...«

Cadfael hörte gespannt zu. Warum nahm ein Mann, der sich des Nachts erleichtern mußte, sein ganzes Gepäck mit? Allerdings gab es in solchen Gemeinschaftsunterkünften, auch wenn sie von Mönchen betrieben wurden, immer wieder Diebstähle, und Ciaran mochte auch im Halbschlaf daran gedacht haben.

»Wirklich? Und was geschah dann?«

»Matthew hatte sein Lager dicht neben Ciarans gezogen, und selbst in der Nacht hat er immer eine Hand zu ihm ausgestreckt. Außerdem scheint er es instinktiv zu bemerken, wenn Ciaran etwas quält. Er erwachte sofort und faßte Ciaran am Arm. Ciaran erschrak und keuchte und blinzelte wie jemand, der plötzlich aus dem Schlaf gerissen worden ist. Er flüsterte, daß er geträumt habe, es sei Zeit, sich wieder auf den Weg zu machen. Matthew nahm ihm den Ranzen ab und stellte ihn beiseite, und dann lagen sie wieder still. Aber ich glaube nicht, daß Ciaran danach gut geschlafen hat. Sein Traum hatte ihn wohl sehr verstört, denn ich hörte, wie er sich noch lange wand und herumwarf.«

»Wußten die beiden«, fragte Cadfael, »daß auch Ihr wach wart und alles hören konntet?«

»Das weiß ich nicht. Ich verstellte mich nicht, ich hatte böse Schmerzen, und sie müssen wohl gehört haben, wie ich mich regte ... ich konnte nichts dagegen tun. Aber natürlich redete ich sie nicht an; das wäre unhöflich gewesen.«

Also ein Traum; vielleicht eine vorgeschobene Erklärung, um Rhun und jeden anderen, der außer ihm wach gelegen hatte, zu täuschen. Natürlich, ein Kranker, der des Nachts Schmerzen hat, mochte sich aus Rücksichtnahme und um seinen Freund in Frieden schlafen zu lassen, verstohlen erheben. Aber andererseits hätte er sich erklären können, wenn er sich erleichtern mußte, und wäre dennoch gegangen, auch nachdem sein Freund erwacht war und ihn zurückgehalten hatte. Doch statt dessen hatte er sich auf einen Alptraum berufen und sich wieder hingelegt. Männer, die sich im Traum erheben, bewegen sich tatsächlich leise und fast verstohlen. Es konnte, es mußte so sein, wie es schien.

»Ihr seid einige Meilen mit den beiden zusammen gereist, Rhun. Wie habt Ihr Euch dabei verstanden? Ihr habt sie sicher ganz gut kennengelernt.«

»Sie waren genauso langsam wie wir, das hielt uns zusammen, nachdem meine Schwester fast über den Haufen geritten worden war. Matthew rannte los und fing sie auf und sprang mit ihr über den Graben. Die beiden wollten uns gerade überholen, aber danach blieben wir zusammen. Ich würde allerdings nicht behaupten, daß wir sie gut kennengelernt haben – sie sind immer so ineinander versunken. Außerdem hatte Ciaran Schmerzen, die ihn wortkarg machten. Er erklärte uns nur, wohin er wollte und aus welchem Grund er die Reise angetreten habe. Melangell und Matthew gingen eine Zeitlang hinter uns, und er hatte ihr ein paar Sachen abgenommen, da er selbst so wenig zu tragen hatte. Ich fand es nicht absonderlich, daß Ciaran so schweigsam war, denn ich wußte, was er zu leiden hatte. Und meine Tante Alice kann für zwei reden«, schloß er ohne Bosheit.

Das konnte sie, und das hatte sie zweifellos auf dem letzten Wegstück bis Shrewsbury getan.

»Diese beiden, Ciaran und Matthew«, forschte Cadfael vorsichtig weiter, »haben sie Euch nicht gesagt, wie sie zusammengekommen sind? Ob sie Verwandte oder Freunde sind oder ob sie sich erst auf der Reise kennengelernt haben? Sie sind etwa im gleichen Alter, sie sind einander recht ähnlich, sie sind junge, gebildete Männer. Ich glaube, sie wurden zu Schreibern oder Schildknappen ausgebildet; sie sind wohl nicht verwandt und nach ihrem Äußeren ganz unterschiedlich erzogen. Und nun frage ich mich, wie die beiden zu dieser Reise zusammengefunden haben. Ihr seid ihnen südlich von Warwick begegnet? Ich frage mich, woher sie kommen.«

»Sie haben nicht darüber gesprochen«, sagte Rhun, der erst jetzt darüber nachzudenken begann. »Es war angenehm, sie als Weggefährten zu haben; so war wenigstens ein kräftiger junger Mann bei uns. Die Straßen können für zwei Frauen, die nur einen Krüppel wie mich bei sich haben, gefährlich sein. Aber nun, da Ihr es erwähnt — nein, sie haben uns weder verraten, woher sie kommen, noch was sie verbindet. Vielleicht weiß meine Schwester mehr«, sagte Rhun. Er rutschte etwas herum, damit Bruder Cadfael die Sehnen seines Oberschenkels bearbeiten konnte. »An manchen Tagen wurde sie mit Matthew warm, und die beiden plauderten recht munter hinter uns.«

Cadfael bezweifelte, daß sich die Gespräche um etwas anderes als um sie selbst gedreht hatten; sie waren wohl Seite an Seite nebeneinander gewandert: Das Mädchen in Gedanken an den Augenblick, als sie umgerissen und über den Graben geschleudert worden war, bis sie direkt an Matthews Brust lag; er mit den Gedanken bei dem zauberhaften Wesen, das neben ihm lief, und bei der Erinnerung an ihren schlanken, warmen, erschreckten Körper in seinen Armen.

»Aber jetzt sieht er sie kaum noch an«, sagte Rhun bedauernd. »Er kümmert sich nur um Ciaran, und Melangell stört ihn nur. Aber er muß sich sehr bemühen, um sie zu übersehen.«

Cadfael strich von oben nach unten über das verwachsene Bein und stand auf, um sich die öligen Hände abzureiben. »So, das reicht für heute. Aber bleibt noch eine Weile ruhig sitzen, bevor Ihr geht. Und nehmt heute nacht den Trank. Oder behaltet ihn wenigstens und tut dann, was Euch richtig erscheint. Aber vergeßt nicht, daß es manchmal auch barmherzig ist, eine Hilfe anzunehmen; es ist dem Helfenden gegenüber barmherzig. Wollt Ihr Euch denn wirklich willentlich eine Folter auferlegen, wie Ciaran es tut? Nein, Ihr sicher nicht, Ihr seid viel zu bescheiden, um Euch als tapferer und verehrungswürdiger Märtyrer aufzuspielen. Haltet es also nicht für einen Fehler, Euch Schmerzen zu ersparen. Aber die Wahl liegt bei Euch; tut, was Euch beliebt.«

Als der Junge seine Krücken aufnahm und über den Pfad zum Hof tappte, folgte Cadfael ihm in einiger Entfernung, um seine Bewegungen zu beobachten, ohne ihn in Verlegenheit zu bringen. Bis jetzt sah er noch keine Veränderung. Die ausgestreckte Zehe berührte kaum den Boden und war immer noch nach innen gedreht. Aber die Sehnen, so verkrampft sie auch waren, besaßen noch etwas Kraft. Sie waren nicht so verfallen und geschrumpft, wie Cadfael es erwartet hatte. Wenn ich ihn lange genug hierbehalten könnte, dachte er, dann würde sich das Bein wohl so weit lockern, daß er es wieder benutzen kann. Aber er wird gehen, wie er kam. In drei Tagen wird alles vorbei sein, dann sind die Feierlichkeiten für dieses Jahr beendet, und das Gästehaus wird sich wieder leeren.

Ciaran und sein Hüter werden gen Norden und Westen nach Wales ziehen, und Alice Weaver wird ihre Küken nach Campden heimführen. Und die beiden, die ein schönes Paar abgegeben hätten, wenn die Dinge anders stünden, werden ihrer Wege gehen und sich nie wiedersehen. Es lag in der Natur solcher Anlässe, daß die Menschen, die in großer Zahl zu den Kirchenfeiern zusammenkamen, sich danach in alle Himmelsrichtungen zerstreuten, um wieder ihren jeweiligen Pflichten nachzugehen. Aber nicht alle mußten unverändert gehen.

Bruder Adam aus Reading, der bei den Mönchen des Hauses im Dormitorium untergebracht war, hatte nur bei den Gottesdiensten und bei zufälligen Begegnungen im Hof Gelegenheit gefunden, die anderen Pilger, die im Gästehaus wohnten, zu beobachten; eines Nachmittags kam er gerade mit Cadfael aus dem Garten, als Ciaran und Matthew den großen Hof überquerten und zum Klostergarten gingen, wo sie vor der Vesper noch eine oder zwei Stunden in der Sonne sitzen wollten. Es waren noch viele andere Menschen unterwegs – Mönche, Laienbrüder und Gäste, die ihren Geschäften nachgingen –, doch Ciarans auffällige Gestalt und sein schmerzhaft langsamer, vorsichtiger Gang fielen sofort auf.

»Die beiden da habe ich schon einmal gesehen«, sagte Bruder Adam und blieb stehen. »In Abingdon, wo ich die erste Nacht verbrachte, nachdem ich Reading verlassen hatte. Sie stiegen in derselben Nacht dort ab.«

»In Abingdon!« wiederholte Cadfael nachdenklich. »So weit aus dem Süden kommen sie also. Seid Ihr ihnen auf dem Weg von Abingdon hierher noch einmal begegnet?«

»Nein, aber das war auch nicht zu erwarten, da ich beritten war. Außerdem war ich im Auftrag meines Abtes nach Leominster unterwegs, und ich nahm den kürzesten Weg. Nein, ich sah sie danach nicht wieder. Aber wenn man sie einmal gesehen hat, kann man sie nicht verwechseln.«

»Welchen Eindruck hattet Ihr von ihnen in Abingdon?« fragte Cadfael, dessen Blicke den Unzertrennlichen folgten, bis sie im Kreuzgang verschwunden waren. »Würdet Ihr sagen, daß sie schon lange unterwegs waren, bevor sie dort übernachteten? Der Mann hat geschworen, barfuß bis Aberdaron zu pilgern, und es brauchte nicht viele Meilen, um ihn so zu zeichnen.«

»Er ging auch da schon etwas lahm. Sie hatten beide Straßenstaub auf ihren Kleidern. Vielleicht waren sie erst einen Tag unterwegs, aber ich bezweifle es.«

»Er kam gestern zu mir, um seine Füße versorgen zu lassen«, erklärte Cadfael, »und ich muß ihn vor der Nachtruhe noch einmal behandeln. Wenn er zwei oder drei Tage Ruhe hält, ist er für die nächste Etappe seiner Reise bereit.« Von Abingdon, das mehr als einen Tagesmarsch entfernt im Süden lag, bis zur äußersten Spitze von Wales; ein langer, langer Weg. »Es scheint mir eine seltsame, sogar falsch verstandene Frömmigkeit, wenn man prahlerisch Schmerzen auf sich nimmt, wo es doch genug arme Kerle in der Welt gibt, die mit Schmerzen geboren wurden, die sie sich nicht selbst ausgesucht haben, die sie aber mit Demut tragen.«

»Die schlichten Gemüter glauben, daß man sich so Verdienste erwerben kann«, wandte Bruder Adam mitfühlend ein. »Vielleicht sieht er darin die einzige Möglichkeit, für seine Tugend gelobt zu werden, und darum klammert er sich daran.«

»Aber er ist keine schlichte Seele«, widersprach Cadfael mit Überzeugung, »was auch immer er sonst sein mag. Er hat eine tödliche Krankheit, sagte er mir, und will seine letzten Tage in gesegnetem Frieden in Aberdaron verbringen. Er will auf Ynys Enlli begraben werden, was für einen Mann von walisischem Blut eine edle Absicht ist. Wenn er sich freiwillig Schmerzen auferlegt, die sein Leiden noch vergrößern, dann mag dies auch ein Zeichen des Trotzes sein, ein Erheben der Hand gegen den Tod. Das könnte ich verstehen, wenn ich es auch nicht billigen würde.«

»Es ist nur natürlich, daß Ihr ihn mißbilligend betrachtet«, stimmte Adam zu, während er nachsichtig über seinen Gefährten und sich selbst lächelte. »Denn schließlich seid Ihr zur Linderung von Schmerzen ausgebildet, die Ihr für Gewalttäter und Feinde haltet, und Ihr benutzt dazu die Pflanzen, in deren Gebrauch wir unterwiesen sind.« Er klopfte auf den Lederranzen an seinem Gürtel, und die Samen darin antworteten mit leisem Rascheln. Sie hatten Cadfaels Tonschalen nach den Samen der letzten Ernte durchgesehen, und Adam hatte zwei oder drei Sorten mitgenommen, die in seinem Herbarium noch nicht vertreten waren. »Schmerz ist nur einer von vielen Drachen, gegen die wir in dieser Welt kämpfen müssen.«

Sie waren müßig zur Steintreppe geschlendert, die zum Haupteingang des Gästehauses hinaufführte, und erfreuten sich inmitten der vielen Geschäftigkeit und Bewegung ihrer Ruhe; doch plötzlich blieb Bruder Adam stehen und starrte über den Hof.

»Soso, wie ich sehe, habt Ihr nicht nur Besuch von Heiligen, sondern auch von einigen unserer Sünder aus dem Süden.«

Cadfael folgte Adams Blick und blieb stehen, um abzuwarten, was der Bruder noch zu sagen hatte, denn der betreffende Mann schien auf den ersten Blick völlig unauffällig. Er stand nahe am Torhaus in einer kleinen Gruppe, die sich dort immer aufhielt, um die Neuankömmlinge und das Getriebe auf dem Hof zu beobachten. Er war hochgewachsen, aber so füllig und rund gebaut, daß seine Größe nicht sofort auffiel. Er hatte die Daumen hinter den Gürtel seines schlichten, weiten Gewandes gehakt; der Rock war gut geschnitten und zeigte, daß er zwar kein Adliger, aber auch kein gewöhnlicher Mann war, sondern eher ein braver, ehrbarer und einigermaßen wohlhabender Bursche, vielleicht ein Händler oder Handwerker. Einer jener Männer, die das Rückgrat vieler Städte Englands bildeten und die es sich leisten konnten, eine Pilgerfahrt mit einem wohlverdienten Urlaub zu verbinden. Er betrachtete wohlwollend das Getriebe um ihn herum, während die Lippen in seinem fülligen, klugen und gut rasierten Gesicht ein breites, zufriedenes Lächeln formten.

»Das ist«, sagte Cadfael, indem er seinen Gefährten neugierig ansah, »ein gewisser Simeon Poer, ein Händler aus Guildford, der sich für sein Seelenheil auf die Pilgerfahrt begeben hat, und weil der Sommer so schön und einladend zu werden verspricht. Warum auch nicht? Könnt Ihr mir einen Grund dafür nennen?«

»Simeon Poer mag sein Name sein«, sagte Bruder Adam, »aber wenn nötig, zieht er ein halbes Dutzend andere aus dem Hut. Ich habe nie seinen Namen gehört, aber sein Gesicht und seine Gestalt kenne ich. Der Vater Abt schickt mich oft zu Erledigungen außerhalb des Klosters, so daß ich die meisten Jahrmärkte und Märkte in unserer Grafschaft und darüber hinaus kenne. Ich habe diesen Burschen auf jedem Jahrmarkt gesehen, und zwar nicht wie ein Stadtvorsteher gekleidet wie jetzt – anscheinend ist es ihm in der letzten Zeit recht gut gegangen. Er hielt sich stets in der Nähe der Grünschnäbel und Großmäuler auf, die sich immer bei solchen Gelegenheiten einfinden. Natürlich um seine Taschen zu füllen. Höchstwahrscheinlich mit Würfelspielen. Noch wahrscheinlicher mit gezinkten Würfeln. Ich würde aber nicht ausschließen, daß er hier und dort in fremde Taschen greift, wenn die Geschäfte schlecht gehen. Ein rascherer Weg, der zum gleichen Ziel führt, wenn er auch gefährlicher ist.«

Bruder Cadfael hatte unter den Unschuldigen schon lange keinen so weltklugen und praktisch veranlagten Bruder mehr getroffen. Die häufigen Botengänge für den Abt hatten Bruder Adams Horizont offenbar beträchtlich erweitert. Cadfael betrachtete ihn mit Respekt und Wärme. Dann wandte er sich wieder um und musterte den lächelnden, wohlwollenden Händler genauer.

»Habt Ihr ihn auch sicher erkannt?«

»Sicher, daß es derselbe Mann ist, ja. So sicher, daß ich ihn offen anschuldigen könnte, nein, das nicht, denn er wurde nur einmal erwischt, und da wand er sich wie ein Fisch und schlüpfte dem Wachtmeister durch die Finger. Aber behaltet ihn genau im Auge, denn vielleicht ereilt ihn hier das Schicksal, das jeden Schurken früher oder später ereilt, auf daß er endlich seine gerechte Strafe bekomme.«

»Wenn Ihr recht habt«, sagte Cadfael, »dann hat er sich weit von seinen Jagdgründen entfernt. Meiner Erfahrung nach, denn ich bin selbst nicht unerfahren in solchen Dingen, verlassen solche Vögel nur selten ihr

Heimatrevier, in dem sie sich meist besser auskennen als die Wachtmeister. Ist ihm der Süden des Landes so heiß unter den Füßen geworden, daß er verschwinden mußte? Das spricht für Schlimmeres als für Betrug beim Würfeln.«

Bruder Adam hob zweifelnd die Schulter. »Mag sein. Einige unserer Gauner fanden die Unordnung, die der Thronstreit der beiden Parteien gebracht hat, auf ihre Weise sehr gewinnbringend, genau wie gewisse Adlige ihren Nutzen daraus gezogen haben. Schlachten sind nichts für sie — sie sind viel zu gefährlich für ihre Haut. Aber die Streitereien, die in Städten entstehen, wo Anhänger der Parteien aufeinandertreffen, sind eine Goldgrube für sie. Da gibt es Taschen, in die man greifen kann, Tumulte, die man unauffällig aus dem Hintergrund anstacheln kann, harmlose Alte, die wohlhabend aussehen und unversehens einen Schlag auf den Kopf oder ein Messer in den Rücken bekommen oder denen im Getümmel die Börse vom Riemen geschnitten wird... das ist sicherer und leichter, als im Wald nach Beute zu jagen, wie es manche Männer auf dem Lande tun.«

Solche Versammlungen, dachte Cadfael, wie jene in Winchester, wo mindestens ein Mann ein Messer in den Rücken bekommen hatte und gestorben war. Ob dieser hier sich so weit von seinen gewohnten Jagdgründen entfernt hatte, weil die Gesetzeshüter im Süden nach ihm suchten? Weil er etwas Schlimmeres getan hatte, als unerfahrene junge Männer beim Würfeln um ihr Geld zu betrügen? War er sogar ein Mörder?

»Im Gästehaus sind noch zwei oder drei andere, bei denen ich meine Zweifel habe«, sagte Cadfael, »aber soweit ich gesehen habe, hat dieser Mann nichts mit ihnen zu tun. Ich will Eure Warnung beherzigen und ihn im Auge behalten, und ich werde Bruder Denis dasselbe raten. Und ich werde es noch heute Hugh Beringar erzählen. Er und der Stadtvorsteher sind froh über jede begründete Warnung.«

Da Ciaran so bequem im Klostergarten saß, schien es eine Zumutung, ihn durch die Gärten zum Herbarium humpeln zu lassen, während Cadfaels große braune Füße in ausgezeichneter Verfassung waren und noch dazu in stabilen Sandalen steckten. So holte Cadfael die Salbe, die er auf Ciarans Wunden und Schrammen gelegt hatte, und die Essenz, die seine empfindlichen Fußsohlen straffen und glätten sollte, und brachte alles in den Kreuzgang. Es war angenehm in der Nachmittagssonne, und das dichte Gras federte kühl unter nackten Füßen. Die Rosen blühten gerade auf, und ihr Duft hing wie ein Segensspruch in der warmen Luft. Aber zwei so verschlossene und bleiche Gesichter! War der eine wirklich verdammt, früh den Tod zu finden, und der andere, einen so engen Freund zu verlieren und zu betrauern?

Ciaran sprach gerade, als Cadfael sich näherte; zunächst bemerkte er ihn nicht, und als er den Besucher sah, der sich ihnen näherte, brachte er dennoch seinen Satz unbeirrt zu Ende: »...du verschwendest nur deine Zeit, denn es wird nicht dazu kommen. Nichts wird sich verändern, also erwarte es auch nicht. Nie! Du läßt mich besser allein und gehst heim.«

Glaubte der eine an St. Winifreds Kraft und betete für ein Wunder? Und war der andere, der Kranke, vom gleichen Geist wie Rhun und gab seinen frühen Tod bereitwillig als gerechtes Opfer hin, statt um Heilung zu beten?

Matthew hatte noch nicht bemerkt, daß Cadfael gekommen war. Mit tiefer, gemessener und energischer Stimme sagte er leise: »Spar dir die Worte! Denn ich werde Schritt für Schritt bis zum Ende mit dir gehen.«

Dann stand Cadfael so nahe vor ihnen, daß sich die Aufmerksamkeit der beiden jungen Männer auf ihn richtete. Sie lösten sich zögernd aus ihrem Streitgespräch, atmeten tief ein und glätteten ihre Gesichter, um der Außenwelt gesittet entgegenzutreten. Sie rückten auf der Steinbank ein wenig auseinander und begrüßten Cadfael mit etwas gezwungenem Lächeln.

»Ich sah keinen Grund, Euch zu mir kommen zu lassen«, sagte Cadfael, indem er niederkniete und seinen Ranzen auf den Rasen setzte, »wo ich doch viel leichter zu Euch kommen kann. Sitzt also bequem und laßt mich sehen, was noch zu tun ist, ehe Ihr frohen Herzens weiterreisen könnt.«

»Das ist sehr freundlich von Euch, Bruder«, sagte Ciaran mit einem tiefen Seufzen. »Seid gewiß, daß ich frohen Herzens reisen werde, denn meine Pilgerschaft ist kurz und meine Ankunft steht nicht in Zweifel.«

Matthew am anderen Ende der Bank sagte leise: »Amen!«

Danach war es still, während Cadfael die geschwollenen Fußsohlen einsalbte und die Essenz kräftig in die mißhandelte Haut massierte, die es bislang sicher gewohnt war, gut beschuht zu laufen. Zum Abschluß rieb Cadfael die Salbe aus Klebkraut in die abheilenden Risse.

»So! Bewegt Euch morgen möglichst wenig und besucht nur die Gottesdienste, an denen Ihr teilnehmen müßt. Hier im Kloster habt Ihr keine weiten Wege. Morgen werde ich noch einmal zu Euch kommen, und übermorgen, wenn die Heilige überführt wird, werdet

Ihr schon etwas länger auf den Füßen stehen können.« Als er so von ihr sprach, wußte er nicht recht, ob er St. Winifreds sterbliche Überreste meinte, von denen man allgemein glaubte, daß sie in dem mit Silber beschlagenen Reliquienschrein ruhten, oder eine Ausstrahlung ihres Geistes, der sogar einen leeren Sarg mit ihrer Heiligkeit füllen konnte; sogar einen Sarg, der armselige, sündige Menschenknochen enthielt, die ihrer Barmherzigkeit unwürdig waren, die aber wie alle Sterblichen der unberechenbaren, wohlwollenden Gnade jener ausgeliefert waren, die über jeden Zweifel erhaben waren. Wenn man aufgrund der reinen Logik auf Wunder rechnen könnte, dann wären es keine Wunder, nicht wahr?

Er rieb sich die Hände mit einer Handvoll Wolle ab und richtete sich auf. In knapp zwanzig Minuten begann die Vesper.

Er hatte sich verabschiedet und wollte gerade durch den Bogengang in den großen Hof treten, da hörte er rasche Schritte hinter sich, und eine Hand zupfte ihn entschuldigend am Ärmel. Es war Matthew, der ihm ins Ohr raunte: »Bruder Cadfael, Ihr habt dies hier vergessen.«

Es war sein Salbentopf aus grobem, grünlichen Ton, der im Gras fast unsichtbar war. Der junge Mann hielt ihn in einer breiten, kräftigen Arbeiterhand, die lange, elegante Finger hatte. Dunkle Augen musterten Cadfaels Gesicht reserviert, aber sehr neugierig.

Cadfael nahm den Topf dankbar entgegen und verwahrte ihn in seinem Ranzen, Ciaran saß dort, wo Matthew ihn verlassen hatte, und richtete sein Gesicht und brennende Blicke auf sie;, sie waren ein gutes Stück von ihm entfernt, und Cadfael sah ihn einen Moment lang als arme Seele, die in einer dichtbevölkerten Welt zu vollkommener Einsamkeit verdammt war.

Cadfael und Matthew sahen sich abschätzend und unsicher an. Da war der kräftige, muntere junge Mann, der zugepackt hatte, als es nötig war, dem Melangell daraufhin ihr junges, unerfahrenes Herz geschenkt hatte und den Rhun als Hoffnung für seine Schwester betrachtete, ohne sich darum zu kümmern, was aus ihm selbst wurde. Aus gutem Hause war er und wohlerzogen, gewiß der Abkömmling eines niederen Adligen, der die lateinische Sprache ebensogut beherrschte wie das Waffenhandwerk. Wie, wenn nicht aus ergebener Liebe, war er dazu gekommen, als mittelloser Vagabund, ohne Heim und nur einem sterbenden Mann verpflichtet, durchs Land zu ziehen?

»Sagt mir die Wahrheit«, begann Cadfael. »Ist es wirklich wahr — ist es *sicher* —, daß Ciaran dem Tod geweiht ist?«

Es gab ein kurzes Schweigen, und Matthews weit auseinanderliegende Augen wurden größer und dunkler. Dann sagte er leise und nachdrücklich: »Es ist wahr. Er ist vom Tod gezeichnet. Wenn Eure Heilige kein Wunder wirkt, dann ist er nicht zu retten. Und ich auch nicht!« Er drehte sich abrupt um und kehrte zu seinem Schutzbefohlenen zurück.

Cadfael ließ das Abendessen im Refektorium aus und wanderte statt dessen durch die Klostersiedlung in Richtung Stadt. Er ging über die Brücke, die den Severn überspannte, durch das Tor in den Ort und über die gewundene Wyle zu Hugh Beringars Stadthaus hinauf. Dort setzte er sich hin und spielte mit seinem Patenkind Giles, einem großen, hübschen und eigensinnigen Jungen, der hell war wie seine Mutter und so lange Gliedmaßen besaß, daß er eines Tages seinem kleinen, dunklen Vater über den Kopf wachsen würde.

Aline brachte für ihren Gatten und seinen Freund Essen und Wein und setzte sich wieder an ihre Näharbeit. Ab und zu blickte sie auf und schenkte den Männern einen heiteren, zufriedenen Blick. Als ihr Sohn in Cadfaels Armen eingeschlafen war, stand sie auf und trug den Jungen behutsam hinaus. Er war schwer, aber sie hatte gelernt, ihn mühelos auf Arm und Schulter zu tragen. Cadfael beobachtete sie liebevoll, als sie den Jungen im Nebenzimmer zu Bett brachte und die Türe schloß.

»Wie ist es nur möglich, daß das Mädchen von Tag zu Tag hübscher und strahlender wird? Ich habe schon viele hübsche Mädchen gesehen, denen die Ehe das Blühen ausgetrieben hat. Aber ihr scheint sie zu bekommen wie der Heiligenschein einem Heiligen.«

»Oh, es spricht schon einiges für die Ehe«, erwiderte Hugh bedächtig. »Ich jedenfalls halte viel davon. Aber für einen Mann in Eurer Tracht, nach so vielen Jahren des Zölibats ... und nachdem Ihr so lange in der Welt herumgestreift seid! Ihr habt gewiß nicht viel vom Ehestand gehalten, denn sonst hättet Ihr es selbst versucht. Ihr habt die Gelübde erst mit vierzig Jahren abgelegt, nachdem Ihr als schmucker junger Mann einen Kreuzzug unternommen hattet. Wie kann ich wissen, ob Ihr in Eurer Erinnerung nicht irgendwo auch eine Aline besitzt, die Euch so teuer ist wie mir die meine? Vielleicht nennt Ihr sogar einen Giles Euer eigen«, fuhr er verschmitzt fort, »einen Giles, der inzwischen Gott weiß wo zum Manne gereift ist...«

Cadfaels Schweigen, so behaglich und zufrieden es auch wirkte, ließ in Hughs sehr empfänglichen Sinnen jedoch sofort eine Warnglocke anschlagen. Nach einem arbeitsreichen Tag am Rande des Schlummers gemütlich in die Kissen geschmiegt, betrachtete er nachdenklich das gedankenverlorene Gesicht seines Freundes und kam rücksichtsvoll auf praktische Dinge zu sprechen.

»So, dann ist dieser Simeon Poer also im Süden bekannt. Ich bin Euch und Bruder Adam für den Hinweis dankbar, wenn sich der Mann bisher auch nichts hat zuschulden kommen lassen. Aber diese anderen, die Ihr mir beschrieben habt ... in Wats Schenke in der Vorstadt steigen gern Fremde ab, die zu einem Jahrmarkt oder Fest kommen und sich in der Stadt umtun wollen. Wat hat mir erzählt, daß er etliche sehr fröhliche Gäste aufgenommen hat, darunter auch einige Fremde. Es könnten die sein, die Ihr beschrieben habt. Einige sind natürlich die üblichen jungen Burschen aus der Stadt und der Klostersiedlung, die mehr Geld als Verstand haben. Sie haben viel getrunken und gewürfelt. Wat war nicht begeistert, als er sah, wie die Würfel fielen.«

»Wie ich es mir gedacht habe«, sagte Cadfael nikkend. »Für jede Messe, die wir feiern, findet woanders eine Würfelmesse statt. Sollen die Narren doch ihr Geld zum Fenster hinauswerfen, wenn sie eine faire Chance haben. Aber Wat erkennt einen gezinkten Würfel, wenn er ihn sieht.«

»Er weiß auch, wie er die Bande aus dem Haus bekommt. Er hat einem der Fremden ins Ohr geflüstert, daß seine Schenke überwacht wird und daß sie sich besser aus dem Staube machen sollten. Heute abend stellt er einen Jungen als Wachtposten auf, um herauszufinden, wo sie sich treffen. Und morgen abend schnappen wir sie, und wenn alles gutgeht, seid Ihr sie für den größten Teil des Festes los.«

Das wäre eine sehr willkommene Reinigung, dachte Cadfael, als er in der beginnenden Dämmerung über die Brücke zurückging. Der Fluß rauschte wirbelnd unter ihm und das letzte Tageslicht spiegelte sich in seinem Wasser; im Niedrigwasser des Sommers hoben sich kleine Inseln, umgeben von vertrocknetem braunen Tang, deutlich hervor. Aber kein Licht, nicht einmal ein Reflex, erhellte den Mord, der weit im Süden des Landes geschehen war, aus dem der Händler Simeon Poer gekommen war. Auf Pilgerschaft für sein Seelenheil? Oder auf der Flucht vor dem Gesetz, nachdem er Schlimmeres getan hatte, als Narren zu betrügen? Cadfael sah sich selbst zu nahe am Rande der Narrheit, um andere Narren überheblich zu betrachten, wenn man auch einwenden konnte, daß Spieler nur bekamen, was sie verdienten.

Das Tor der Abtei war schon geschlossen, aber die Pforte stand noch auf und ließ das letzte Sonnenlicht auf die Straße fallen. Im milden Glanz stieß Cadfael mit einem Mann zusammen, der gleichzeitig mit ihm eintreten wollte. Zu seiner Überraschung wurde er ehrerbietig von einer festen Hand durch die Pforte geleitet.

»Ich wünsche eine gute Nacht, Bruder«, summte ihm eine melodische Stimme ins Ohr, als der heimkehrende Gast ihm auf den Fersen folgte. Und dann eilte der stämmige, kraftvolle, in Wolle gekleidete Simeon Poer, der angebliche Händler aus Guildford, mit energischen Schritten an ihm vorbei, überquerte den großen Hof und stieg die Steintreppe zum Gästehaus hinauf.

Als sie am einundzwanzigsten Tag des Juni, dem Vortag von St. Winifreds Überführung, nach dem Hochamt in einen strahlenden Morgen hinaustraten, wurden die bedächtigen Schritte des Abtes, der zu seiner Wohnung zurückging, abrupt von einem Entsetzensschrei unterbrochen. Der Schrei breitete sich unter den auseinanderstrebenden Kirchgängern aus und trieb einen Keil in die Menge, so daß ein Weg für eine auf unbeholfenen, nackten Füßen vorwärtsstolpernde Gestalt geöffnet wurde. Der junge Mann packte die Robe des Abtes und rief laut und empört: »Ehrwürdiger Vater, hört mich an und übt Gerechtigkeit, denn ich bin beraubt worden! Unter uns ist ein Dieb!«

Der Abt betrachtete erstaunt und besorgt Ciarans Gesicht, das vor Entsetzen und Verzweiflung verzerrt war.

»Ehrwürdiger Vater, ich bitte Euch, sorgt für Gerechtigkeit! Ich bin verloren, wenn Ihr mir nicht helft!«

Dann bemerkte Ciaran mit einiger Verspätung, wie ungebührlich heftig er sich gegen den Abt benommen hatte, und fiel vor ihm auf die Knie. »Entschuldigt!

Entschuldigt! Ich war zu laut und aufgeregt, ich wußte nicht, was ich sagte!«

Die fröhlich schwatzenden Kirchgänger, die gerade aus der Messe gekommen waren, verstummten auf einen Schlag, und statt sich weiter zu zerstreuen, kamen sie näher heran, um neugierig zu lauschen und zu gaffen. Die Mönche des Hauses, die sich derart aufgehalten sahen, verharrten in stiller Mißbilligung. Cadfael löste den Blick von dem knienden, flehenden Ciaran und suchte den unentbehrlichen Gefährten. Matthew drängte sich gerade völlig bestürzt, mit offenem Mund und aufgerissenen Augen, durch die Menge, blieb ein paar Schritte vor dem Abt und Ciaran stehen, sah hilflos zwischen den beiden hin und her und forschte nach der Ursache dieses plötzlichen Aufruhrs. War es denn möglich, daß dem einen etwas geschehen war, was der andere dieses unzertrennlichen Paares nicht wußte?

»Steht auf«, sagte Radulfus ruhig. »Ihr braucht nicht zu knien. Sagt mir, was Ihr zu sagen habt, und Ihr sollt Euer Recht bekommen.«

Die Stille breitete sich weiter aus, bis sie sogar die fernsten Ecken des großen Hofes erfüllte. Die Kirchgänger, die schon bis zum Rande des Hofes gekommen waren, machten kehrt und strebten unauffällig zurück, die Augen aufgerissen und die Ohren aufgestellt, um sich in die Menschentraube zu mischen, die sich inzwischen gebildet hatte.

Ciaran erhob sich und begann zu reden, bevor er aufrecht stand. »Ehrwürdiger Vater, ich hatte einen Ring, die Kopie eines Ringes, den der Herr Bischof von Winchester bei besonderen Anlässen trägt; der Ring war mit seinem Wappen und einer Inschrift geschmückt. Er benutzt diese Kopien, um denen, die er mit Aufträgen ausschickt oder die mit seinem Segen gehen, sicheres Geleit zu gewähren und ihnen einige Türen zu öffnen, damit sie auf der Reise Schutz finden. Ehrwürdiger Vater, der Ring ist verschwunden!«

»Bekamt Ihr diesen Ring von Henry von Blois selbst?« fragte Radulfus.

»Nein, Ehrwürdiger Vater, nicht von ihm persönlich. Ich stand als Laiendiener im Dienst des Priors der Abtei von Hyde, als diese tödliche Krankheit über mich kam. Ich legte ein Gelübde ab, meine letzten Tage in der Stiftspfründe von Aberdaron zu verbringen. Mein Prior – Ihr wißt ja sicher, daß Hyde schon seit einigen Jahren keinen Abt hat – bat den Herrn Bischof um die Güte, mir Schutz auf meiner Reise zu gewähren.«

Also das war der Ausgangspunkt dieser barfüßigen Reise gewesen, dachte Cadfael. Winchester selbst oder so nahe daran, daß die Entfernung keine Rolle spielte. Das neue Münster der Stadt, stets ein eifersüchtiger Rivale des alten, wo Bischof Henry residierte, hatte vor dreißig Jahren sein altes Heim in der Stadt verlassen müssen und war nach Hyde Mead an den nordwestlichen Stadtrand verbannt worden. Zwischen Henry und der Gemeinde von Hyde stand es nicht zum Besten, denn der Bischof selbst hatte dafür gesorgt, daß dort kein neuer Abt eingesetzt wurde; er hatte die Absicht, Hyde in ein Bischofskloster zu verwandeln. Der Streit hatte sich eine Weile hingezogen, der Bischof hatte verschiedene Pläne entworfen, um das Haus in seine Hände zu bekommen, und der Prior hatte sich nach Kräften gegen diese Manipulationen gewehrt. Anscheinend besaß Henry aber noch genug Anstand, um auch dem Diener eines feindlichen Hauses, wenn dieser von Krankheit und Tod bedroht war, seinen

Schutz zu gewähren. Der Reisende, über den der Legat seine schützende Hand hielt, konnte sich ungehindert bewegen, wo immer das Gesetz noch galt. Nur jene, die unwiderruflich außerhalb des Gesetzes standen, würden es wagen, einen so Geschützten anzugreifen.

»Ehrwürdiger Vater, der Ring ist fort, er wurde mir heute morgen gestohlen. Seht hier, die zerschnittenen Bänder, die ihn hielten!« Ciaran hob den dunklen Leinenbeutel, der an seinem Gürtel hing, und zeigte dem Abt die sauber durchtrennten Bänder. »Ein scharfes Messer – irgend jemand hier hat ein Messer. Und mein Ring ist weg!«

Prior Robert stand neben dem Abt, sichtlich aus seiner gewohnten Gelassenheit gerissen. »Ehrwürdiger Vater, dieser Mann sagt die Wahrheit. Er hat mir den Ring gezeigt. Er wurde ihm übergeben, damit er auf seiner Reise, die eine traurige, ernste Bedeutung hat, Hilfe und Gastfreundschaft fände. Wenn der Ring abhanden gekommen ist, sollten wir dann nicht das Tor schließen, solange wir nach ihm suchen?«

»So sei es«, sagte Radulfus und sah schweigend Bruder Jerome nach, der sich dienstbeflissen hinter dem Prior gehalten hatte und nun zum Tor lief, um den Befehl weiterzugeben. »Und jetzt verschnauft und besinnt Euch, denn der verlorene Ring kann nicht weit sein. Ihr habt ihn also nicht getragen, sondern sicher verknotet in Eurem Beutel aufbewahrt?«

»Ja, Vater. Er war für mich von unersetzlichem Wert.«

»Und wann habt Ihr Euch das letzte Mal vergewissert, ob er noch da war?«

»Vater, heute morgen hatte ich ihn noch. Ich besitze nur die wenigen Dinge, die Ihr hier seht. Hätte ich es übersehen können, wenn das Band in der Nacht, während ich schlief, durchgeschnitten worden wäre? Gewiß nicht. Heute morgen war alles noch genauso in Ordnung wie gestern abend. Ich sollte viel ruhen, um meine Füße zu schonen. Heute ging ich nur zur Messe hinaus. Und hier, in dieser Kirche, unter diesen vielen Gläubigen, hat ein Bösewicht gesündigt und mir den Ring abgeschnitten.«

Und wirklich, dachte Cadfael, während er nachdenklich die neugierigen Gesichter betrachtete, es wäre nicht schwer, in einem solchen Gedränge die Bänder zu entdecken, die den versteckten Ring hielten, ihn aus dem Versteck zu reißen, die Bänder durchzuschneiden und gut verborgen im Gedränge das Weite zu suchen, von niemand bemerkt, nicht einmal vom Opfer selbst. Ein geschickter Diebstahl und so verstohlen und gekonnt ausgeführt, daß nicht einmal Matthew, der doch sonst alles spürte, was seinem Freund widerfuhr, die gemeine Tat bemerkt hatte. Matthew starrte Ciaran an, offenbar völlig überrascht und anscheinend unsicher, wie er auf diese Wendung reagieren sollte. Sein Gesicht verriet nichts, es blieb undurchdringlich und ruhig, die Augen wanderten verengt und funkelnd von einem Gesicht zu anderem, als Ciaran, der Abt oder der Prior sprachen. Cadfael bemerkte, daß Melangell sich in seine Nähe gestohlen hatte und zögernd an seinem Ärmel zupfte. Er schüttelte sie nicht ab. Die leichte Drehung seines Kopfes und ein kurzer Blick ließen erkennen, daß er wußte, wer ihn berührte. Er tastete nach Melangells Hand und ergriff sie, während seine Aufmerksamkeit ausschließlich Ciaran zu gelten schien. Irgendwo nicht weit hinter ihnen stützte sich Rhun auf seine Krücken und beobachtete die Ereignisse stirnrunzelnd und entsetzt. Seine Tante Alice stand wachsam und äußerst neugierig hinter ihm. Da stehen wir alle, dachte Cadfael, und niemand weiß, was der andere denkt oder wer getan hat, was getan wurde oder was für die herauskommen wird, die jetzt noch zuschauen und sich wundern.

»Könnt Ihr Euch vielleicht erinnern«, fragte Prior Robert aufgeregt und bekümmert, »wer beim Gottesdienst neben Euch stand? Wenn tatsächlich ein Missetäter den heiligen Gottesdienst entweiht hat und während der heiligen Messe einen Diebstahl beging...«

»Ehrwürdiger Vater, meine Aufmerksamkeit galt nur dem Altar.« Ciaran schüttelte heftig den Kopf und hob noch einmal den beraubten Beutel mit seinen wenigen Besitztümern hoch. »Wir standen so dicht gedrängt, es waren so viele Menschen ... wie es auch bei einem solchen Anlaß nicht anders zu erwarten ist ... Matthew stand wie immer dicht hinter mir. Ich weiß nicht, wer dort sonst noch war. Alle, die am Gottesdienst teilgenommen haben, litten unter der Enge.«

»Wohl wahr«, sagte Prior Robert, der sich über das große Publikum freute. »Vater, das Tor ist versperrt, und es sind noch alle hier, die an der Messe teilnahmen. Wir haben alle den Wunsch, diese Missetat gesühnt zu sehen.«

»Alle bis auf einen«, erwiderte Radulfus trocken. »Bis auf den, der mit einem scharfen Messer oder Dolch kam und die Bänder durchschnitt. Wer weiß, mit welcher Absicht er die Waffe mitgebracht hatte; ich kann ihn nur bitten, in sich zu gehen und für seine Seele zu beten. Robert, dieser Ring muß gefunden werden. Alle, die guten Willens sind, werden gewiß ihre Hilfe anbieten und freiwillig zeigen, was sie bei sich haben. Ebenso jeder Gast, der keinen Diebstahl und kein Sakrileg zu verbergen hat. Vergewissert Euch unterdessen, ob nicht noch andere Wertgegenstände fehlen. Denn ein Diebstahl bedeutet, daß wir einen Dieb unter uns haben.«

»Ich werde mich darum kümmern, Ehrwürdiger Vater«, sagte Robert eifrig. »Kein ehrbarer, ergebener Pilger wird sich weigern, uns zu helfen. Wie könnte er wünschen, seine Unterkunft hier mit einem Dieb zu teilen?«

Die Leute regten sich zustimmend, wenn auch mit einiger Verzögerung, denn jeder beäugte zunächst seinen Nachbarn, bevor er sich entschied, als erster zu sprechen. Sie waren aus allen Richtungen gekommen und hatten, obwohl sie einander nicht kannten, in Festtagsstimmung neue Freundschaften geschlossen. Aber wie konnten sie wissen, wer unschuldig und wer verdächtig war, nachdem die Welt nun mit erbarmungslosem Finger auf die Gläubigen zeigte?

»Vater«, flehte Ciaran, der vor Verzweiflung schwitzte und zitterte, »hier habt Ihr meinen Beutel, in dem alles ist, was ich in die Enklave mitgebracht habe. Untersucht ihn und zeigt allen, daß ich tatsächlich beraubt worden bin. Ich hatte nicht einmal Schuhe an den Füßen, als ich kam, und Ihr haltet nun meinen ganzen Besitz in Euren Händen. Mein Gefährte Matthew wird Euch seinen Beutel ebenso bereitwillig übergeben und all den anderen ein Beispiel sein, die sich vom Verdacht befreien wollen. Sie werden sich gewiß genauso freiwillig anbieten wie wir.«

Matthew hatte seine Hand abrupt aus Melangells Hand gerissen und hob seinen ungebleichten Leinenbeutel, der Ciarans Beutel sehr ähnlich war. Ciarans spärliche Reiseausrüstung lag inzwischen offen in den Händen des Priors. Robert legte alles in den Beutel zurück, was er daraus genommen hatte, und folgte Ciarans verzweifeltem Blick.

»Ich gebe es gern in Eure Hände, Ehrwürdiger Vater«, sagte Matthew, indem er den Beutel vom Gürtel löste und dem Prior übergab.

Robert nahm ihn mit einer Verbeugung an, öffnete ihn und untersuchte gründlich seinen Inhalt. Den größten Teil des Inhalts erforschte er, ohne ihn herauszunehmen; ein sauberes Hemd und eine Leinenunterhose, die im Beutel verknittert waren, nachdem sie unterwegs wahrscheinlich mehr als einmal gewaschen worden waren. Die wenigen Toilettenartikel eines Mannes: ein Rasiermesser, ein Stückchen Seife, ein ledergebundenes Brevier, eine fast leere Geldbörse, ein Stückchen zusammengefaltetes, bestickte Band. Robert nahm den einzigen Gegenstand, den er glaubte zeigen zu müssen, heraus: einen Dolch in einer Scheide, wie ihn feine Herren an der rechten Hüfte trugen, kaum länger als eine Männerhand.

»Ja, der gehört mir«, sagte Matthew, indem er Abt Radulfus offen anblickte. »Er ist nicht dazu benutzt worden, um die Bänder zu durchschneiden. Er hat meinen Beutel nicht verlassen, seit ich in Eure Enklave gekommen bin, Vater Abt.«

Radulfus blickte vom Dolch zu seinem Besitzer und nickte kurz. »Ich kann gut verstehen, daß ein junger Mann sich heute nicht völlig wehrlos auf die Straße begibt, und das um so mehr, als er noch einen Gefährten zu verteidigen hat, der keine Waffe trägt. Ja, ich kann Euch verstehen, mein Sohn. Dennoch dürft Ihr in diesen Mauern keine Waffen tragen.«

»Was hätte ich denn tun sollen?« fragte Matthew laut und mit einem Unterton, der beinahe trotzig war.

»Das, was Ihr jetzt tun müßt«, sagte Radulfus fest. »Ihr müßt den Dolch der Obhut des Bruders Pförtner im Torhaus übergeben, wie es auch die anderen mit ihren Waffen getan haben. Wenn Ihr aufbrecht, könnt Ihr ihn zurückbekommen.«

Es blieb Matthew nichts anderes übrig, als den Kopf zu neigen und demütig nachzugeben, was ihm mit einigem Anstand gelang, wenn er auch nicht erfreut war. »Ich will es tun, Ehrwürdiger Vater, und ich bitte Euch um Verzeihung, weil ich Euch nicht vorher gefragt habe.«

»Aber Ehrwürdiger Vater«, flehte Ciaran aufgeregt, »mein Ring ... wie soll ich den Weg überstehen, wenn ich nicht das Unterpfand für sicheres Geleit vorweisen kann?«

»Euer Ring soll in der ganzen Enklave gesucht werden«, erwiderte der Abt, indem er die Stimme hob, damit ihn die ganze schweigende Menge hören konnte, »und jeder Mann, der keine Schuld an seinem Verschwinden trägt, wird bereitwillig seinen Besitz durchsuchen lassen. Kümmert Euch darum, Robert!«

Damit setzte er seinen Weg fort, und nachdem ihm die Menge einen Augenblick schweigend nachgesehen hatte, begannen die Leute aufgeregt zu murmeln. Prior Robert nahm Ciaran unter seine Fittiche und führte ihn zum Gästehaus, um sich der Hilfe von Bruder Denis zu versichern, der bei der Suche nach dem bischöflichen Ring helfen sollte. Matthew zögerte einen Augenblick, warf Melangell einen raschen Blick zu und folgte den beiden hastig ins Haus.

Es wäre unmöglich gewesen, eine unschuldigere und bereitwilligere Gesellschaft zu finden als die Gäste der Abtei von Shrewsbury an jenem Tag. Jedermann öffnete fast begierig sein Bündel oder seine Schachtel, um eilig zu zeigen, daß er unschuldig war. Die Suche, die so diskret wie möglich durchgeführt wurde, zog sich über den ganzen Nachmittag hin, doch der Ring wurde nicht gefunden. Zu allem Überfluß machten einige der wohlhabenderen Bewohner des Schlafsaales, die bislang noch keinen Anlaß gehabt hatten, ihr Gepäck gründlich zu durchforschen, schmerzliche Entdeckungen, als sie nun dazu gezwungen wurden. Ein Freisasse aus Lichfield fand seine Reservebörse um die Hälfte erleichtert. Herr Simeon Poer, der unter den ersten war, die ihre Besitztümer offenlegten und der am lautesten ein so schändliches Verbrechen verdammte, behauptete, ihm sei eine Silberkette gestohlen worden, die er am nächsten Tag hatte auf den Altar legen wollen. Ein armer Gemeindepriester, der sich mit dieser Pilgerfahrt einen Lebenstraum erfüllt hatte, beklagte den Verlust eines kleinen Kästchens, das er in einjähriger Arbeit selbst geschnitzt und mit Einlegearbeiten aus Silber und Glas verziert hatte; er hatte gehofft, in diesem Kästchen eine Erinnerung an die Reise mitzunehmen, vielleicht eine Blume aus dem Garten, vielleicht sogar einen Faden aus dem Saum des Altartuches unter St. Winifreds Schrein. Ein Händler aus Worcester konnte den Ledergürtel nicht mehr finden, den er am nächsten Tag zu seinem besten Kleid hatte anlegen wollen. Einer oder zwei andere äußerten den Verdacht, ihre Habseligkeiten seien durchwühlt und als zu wertlos verworfen worden, was das Schlimmste überhaupt schien.

Als Cadfael sich schließlich in seine Hütte zurückzog, um Rhun zu erwarten, war alles vorbei, und es war vergebens gewesen. Der Junge kam zur verabredeten Stunde mit großen Augen und nachdenklich und ließ Cadfaels Behandlung stumm über sich ergehen. Cadfael arbeitete sich jeden Tag ein wenig tiefer in das verknotete, störrische Gewebe hinein.

»Bruder«, sagte Rhun schließlich, indem er aufblickte. »Ihr habt sonst keinen Dolch gefunden, nicht wahr?«

»Nein, nichts dergleichen.« Natürlich hatte man einige kleine, einfache Messer gefunden, wie man sie benutzt, um Brot und Fleisch in einer Herberge oder auf freiem Feld zu schneiden. Viele Messer waren scharf genug, um für alle möglichen Zwecke benutzt zu werden, aber nicht scharf genug, um stabile Bänder mit einem Schnitt zu durchtrennen, ohne daß der Träger aufmerksam wurde. »Aber Männer, die rasiert sind, besitzen auch Rasiermesser, und ein stumpfes Rasiermesser wäre abscheulich. Wenn ein Dieb in die Abtei kommt, mein Junge, dann fällt es einem ehrlichen Mann schwer, sich zur Wehr zu setzen. Wer keine Skrupel kennt, ist immer jenen gegenüber im Vorteil, die sich an die Gebote halten. Aber Ihr braucht Euch nicht zu sorgen, Ihr habt Euch nichts zuschulden kommen lassen. Laßt Euch durch diese Missetat nicht den morgigen Tag verderben.«

»Nein«, stimmte der Junge zu, doch er schien tief in Gedanken versunken. »Aber, Bruder, es *gibt* einen weiteren Dolch — wenigstens einen. Mit Scheide und allem, was dazugehört, und recht lang. Ich weiß es, weil ich gestern bei der Messe gegen ihn gedrückt wurde. Ihr wißt ja, ich muß meine Krücken sehr fest halten, wenn ich lange stehen will, und der Mann hatte einen großen Leinensack am Gürtel, den er gegen meine Hand und meinen Arm preßte, als wir im Gedränge standen. Ich konnte den Umriß genau spüren, den Griff und alles. Ich weiß es genau! Aber Ihr habt ihn nicht gefunden.« »Und wer war es?« fragte Cadfael, der immer noch vorsichtig das verhärtete Fleisch bearbeitete. »Wer trug diese Waffe bei der Messe?«

»Es war der große Händler mit dem guten Kleid, das aus Hochlandwolle gewirkt ist. Ich habe gelernt, wie man die Tucharten unterscheidet. Der Mann heißt Simeon Poer. Aber Ihr habt das Messer nicht gefunden. Vielleicht hat er es wie Matthew dem Bruder Pförtner übergeben.«

»Vielleicht«, sagte Cadfael. »Wann habt Ihr das Messer bemerkt? Gestern? Aber was war heute? Stand er wieder in Eurer Nähe?«

»Nein, heute nicht.«

Nein, heute hatte er gelassen das Schauspiel beobachtet und sich bereitgehalten, als erster seinen Beutel vorzuzeigen, um zufrieden zu lächeln, als der Abt die Entwaffnung eines anderen Mannes befahl. Er hatte gewiß keinen Dolch bei sich gehabt, denn er hatte ihn in der Zwischenzeit versteckt. Es gab in diesen Mauern genug Verstecke für einen Dolch und einen kleinen Haufen gestohlener Wertgegenstände. Die Suche war im Grunde vergebens, solange man nicht bereit war, die Tore geschlossen und die Gäste gefangen zu halten, bis jedes Fleckchen des Gartens umgegraben und jedes Bett und jede Bank in Dormitorium und Gästehaus zerlegt waren. Die Sünder sind den Gerechten immer eine Nasenlänge voraus.

»Es war nicht recht, daß Matthew seinen Dolch abgeben mußte«, sagte Rhun, »während ein anderer Mann seinen noch bei sich trug. Und Ciaran, der sich kaum bewegen kann, vermißt nun seinen Ring. Er wird bis morgen das Dormitorium nicht verlassen, er ist ganz krank wegen des Verlustes.«

Ja, so war es wohl. Und wie seltsam, dachte Cadfael, daß ein Mann, der sich als todgeweiht erklärt hatte, vor Furcht schwitzte. Was sollte er noch fürchten? Die Furcht sollte vor allem anderen sterben.

Aber die Menschen sind seltsam, dachte er, indem er sich besann. Und ein gesegneter, stiller Tod in Aberdaron, gut vorbereitet und umgeben von den Gebeten und dem Mitgefühl gleichgesinnter Gläubiger, war wohl etwas ganz anderes als ein gewaltsamer Tod durch einen Fremden oder einen Wegelagerer irgendwo in der Wildnis.

Aber dieser Simeon Poer – angenommen, er hatte gestern einen Dolch; dann trug er ihn auch heute noch bei sich, im Gedränge der Messe. Was hatte er so rasch damit getan, bevor Ciaran den Verlust entdeckte? Und wie konnte er wissen, daß er sich der Waffe so schnell entledigen mußte? Wer außer dem Dieb selbst wußte von dieser Notwendigkeit?

»Zerbrecht Euch nicht weiter den Kopf«, sagte Cadfael, während er das schöne zarte Gesicht des Jungen betrachtete. »Weder um Matthew noch um Ciaran. Denkt nur an morgen, wenn Ihr Euch der Heiligen nähern werdet. Sie und Gott sehen alles, und man muß ihnen nicht eigens sagen, welche Not man leidet. Ihr braucht nur still auf das zu warten, was kommen wird. Denn was auch immer geschieht, es wird nicht willkürlich sein. Habt Ihr gesten abend Eure Medizin genommen?«

Rhun riß verblüfft die hellen, strahlenden Augen auf. Sie sahen aus wie Sonnenlicht und Eis, blendend hell. »Nein. Es ging mir gestern gut, und ich wollte mich bedanken. Nicht, daß ich nicht schätze, was Ihr für mich tut. Ich wünschte nur, ich könnte auch etwas geben. Und ich habe gut geschlafen, ich habe wirklich gut geschlafen...«

»Dann macht es heute abend genauso«, sagte Cadfael sanft und schob einen Arm um den Jungen, um ihm aufzuhelfen. »Sprecht Eure Gebete, überlegt Euch im Stillen, was Ihr tun müßt, tut es und schlaft. Kein Mensch, kein König und kein Kaiser, kann mehr für Euch tun als Ihr selbst.«

Ciaran verließ das Gästehaus an diesem Tag nicht mehr. Nur Matthew ließ sich blicken und erschien, ganz im Gegensatz zu allen früheren Auftritten, ohne seinen Gefährten in der Tür des Gästehauses. Er stand oben auf der steinernen Treppe, die in den großen Hof hinunterführte, hatte die Hände in den Türrahmen gestemmt und den Kopf zurückgeworfen, um tief die Abendluft einzuatmen. Das Abendessen war vorbei, und im kühlen, satten Dahindämmern vor der Komplet war es recht ruhig im großen Hof.

Bruder Cadfael hatte den Kapitelsaal schon vor dem Ende der Bibellesung verlassen, denn er hatte im Herbarium noch einige Dinge zu erledigen. Er wollte sich gerade zum Garten wenden, als er den jungen Mann oben auf der Treppe stehen sah, tief atmend und mit offensichtlichem Wohlbehagen. Aus irgendeinem Grund wirkte Matthew allein größer und jünger; sein Gesicht war im weichen Abendlicht verschlossen, aber ruhig. Als er die Treppe herunterkam, suchte Cadfael instinktiv nach der zweiten Gestalt, die ihm dichtauf hätte folgen müssen, wenn sie nicht gerade einen Schritt vor ihm ging, aber kein Ciaran tauchte auf. Nun, er war gedrängt worden, sich auszuruhen, und hatte wahrscheinlich bereitwillig gehorcht, aber Matthew hatte ihn, ob Tag, ob Nacht, ob im Ruhen oder auf der Wanderung, noch nie allein gelassen. Nicht einmal, um bei Melangell zu sein, außer mit verhangenen Augen und gegen seinen Willen.

Die Menschen, dachte Cadfael, als er gemächlich seinen Weg fortsetzte, sind ein ewiges Geheimnis, und ich bin ewig neugierig. Zweifellos eine Sünde, die gebeichtet werden mußte, die aber eine Buße wert war. Solange ein Mensch auf seine Mitmenschen neugierig ist, hält ihn allein schon dieser Appetit am Leben. Warum tun die Menschen die Dinge, die sie tun? Warum, wenn man doch weiß, daß man krank ist und sterben muß und nur den Wunsch hat, vor dem Ende einen sicheren Hafen anzulaufen, verurteilt man sich selbst zu einer langen, barfüßigen Reise und belastet sich mit einem Gewicht um den Hals? Wie kann man damit vor Gott besser dastehen als einer, der unterwegs einem Krüppel die Hand reicht, der nicht durch eine Marotte, sondern von Geburt an behindert ist wie der junge Rhun? Und warum verschwendet einer seine Jugend und seine Kraft darauf, einem anderen Schritt um Schritt durchs Land zu folgen, und warum duldet der andere diese Gesellschaft, wo er doch besser seinen Frieden finden und sich anständig von seinen Freunden verabschieden sollte, statt ihnen die eigene Last aufzubürden?

Als er um die Ecke der Eibenhecke bog und den Rosengarten betrat, blieb er überrascht stehen. Jenseits der Blumenbeete saß eine Frau im Gras und blickte über die abschüssigen Erbsenfelder zum flachen, silbernen Wasser des Meole-Bachs hinunter. Sie saß einsam und reglos, hatte die Knie zum Kinn hochgezogen und die Arme darumgelegt. Da Tante Alice Weaver gewiß mit einem halben Dutzend würdevoller gleichaltriger Matronen in ein Gespräch vertieft war, und Rhun schon schlief, hatte Melangell sich allein fortgestohlen, um im stillen Garten zu sitzen und ihren traurigen Träumen und unbezähmbaren Hoffnungen nachzuhängen. Sie war ein kleiner, dunkler Umriß, der vor dem hellen Westhimmel einen goldenen Heiligenschein bekam. Nach diesem Himmel zu urteilen, würde der nächste Tag, St. Winifreds Tag, schön und wolkenlos werden.

Die ganze Weite des Rosengartens lag zwischen ihnen, und sie hörte ihn nicht, als er über den Grasweg zu seiner Hütte ging, um sich den letzten Pflichten des Tages zu widmen. Er mußte alles ordentlich verwahren, die Stöpsel seiner Flaschen und Gefäße prüfen und sich vergewissern, ob die Kohlenpfanne, die er tagsüber benutzt hatte, gelöscht und abgekühlt war. Bruder Oswin, sein junger begeisterter und ergebener Helfer, neigte manchmal dazu, solche Kleinigkeiten zu übersehen, wenn er auch lange nicht mehr so viel zerbrach wie früher. Cadfael sah sich gründlich um und fand alles in bester Ordnung. Er hatte es nicht eilig; bis zur Komplet war noch etwas Zeit, und er konnte sich in der düsteren, nach Holz duftenden Hütte niedersetzen und nachdenken. Es war die Zeit für andere, einander zu verlieren oder zu finden und diese letzten Augenblicke des Tages zu nutzen oder zu verschwenden. Walter Bagot, Handschuhmacher; John Shure, Schneider; William Hales, Hufschmied; sie wollten sich heute abend zum Würfelspiel treffen und würden Hugh in die Falle laufen. Zeit für den zwielichtigen Simeon Poer, der gleichen Falle auszuweichen oder hineinzutappen oder ganz eigenen nächtlichen Geschäften nachzugehen. Cadfael hatte zwei von dreien zum Tor hinausgehen gesehen, und der dritte war etwas später gefolgt. Er war sicher, daß der selbsternannte Händler aus Guildford ihnen kurz darauf gefolgt war. Zeit auch für den seltsamen einsamen jungen Mann, der sich irgendwie von seinen Ketten befreit hatte, die ganze Enklave zu durchstreifen, die ihm plötzlich offenstand, und das einsame Mädchen zu treffen.

Cadfael legte die Füße auf die Holzbank und schloß die Augen, um ein wenig zu ruhen.

Matthew war plötzlich hinter ihr, ohne daß sie ihn kommen gehört hatte. Als er auf das von der Sonne getrocknete Gras am Rande der Wiese trat, wurde sie durch das Rascheln erschreckt, und sie fuhr hastig herum, erhob sich auf die Knie und starrte ihn an, halb geblendet vom grellen Sonnenuntergang, in den sie die ganze Zeit geblickt hatte. Ihr Gesicht war offen, verletzlich und kindlich. Sie sah aus wie damals, als er sie vor den herangaloppierenden Pferden von der Straße gerissen hatte, um mit ihr über den Graben zu springen. Genau wie damals riß sie die Augen auf und blickte benommen und erschrocken zu ihm auf, und genau wie damals wich ihre Furcht einem Ausdruck von Verwunderung und Freude, da sie in ihm nichts als Trost, Freundlichkeit und Bewunderung fand.

Der offene Blickwechsel war nicht von Dauer. Sie blinzelte und schüttelte leicht den Kopf, um die Verschwommenheit aus ihren Augen zu treiben. Sie sah suchend an ihm vorbei und konnte nicht glauben, daß er allein gekommen war.

»Ciaran ... suchst du etwas für ihn?«

»Nein«, sagte Matthew kurz angebunden und wandte einen Moment den Kopf ab. »Er ist im Bett.«

»Aber du weichst doch nie von seiner Seite.« Sie sagte es in aller Unschuld, sogar besorgt. Sie mochte Vorbehalte gegen Ciaran haben, aber sie hatte Mitleid mit ihm und verstand ihn dennoch.

»Wie du siehst, habe ich es getan«, sagte Matthew barsch. »Auch ich habe Bedürfnisse ... ich mußte an die Luft. Er ist dort drinnen gut aufgehoben, er wird es nicht einmal bemerken.«

»Ich wußte ja«, sagte sie resigniert und verbittert, »daß du nicht meinetwegen gekommen bist.« Sie wollte in einer raschen, anmutigen Bewegung aufstehen, aber er kam ihr zuvor und streckte, wie es schien, fast gegen seinen Willen, eine Hand aus, um ihr Handgelenk zu fassen und ihr aufzuhelfen. Als sie der Berührung auswich, zog er die Hand abrupt zurück, und sie erhob sich ohne seine Hilfe. »Aber wenigstens«, sagte sie kühl, »bist du nicht gleich weggerannt, als du mich gesehen hast. Ich sollte dankbar dafür sein.«

»Ich bin nicht frei«, erwiderte er verletzt. »Das weißt du so gut wie ich.«

»Dann warst du auch nicht frei, als wir zusammen die Straße entlang gewandert sind«, versetzte Melangell heftig, »als du meine Last getragen hast und neben mir gegangen bist und Ciaran hast voraushumpeln lassen, so daß er nicht sehen konnte, wie du mich angelächelt hast, wie galant du warst und wie du mir geholfen hast, wenn der Weg uneben war, und wie zärtlich du gesprochen hast, als freutest du dich darüber, neben mir zu gehen. Warum hast du mich da nicht gewarnt, daß du nicht frei wärest? Oder besser, warum habt ihr nicht einen anderen Weg eingeschlagen und uns allein gelassen? Dann hätte ich die Zeit nutzen und dich vergessen können. Aber jetzt kann ich das nicht mehr! Nie mehr, bis ich sterbe!«

Die Haut auf seinen Lippen und Wangen spannte sich und erbleichte, und sie wußte nicht, ob es Zorn oder Schmerz war. Sie war zu nahe und zu betroffen, um klar sehen zu können. Er wandte abrupt den Kopf ab, um ihrem Blick auszuweichen.

»Dein Vorwurf ist berechtigt«, sagte er mit rauhem Flüstern. »Ich habe einen Fehler gemacht. Ich hätte nie glauben dürfen, daß ich ein so süßes Glück finden könnte. Ich hätte dich verlassen sollen, aber ich konnte nicht ... mein Gott! Glaubst du denn, ich hätte ihn auf einen anderen Weg führen können? Er hat sich an dich, an deine Tante geklammert ... und doch hätte ich stark genug sein müssen, von euch abzulassen und euch allein zu lassen...« So rasch, wie er sich umgedreht hatte, wandte er sich ihr wieder zu, legte ihr eine Hand auf die Wange und hielt ihr Gesicht nahe vor seines. Die Berührung war so unsanft, daß sie den Druck seiner Finger auf der Haut spürte. »Weißt du überhaupt, was du da verlangst? Nein! Du hast dein eigenes Gesicht nie gesehen, jedenfalls nicht durch die Augen eines anderen. Wer könnte dir einen Spiegel geben, damit du dich selbst siehst? Oder einen Teich, wenn du dir die Zeit nimmst, dich darüberzubeugen und zu schauen. Wie kannst du wissen, was dieses Gesicht bei einem Mann anrichtet, der verloren ist? Und du wunderst dich, daß ich durstig trank wie ein ausgetrockneter Schwamm, als du neben mir wandertest? Ich hätte besser sterben sollen, als bei dir zu bleiben und deinen Frieden zu stören. Gott vergib mir!«

Sie war fünf Jahre näher an der Kindheit als er, selbst wenn man die zwei Jahre berücksichtigt, die ein Mädchen einem gleichaltrigen Jungen voraus ist. Sie stand benommen da, von seiner Leidenschaft etwas erschreckt und vom Schmerz, der wie ein beißender, überwältigender Duft von ihm ausging, unsagbar bewegt. Die langfingrige Hand, die ihr Gesicht hielt, zitterte heftig; sein ganzer Körper zitterte. Sie legte ihre Hand sanft und schützend auf seine, durch seine größere, unerklärliche Verzweiflung aus ihrem eigenen Kummer gerissen.

»Ich darf nicht für Gott sprechen«, sagte sie fest, »aber ich kann vergeben, was ich selbst zu vergeben habe. Es ist nicht deine Schuld, daß ich dich liebe. Du hast nichts anderes getan, als freundlicher zu mir zu sein als jeder andere Mann, der mir bisher begegnet ist. Und ich wußte es, Geliebter, du hast es mir gesagt, wenn ich nur zugehört hätte, du hast mir gesagt, daß du ein Gelübde abgelegt hast. Du hast mir nicht gesagt, von welcher Art es war, aber mein Herz war noch nie so bekümmert ...«

Während sie versunken beieinander standen, war das Licht der untergehenden Sonne düsterer geworden und verbrannte still zu glühender Asche, und die Dämmerung breitete sich aus wie die Schwingen eines Mauerseglers, verdunkelte ihre Gesichter und schmolz zu einem perlmuttfarbenen Glanz dahin. Tränen füllten ihrer beider Augen. Als er sich zu ihr hinunterbeugte, konnte man nicht erkennen, wer den Kuß begonnen hatte.

Die kleine Glocke, die zur Komplet rief, hallte an diesem stillen Abend laut durch den Garten und weckte Bruder Cadfael sofort aus seinem Schlummer. In den langen, kriegerischen Jahren seiner Jugend hatte er sich daran gewöhnt, aus jedem Schlaf erfrischt und munter aufzuwachen, so daß er Tag und Nacht bereit war, und er hatte diese Gewohnheit im Refugium seines Alters beibehalten. Er stand auf und ging im Halbschatten des Abends hinaus und schloß die Tür hinter sich.

Er brauchte nur wenige Minuten, um durch das Herbarium und den Rosengarten zur Kirche zu gelangen. Er ging rasch und freute sich über die Schönheit des Abends und auf den nächsten Tag. Er wußte nicht genau, warum er im Gehen nach Westen blickte — vielleicht nur, um den weiten Himmel zu betrachten, der zarte, warme Farben trug wie ein errötendes Mädchen. Und da standen die beiden, zwei Schatten in enger Umarmung, die sich vor dem Feuer im Westen abhoben, auf dem Hang, der zum unsichtbaren Bach hinunterführte. Matthew und Melangell waren es, die sich innig umarmten und küßten und nicht aufmerkten, als Bruder Cadfael kam und vorbeiging, um sich auf seine Art hinzugeben. Doch ihr Abbild blieb selbst während der Gebete vor seinem inneren Auge bestehen.

Der Vorbote des bischöflichen Gesandten – oder mußte man ihn eher als Gesandten der Kaiserin betrachten? – traf am Abend des einundzwanzigsten Tages im Juni in der Stadt ein und wurde zum Torhaus der Burg geführt, wo er Hugh Beringar gemeldet wurde, der gerade ein halbes Dutzend Männer zusammenrief, um in den Plänen von Herrn Simeon Poer und seiner Genossen eine unerwartete Rolle zu spielen. Die Gauner waren aller Wahrscheinlichkeit nach bewaffnet, da sie so weit von zu Hause entfernt waren und auf bislang unerforschtem Territorium. Hugh empfand den Besucher als unwillkommene Störung, doch da ihm bewußt war, wie sehr die Seite des Königs im Hintertreffen war, wollte er den Boten nicht ohne standesgemäßen Empfang abweisen. Wie auch immer die Botschaft lautete, er mußte den Mann anhören und entsprechend reagieren.

Im Wachzimmer des Torhauses trat er dem stämmigen Knappen entgegen, der seine Botschaft wortgetreu übermittelte.

»Mein Herr Sheriff, die Herrscherin der Engländer und der Bischof von Winchester bitten Euch, ihren Gesandten in Frieden zu empfangen, denn er kommt in ihrem Namen mit einem Friedensangebot, um die Ordnung wiederherzustellen, und bittet Euch um Hilfe, das Leid des Königreichs zu lindern. Ich bin vorausgeritten, um ihn anzukündigen.«

Also hatte die Kaiserin noch vor der Krönung den Titel einer gewählten Herrscherin angenommen! Anscheinend war schon alles entschieden.

»Der Gesandte des Bischofs ist willkommen«, entgegnete Hugh, »und er soll mit allen Ehren in Shrewsbury aufgenommen werden. Ich will aufmerksam anhören, was immer er mir zu sagen hat. In diesem Augenblick jedoch habe ich eine Pflicht zu erledigen, die keinen Aufschub duldet. Wie weit seid Ihr Eurem Herrn vorausgeritten?«

»Etwa zwei Stunden«, erwiderte der Knappe nach kurzem Nachdenken.

»Nun gut, dann kann ich alles für seinen Empfang vorbereiten lassen und habe noch Zeit, mich um besagte Angelegenheit zu kümmern. Wieviele Männer zählen zu seinem Gefolge?«

»Nur zwei Bewaffnete, Herr, und ich selbst.«

»Dann will ich Euch meinem Stellvertreter überlassen, der Euch und Euren beiden Gefährten hier in der Burg ein Quartier geben wird. Euer Herr soll in meinem Hause wohnen, und meine Frau wird ihn empfangen. Entschuldigt mich jetzt, wenn ich mich so unzeremoniell verabschiede, aber es geht um eine zwielichtige Angelegenheit, die nicht warten kann. Wir wollen später alles tun, um der Form zu genügen.«

Der Bote war es zufrieden, als sein Pferd in den Stall gebracht und versorgt wurde. Er selbst wurde von Alan Herbard zu einem bequemen Quartier geführt, wo er Stiefel und Ledermantel ablegen und sich bei Fleisch und Wein, die ihm sogleich serviert wurden, etwas ausruhen konnte. Hughs junger Stellvertreter würde sich als Gastgeber hervorragend machen. Er war noch neu in seinem Amt und erledigte jeden Auftrag mit großer Begeisterung. Hugh beließ es dabei und führte sein halbes Dutzend Männer rasch aus der Stadt.

Die Komplet war inzwischen vorbei, und das Licht zögerte zwischen Helligkeit und Dunkel. Als sie das High Cross erreichten und die steile, gekrümmte Wyle hinunterliefen, hatten ihre Augen sich an das Zwielicht gewöhnt. In tiefer Dunkelheit hätten ihnen die Männer leicht entkommen können, und bei Tageslicht wären sie selbst zu schnell bemerkt worden. Wenn diese Spieler erfahrene Männer waren, dann hatten sie einen Späher aufgestellt, der sie rechtzeitig warnen konnte.

Durch die Wyle, die sich in östlicher Richtung bergab wand, erreichten sie die Stadtmauer und das Englische Tor, und dort stürzte ein schmächtiger, langbeiniger Junge mit verfilztem Haar und hellen Augen aus dem Schatten und faßte Hugh am Ärmel. Wats Junge war es, ein ausgefuchster Straßenjunge aus der Vorstadt, der fast platzte, weil er einen wichtigen Auftrag zu erledigen hatte, bei dem sein Verstand gefragt war. Er hatte endlich den Mann gefunden, den er suchte, und wollte ihn informieren und aufklären.

»Mein Herr, sie haben sich getroffen — die vier aus der Abtei und ein Dutzend oder mehr aus dieser Gegend, die meisten aus der Stadt.« Sein verächtlicher Unterton verriet, daß man sich in der Vorstadt für klüger hielt. »Am besten, Ihr laßt die Pferde stehen und geht zu Fuß. Wenn sie um diese Stunde Reiter auf der Brücke hören, werden sie sich sofort auf und davon machen. Der Schall trägt weit.«

Das war vernünftig, wenn ihr Treffpunkt in der

Nähe war. »Wo sind sie?« fragte Hugh, während er abstieg.

»Unter dem letzten Brückenbogen, Herr — dort ist es knochentrocken und gemütlich.« Allerdings, dank des sommerlich niedrigen Wasserstandes. Bei Hochwasser konnte man nicht unter den letzten Brückenbogen kommen, doch bei diesem schönen Wetter war dort ein Nest aus vertrocknetem Gras.

»Haben sie Licht?«

»Eine abgedunkelte Laterne. Man kann das Licht von den Seiten nicht sehen, solange man nicht zum Wasser hinuntergeht; es scheint nur auf den Steinbogen, unter dem sie würfeln.«

Beim ersten Anzeichen von Gefahr würden sie sofort die Laterne löschen und sich in alle Himmelsrichtungen verstreuen. Die Betrüger wären natürlich die ersten und schnellsten. Vielleicht ging eine Anzahl Betrogener ins Netz, aber ihre Verfehlung bestand nur darin, auf eigene Kosten eine Dummheit begangen zu haben; sie hatten nichts gestohlen und niemand etwas getan.

»Wir lassen die Pferde hier zurück«, befahl Hugh, als er sich entschlossen hatte. »Ihr habt den Jungen gehört. Sie sitzen unter der Brücke; wahrscheinlich sind sie über den Pfad gekommen, der am Flußufer entlang zur Gaye hinunterführt. Auf der anderen Seite des Bogens ist dichtes Gebüsch, dort werden sie wohl ausbrechen. Also drei Männer auf jede Seite, und ich schließe mich denen auf der Westseite an. Laßt die Narren aus der Stadt durch, wenn ihr sie erkennt, aber nehmt alle Fremden fest.«

So bereiteten sie sich auf den Angriff vor. Sie überquerten einzeln und zu zweit die Brücke, unter welcher der Severn grünlich durch verkrautete Untiefen floß, und bezogen zu beiden Seiten der Brücke Stellung. Sie verteilten sich auf der Uferböschung, und als sie an Ort und Stelle waren, war das Nachglühen des Sonnenuntergangs verschwunden, und die Nacht senkte sich wie eine samtene Hand herab. Hugh nahm den Weg nach Westen, bis er schließlich einen schwachen Lichtfunken unter dem Brückenbogen bemerkte. Da waren sie. Wenn sie so viele waren, hätte er vielleicht vorsichtiger sein und mehr Männer mitnehmen sollen. Aber es kam ihm ja nicht auf die Städter an. Sollten sie sich davonschleichen und ins Bett stehlen und sich überlegen, ob sie noch einmal Kühe melken wollten, die trockener waren als Sand. Hugh wollte nur die Betrüger haben. Mit seinen dummen Mitbürgern mochte sich der Stadtvorsteher beschäftigen.

Er wartete mit dem Angriff, bis es noch etwas dunkler wurde. Die mondlose Sommernacht senkte sich mit weichen, dunklen Schwingen. Auf seinen Pfiff griffen sie von beiden Seiten an.

Die dichtstehenden Büsche am Ufer, die trotz der Windstille raschelten, verrieten sie etwas zu früh. Wer immer dort unten Wache hielt, hatte scharfe Ohren. Ein schriller Pfiff ertönte und brach plötzlich ab. Die Laterne wurde sofort gelöscht, und unter dem massiven Stein der Brücke wurde es dunkel. Hugh und seine Männer stürmten hinab, gaben jede Vorsicht auf und beeilten sich. Körper wichen zurück, prallten zusammen, richteten sich auf und flohen, und außer ängstlichem Keuchen und Schnaufen war kein Laut zu hören. Einige der Männer, die unter der Brücke in der Falle saßen, brachen nach links aus, und einige nach rechts. Sie wagten es nicht, den gezückten Waffen entgegen nach oben zu klettern, sondern wateten durch die flachen Stellen des Flusses und stolperten an den tieferen.

Ein paar wollten zum anderen Ufer; es waren junge Männer aus der Stadt, die den Fluß und seine Untiefen gut kannten und fast von Geburt an wie die Fische schwimmen konnten. Sollten sie fliehen, sie waren aus Shrewsbury. Wenn sie Geld verloren hatten, traf sie ihre eigene Dummheit. Sollten sie zu Bett gehen und in der Einsamkeit ihre Narrheit bereuen. Falls ihre Frauen sie in Ruhe ließen!

Aber unter dem Brückenbogen waren einige, die kein Severn-Wasser im Blut hatten und die nicht bereit waren, sich mehr als die Füße im Flachwasser benetzen zu lassen. Sie hatten plötzlich Stahl in den Händen, fuchtelten rücksichtslos damit herum und schlugen und stachen sich nach Kräften den Weg frei. Es dauerte nicht lange. Hughs sechs Männer, die sich im zertrampelten Gras am Fluß verteilt hatten, schnappten alle Männer, die sie packen konnten, und wischten sich das Blut aus Kratzern und Schnitten. Das Rascheln und Knistern der Büsche verriet den Weg jener, die in der Dunkelheit geflohen waren. Unsichtbar unter der Brücke lagen die einsame Laterne und die verstreuten Würfel, ein schwerer Verlust für einen Gauner, der nun neue zinken mußte.

Hugh schüttelte ein paar Blutstropfen von einem Kratzer am Arm und kletterte durch das hohe Gras zum Weg hinauf, der von der Gaye zur Hauptstraße und zur Brücke führte. Vor ihm floh ein fluchender Schatten. Hugh rief laut, um auf der Straße voraus gehört zu werden: »Haltet ihn! Das Gesetz will ihn haben!«

Vorstadt und Stadt mochten auf dem Weg ins Bett sein, aber es gab immer einige Nachtschwärmer, gesetzestreue und zwielichtige, die bereit waren, eine solche Einladung zu Gemeinheit oder Gerechtigkeit anzunehmen, je nachdem, welcher Richtung sie mehr zuneigten.

Über ihm in der tiefen, weichen Sommernacht, die im Westen nur noch einen safrangelben Saum trug, ertönte ein verblüffter, fröhlicher Antwortschrei, und einen Augenblick waren Kampfgeräusche zu hören. Hugh rannte zur Hauptstraße hinauf und sah drei Berittene vor der Brücke. Der erste hatte sich aus dem Sattel gebeugt und hielt einen keuchenden Mann am Kragen, der schwer atmend am Pferd lehnte und kaum noch die Kraft hatte, sich zu wehren.

»Ich glaube, Herr«, sagte der Häscher, als er Hugh näherkommen sah, »dieser hier ist der, den Ihr wolltet. Hat nicht das Gesetz nach ihm gerufen? Stehe ich also vor dem Gesetzeshüter dieser Stadt?«

Es war eine angenehme, wohlklingende Stimme, die nicht daran gewöhnt war, halblaut zu sprechen. Das schwache Licht verbarg sein Gesicht, zeigte aber einen aufrecht im Sattel sitzenden Mann von gutem Wuchs, der fraglos noch recht jung war. Er lockerte den Griff um den Kragen des Flüchtigen, da er ihn nun dem Sheriff übergeben konnte. Der Freigegebene brach nicht etwa aus, um sein Heil in der Flucht zu suchen, sondern baute sich breitbeinig auf und musterte Hugh halb trotzig und halb unsicher.

»Anscheinend verdanke ich Euch einen kleinen Fisch«, sagte Hugh, als er den Mann erkannte, den er gejagt hatte. »Aber ich glaube nicht, daß uns die großen Fische flußaufwärts entkommen sind. Wir wollten ein paar Betrüger festnehmen, die hier nach Beute gesucht haben, aber der junge Mann, den Ihr da am Kragen habt, ist nur ein armer Einfaltspinsel, nämlich unser Goldschmied aus der Stadt. Meister Daniel, in der Gesellschaft, in der Ihr gerade wart, gibt es erheblich mehr Gold und Silber zu verlieren als zu gewinnen.«

»Es ist kein Verbrechen, mit Würfeln zu spielen«, murmelte der junge Mann, während er mit den Füßen im Straßenstaub herumkratzte. »Ich hätte schon noch Glück gehabt...«

»Nicht bei den Würfeln, die sie mitbrachten. Aber Ihr habt recht, es ist kein Verbrechen, den Abend zu verschwenden und mit leeren Taschen heimzugehen. Wenn Ihr jetzt gleich mit den anderen zu meinem Hauptmann geht, will ich Euch keinen Vorwurf machen. Benehmt Euch anständig, dann seid Ihr bis Mitternacht daheim.«

Meister Daniel Aurifaber nahm die Entlassung dankbar an und schlurfte über die Brücke, um sich zu den anderen Gefangenen zu gesellen. Der Klang von Hufen, die im Trab die Brücke überquerten, verriet, daß jemand zu den Pferden gerannt war, und daß die Jagd auf die Flüchtigen begonnen hatte. Die Gauner hatten höchstens eine Meile vor sich, dann konnten sie im Wald verschwinden, und man hätte Hunde gebraucht, um sie zu finden. Es war fast aussichtslos, sie nachts zu jagen. Vielleicht konnte man es am nächsten Morgen versuchen.

»Das ist kaum die Begrüßung, die ich Euch zugedacht hatte«, sagte Hugh, indem er zum beschatteten Gesicht des Reiters hinaufblickte. »Denn Ihr müßt der Gesandte der Kaiserin Maud und des Bischofs von Winchester sein. Euer Herold traf vor weniger als einer Stunde ein, und ich erwartete Euch noch nicht so bald. Ich hatte angenommen, ich könnte diese Sache noch vor Eurem Eintreffen erledigen. Mein Name ist Hugh Beringar, und ich stehe hier als Sheriff für König Stephen. Die Vorkehrungen für die Ankunft Eurer Männer in der Burg sind getroffen; ich werde einen Führer mitschicken. Ihr, Herr, sollt mein Gast sein, wenn Ihr meinem Haus diese Ehre erweisen wollt.«

»Ihr seid sehr freundlich«, erwiderte der Bote der Kaiserin gewandt, »und ich nehme Euer Angebot von Herzen gern an. Aber wollt Ihr Euch nicht zuerst um Eure Mitbürger kümmern, damit sie ins Bett kriechen können? Mein Anliegen kann noch eine Weile warten.«

»Nicht gerade der erfolgreichste Einsatz, den ich je organisiert habe«, räumte Hugh später Cadfael gegenüber ein. »Ich habe ihre Abgebrühtheit und die Menge kalten Stahls, die sie bei sich hatten, unterschätzt.«

An diesem Abend fehlten vier Gäste in Bruder Denis' Gästehaus: Herr Simeon Poer, Händler aus Guildford; Walter Bagot, Handschuhmacher; John Shure, Schneider, und William Hales, Hufschmied. Von diesen Vieren saß nur William Hales in einer steinernen Zelle in der Burg von Shrewsbury. Er teilte sich die Zelle mit einem reisenden Händler, der in der Stadt als Schlepper für die Bande gearbeitet hatte. Die anderen drei waren, bis auf ein paar Kratzer und Schürfwunden, unversehrt nach Westen in die Ausläufer des Großen Waldes entkommen, wo sie sich in der warmen Nacht niederließen und ihre Verletzungen und ihren Gewinn zählten; letzterer war gewiß beträchtlich. Sie konnten nun nicht mehr in die Abtei oder in die Stadt zurückkehren, aber die Gäste hätten ohnehin nicht mehr als eine weitere profitable Nacht versprochen. Sie konnten allgemein höchstens mit drei Nächten rechnen; danach wurde meist irgendein armer, betrogener Kerl mißtrauisch. Sie konnten auch nicht in den Süden zurückkehren. Aber ein Mann, der von seiner Gewitztheit leben will, muß einen klaren und anpassungsfähigen Verstand haben, und es gibt mehr als eine Art, mit unehrlichen Mitteln seinen Lebensunterhalt zu verdienen.

Die jungen Burschen und die einfachen Händler, die mit der Vorstellung hergekommen waren, auf dem Heimweg zu ihren Frauen mit Münzen in der Tasche klimpern zu können, mußten sich im Torhaus versammeln. Sie wurden gescholten und verwarnt und durften niedergeschlagen, wie sie waren, nach Hause trotten. Sie hatten kaum noch etwas in den Taschen.

Und damit wäre die nächtliche Arbeit beendet gewesen, hätte sich nicht das Flackern der Fackel am Tor auf dem Metall eines Ringes an Daniel Aurifabers rechter Hand gespiegelt. Der Ring bestand aus getriebenem Silber und trug ein ovales Siegel, das einen Moment lang deutlich zu sehen war. Hugh bemerkte den Ring und legte dem Goldschmied eine Hand auf den Arm, um ihn zurückzuhalten.

»Dieser Ring — laßt ihn mich näher betrachten.«

Daniel übergab ihm den Ring mit leichtem Widerstreben, das aber eher aus Entrüstung als aus Schuldgefühl zu stammen schien. Der Ring saß ziemlich fest und ging nur mit Mühe über den Fingerknöchel, doch der Finger sah nicht aus, als hätte er den Ring ständig getragen.

»Woher habt Ihr den?« fragte Hugh, während er das Schmuckstück ins flackernde Licht hielt, um Wappen und Inschrift näher zu betrachten.

»Ich habe ihn ehrlich erworben«, sagte Daniel abwehrend.

»Das bezweifle ich nicht. Aber von wem? Von einem der Spieler? Von welchem!«

»Von dem Händler — Simeon Poer nannte er sich.

Er bot ihn mir an und sagte, es sei ein gutes Stück Arbeit. Ich habe ordentlich dafür bezahlt.«

»Ihr habt doppelt dafür bezahlt, mein Freund«, erwiderte Hugh, »denn Ihr habt ein faires Angebot gemacht und werdet nun Ring und Geld verlieren. Ist Euch nicht in den Sinn gekommen, daß er gestohlen sein könnte?«

Das nervöse Zucken seines Augenlids verriet, daß er sehr wohl an diese Möglichkeit gedacht hatte, daß er sie aber schnell aus seinem Bewußtsein verbannt hatte. »Nein! Warum sollte ich an so etwas denken? Er kam mir vor wie ein wohlhabender Ehrenmann, nach allem, was er vorgab zu sein...«

»Heute morgen«, entgegnete Hugh, »wurde einem Pilger ein solcher Ring während der Messe in der Abtei gestohlen. Nachdem man die Abtei gründlich durchsucht hatte, gab Abt Radulfus dem Stadtvorsteher Nachricht, darauf zu achten, ob der Ring auf dem Markt angeboten würde. Ich bekam die Beschreibung des Ringes meinerseits vom Stadtvorsteher. Dies sind Siegel und Inschrift des Bischofs von Winchester, und der Ring wurde dem Träger gegeben, um ihm sicheres Geleit auf seiner Reise zu garantieren.«

»Aber ich habe ihn in gutem Glauben gekauft«, protestierte Daniel entsetzt. »Ich habe dem Mann gezahlt, was er verlangte, und der Ring gehört mir. Ich habe ihn ehrlich erworben.«

»Von einem Dieb. Euer Pech, mein Junge, und das soll Euch eine Lehre sein, bei flüchtigen Bekannten, die Euch Ringe zum Kauf anbieten, in Zukunft vorsichtiger zu sein; vor allem — war es nicht so? — wenn Euch ein Ring ein wenig unter seinem Wert angeboten wird. Reisende Männer, die sich aufs Würfeln verstehen, haben nichts zu verschenken, und sie nehmen, was sie bekommen können. Wenn sie Euch die Tasche geleert haben, dann seid beim nächsten Mal vorsichtiger. Dieser Ring muß gleich morgen früh zum Abt gebracht werden. Er soll sich dann mit dem Besitzer ins Benehmen setzen.« Als er sah, wie der Goldschmied ärgerlich Luft holte, um sich über die Beschlagnahme zu beschweren, schüttelte Hugh recht entschieden den Kopf, um ihn abzuwehren. »Ihr könnt nichts tun, verkneift Euch Euren Zorn, Daniel, und seht zu, wie Ihr mit Eurer Frau ins reine kommt.«

Der Gesandte der Kaiserin ritt in der tiefer werdenden Dunkelheit gemächlich die Wyle hinauf und folgte Hughs kleinerem Pferd. Der junge, groß und schlank gewachsene Mann ritt ein schönes, kräftiges Tier. Im Stehen, dachte Hugh, während er ihn von der Seite musterte, ist er sicher einen Kopf größer als ich. Ungefähr in meinem Alter, vielleicht ein oder zwei Jahre älter, aber kaum mehr.

»Wart Ihr schon einmal in Shrewsbury?«

»Nein. Einmal war ich wohl schon in der Grafschaft; aber ich bin nicht sicher, wie die Grenze verläuft. Ich war in der Nähe von Ludlow. Auf dem Weg habe ich Eure Abtei bemerkt; ein großes, schönes Anwesen. Sind es Benediktiner?«

»Ja.« Hugh erwartete weitere Fragen, aber der Gesandte schwieg. »Habt Ihr Verwandte im Orden?«

Trotz der Dunkelheit bemerkte Hugh das ernste, nachdenkliche Lächeln seines Gastes. »In gewisser Weise, ja. Ich glaube, er würde mir erlauben, ihn so zu nennen, obwohl es keine Blutsverwandtschaft ist. Er behandelte mich wie einen Sohn, und um seinetwillen liebe ich die Benediktinertracht. Sagtet Ihr nicht, daß gerade Pilger dort seien? Um ein bestimmtes Fest zu feiern?«

»Die Überführung der heiligen Winifred, die vor vier Jahren aus Wales hergebracht wurde. Morgen wird der Tag ihrer Ankunft gefeiert.« Hugh hatte automatisch geantwortet und nicht an das gedacht, was Cadfael ihm anvertraut hatte, doch die Erwähnung der Heiligen ließ ihn wieder an die Geschichte seines Freundes denken. »Ich war damals nicht in Shrewsbury«, sagte er und vermied dabei jede Bewertung. »Ich stellte König Stephen mein Landgut als Unterstützung zur Verfügung. Mein Land liegt nördlich der Grafschaft.«

Sie hatten den Hügelkamm erreicht und wandten sich in Richtung Sankt Marien. Das große Hoftor neben Hughs Haus stand weit offen, und an den Pfählen waren Fackeln befestigt. Man erwartete sie; also war seine Nachricht an Aline getreulich übermittelt worden, und sie war bereit, sie mit der gebührenden Feierlichkeit zu empfangen. Die Schlafkammer war gerichtet, das Mahl zubereitet. Die Ordnung des Lebens mußte sich zu allen Zeiten der Ankunft eines Gastes beugen, wie es die Gastfreundschaft gebot.

Aline kam ihnen bis zur Tür entgegen und öffnete sie weit, um sie einzulassen. Sie traten in den Flur und in eine Lichtflut von Fackeln an den Wänden und Kerzen auf dem Tisch, und sie sahen einander unwillkürlich an, um sich ausgiebig zu betrachten. Ihre Blicke wurden intensiver, je länger sie sich ansahen. Es war nur noch die Frage, wem das Wiedererkennen zuerst dämmerte. Erinnerungen regten sich und schlichen fast verstohlen ins Bewußtsein. Aline stand lächelnd und verwundert dabei. Sie betrachtete schweigend erst den einen, dann den anderen und wartete darauf, daß sie sich rührten und das Wort ergriffen.

»Ich kenne Euch doch!« sagte Hugh. »Nun, da ich Euch richtig sehe, erkenne ich Euch.«

»Wir sind uns schon einmal begegnet«, stimmte der Gast zu. »Ich war erst einmal in dieser Grafschaft, aber trotzdem ...«

»Ich mußte Euch erst im Licht sehen«, sagte Hugh, »denn Eure Stimme habe ich nur ein einziges Mal gehört, und auch da spracht Ihr nur wenige Worte. Ich bezweifle, daß Ihr Euch daran erinnert, aber ich weiß den Wortlaut noch. Es waren nur fünf Worte: ›Jetzt kämpft mit einem Mann!‹. Und Euer richtiger Name wurde nie genannt; für mich wart Ihr nur Robert, der Sohn des Wäldlers, der Yves Hugonin aus der Räuberburg im Clee-Wald befreit hat. Ich glaube, Ihr habt ihn und seine Schwester mit Euch genommen.«

»Und Ihr seid der Offizier, der mir mit seiner Belagerung die Deckung gab, die ich brauchte«, rief der Gast strahlend. »Vergebt mir, daß ich mich damals vor Euch versteckte, aber ich hatte in Eurem Gebiet keine Garantie für freies Geleit. Wie froh bin ich, Euch jetzt in aller Offenheit wiederzusehen und nicht fliehen zu müssen.«

»Und Ihr braucht auch nicht mehr Robert, der Sohn des Wäldlers, zu sein«, sagte Hugh mit freudigem Lächeln. »Meinen Namen wißt ihr schon, und damit biete ich Euch die Gastfreundschaft meines Hauses an. Darf ich nun Euren Namen erfahren?«

»In Antiochien, wo ich geboren bin«, erwiderte der Gast, »nannte man mich Daoud. Doch mein Vater war ein Engländer, der zur Armee von Robert von der Normandie gehörte. Ich wurde christlich getauft und nahm den Namen des Priesters an, der mein Pate war. Jetzt trage ich den Namen Olivier de Bretagne.«

Sie saßen bis spät in die Nacht beisammen und betrachteten nun, nach anderthalb Jahren, verwundert und begierig ihre Gesichter. Doch zuerst sprachen sie, wie es sich gehörte, über Oliviers Auftrag.

»Man hat mich geschickt«, erklärte er, »um die Sheriffs aller Grafschaften aufzufordern, sich zu überlegen, ob sie nicht, egal, wem sie die Treue geschworen haben, bereit seien, den Frieden anzunehmen, den die Kaiserin Maud ihnen angeboten hat, und ihr den Treueid zu schwören. Dies ist die Botschaft des Bischofs und des Konzils: Dieses Land ist schon viel zu lange zwischen den Parteien zerrissen und hat durch die Feindseligkeit großen Schaden gelitten. An dieser Stelle möchte ich persönlich einfügen, daß ich keiner Partei die Schuld gebe, denn beider Ansprüche sind berechtigt, und beide trifft die gleiche Schuld, da sie es nicht vermochten, zu einer Übereinkunft zu kommen und die Not zu beenden. Die Würfel hätten in Lincoln auch anders fallen können, aber sie fielen, wie sie fielen, und nun hat England einen gefangenen König und eine gewählte Königin, deren Stern aufsteigt. Ist es nicht Zeit zum Innehalten? Um des Friedens und der Ordnung willen muß das Reich wieder von einer ordentlichen Regierung beherrscht werden, die fähig ist, das Unrecht und die Tyrannei niederzuschlagen, die sich, wie Ihr wißt, überall dort ausgebreitet haben, wo das Gesetz nicht gilt. Irgendein starker Herrscher ist gewiß besser als gar keiner. Um des Friedens und der Ordnung willen – wollt Ihr die Kaiserin akzeptieren und ein Bündnis mit ihr schließen? Sie ist bereits in Westminster, und die Vorbereitungen für ihre Krönung sind im Gange. Sie hat viel bessere Aussichten, wenn alle Sheriffs sie unterstützen.«

»Ihr fordert mich auf«, erwiderte Hugh leise, »meinen Treueid für König Stephen zu brechen.«

»Ja«, stimmte Olivier ehrlich zu. »Das tue ich. Aus

gewichtigen Gründen und nicht um des Verrates willen. Ihr müßt nicht lieben, nur sollt Ihr nicht mehr hassen. Stellt es Euch so vor, daß Ihr damit den Menschen in dieser Grafschaft und diesem Land die Treue haltet.«

»Das kann ich genauso gut oder noch besser auf der Seite, auf der ich bisher stand«, erwiderte Hugh lächelnd. »Das tue ich nämlich gerade jetzt, soweit ich es vermag. Und ich werde damit fortfahren, solange ich noch atmen kann. Ich bin König Stephens Mann, und ich werde ihn nicht verraten.«

»Ah, gut!« sagte Olivier. Er lächelte und seufzte im gleichen Atemzug. »Um die Wahrheit zu sagen, nachdem ich Euch nun kenne, habe ich auch nichts anderes erwartet. Ich würde meinen Eid auch nicht brechen. Mein Herr ist ein Mann der Kaiserin, und ich bin ein Mann meines Herrn, und wenn unsere Positionen vertauscht wären, dann würde meine Antwort genauso lauten wie die Eure. Und doch habe ich die Wahrheit gesprochen. Wieviel kann ein Volk ertragen? Für Eure Feldarbeiter, für die Bürger in der Stadt, die immer wieder beraubt werden, für sie alle wäre irgendeine Entscheidung besser als gar keine. Und ich tue nach Kräften das, was man mir aufgetragen hat.«

»Ich kann daran keinen Makel finden«, entgegnete Hugh. »Wohin geht Ihr als nächstes? Ich hoffe allerdings, daß Ihr noch ein oder zwei Tage hierbleibt, denn ich würde Euch gern näher kennenlernen, und wir haben sicher eine Menge zu besprechen.«

»Ich will nach Nordosten, nach Stafford, Derby und Nottingham, und dann durch die östlichen Grafschaften zurück. Einige werden sich uns anschließen, einige haben es bereits getan. Einige werden wie Ihr ihrem König treu bleiben. Und einige werden das tun, was sie schon vorher getan haben — sie drehen sich wie ein Fähnchen im Wind und setzen bei jedem Wechsel ihren Preis höher. Aber das ist egal, damit sind wir fertig.«

Er beugte sich vor und stellte seinen Weinbecher auf den Tisch. »Ich habe noch etwas Persönliches zu erledigen, und ich bleibe gern ein paar Tage bei Euch, bis ich gefunden habe, was ich suche oder mich vergewissert habe, daß es hier nicht zu finden ist. Der Strom von Pilgern, den Ihr erwähntet, gibt mir ein wenig Hoffnung. Ein Mann, der verschwinden will, kann unter so vielen Menschen, die einander fremd sind, leicht Deckung finden. Ich suche einen jungen Mann mit Namen Luc Meverel. Habt Ihr von ihm gehört?«

»Den Namen kenne ich nicht«, antwortete Hugh interessiert und neugierig. »Aber ein Mann, der verschwinden will, wechselt vielleicht auch den Namen. Was wollt Ihr von ihm?«

»Nicht ich selbst suche ihn; eine Dame will ihn zurückhaben. Hier im Norden habt Ihr vielleicht nicht alles erfahren, was in Winchester beim Konzil geschehen ist. Es gab einen Todesfall, der mir sehr naheging. Habt Ihr davon gehört? König Stephens Königin schickte ihren Schreiber, der den Legaten kühn herausgefordert hat. Der Mann wurde wegen seines Wagemutes nachts auf der Straße angegriffen; er kam zwar unversehrt davon, doch hat es einen anderen das Leben gekostet.«

»Davon haben wir gehört«, erwiderte Hugh, der immer neugieriger wurde. »Abt Radulfus nahm an dem Konzil teil und berichtete uns. Ein Ritter mit Namen Rainald Bossard, der dem Schreiber zu Hilfe kam, als dieser angegriffen wurde. Soweit wir gehört haben, stand Bossard in den Diensten von Laurence d'Angers.«

»Der zugleich mein Herr ist.«

»Als Ihr in Bromfield seinen Verwandten einen Dienst erwiesen habt, wurde dies offensichtlich. Ich dachte sofort an Euch, als der Abt d'Angers erwähnte, wenn ich auch Euren Namen nicht kannte. Dann wart Ihr mit diesem Bossard gut bekannt?«

»Wir haben ein Jahr in Palästina gedient und sind zusammen nach Hause gereist. Er war ein guter Mann und ein guter Freund, und er wurde niedergemacht, als er einen ehrbaren Gegner verteidigte. Ich war in jener Nacht nicht bei ihm, aber ich wünschte, ich wäre dabei gewesen, denn dann wäre er vielleicht noch am Leben. Aber er hatte nur einen oder zwei seiner eigenen Männer dabei, die nicht bewaffnet waren. Sie fielen zu fünft oder sechst über den Schreiber her, es war eine Schandtat, die im Schutze der Dunkelheit verübt wurde. Der Mörder konnte entkommen und wurde nie gefaßt. Rainalds Frau ... Juliana... Ich lernte sie erst kennen, als wir mit unserem Herrn nach Winchester kamen; Rainalds Landsitz ist ganz in der Nähe. Ich habe sie«, sagte Olivier sehr ernst, »sehr schätzen gelernt. Sie war ihrem Herrn ebenbürtig, und man kann von einer Frau nichts Besseres sagen.«

»Gibt es einen Erben?« fragte Hugh. »Einen erwachsenen Mann oder einen Jungen?«

»Nein, sie hatten keine Kinder. Rainald war beinahe fünfzig, und sie kann nicht viel jünger sein. Schön ist sie«, ergänzte er nachdenklich, als wollte er nicht preisen, sondern nur erklären. »Nun ist sie verwitwet und muß hart darum kämpfen, nicht einfach wieder verheiratet zu werden – nach Rainald will sie keinen anderen mehr. Sie hat eigene Landgüter, um die sie sich kümmern muß. Die beiden hatten an die Erbschaftsfrage gedacht, und deshalb hatten sie den jungen Luc

Meverel bei sich aufgenommen. Das war vor einem Jahr. Er ist ein entfernter Verwandter der Frau Juliana, etwa vierundzwanzig oder fünfundzwanzig Jahre alt und ohne Landbesitz. Sie wollten ihn als Erben einsetzen.«

Er schwieg eine Weile und blickte stirnrunzelnd in die flackernden Kerzen, das Kinn in die Hand gestützt. Hugh musterte ihn und wartete. Sein Gesicht war einen zweiten Blick wert: anmutig geschwungene Knochen, olivenfarbene Haut, die Züge von einer grimmigen Schönheit, obwohl die goldenen Falkenaugen so verhangen waren. Das üppige blauschwarze Haar, das sein Gesicht gleich gefalteten Schwingen umschloß, reflektierte die Kerzenflammen mit stumpfen bläulichen Blitzen. Daoud aus Antiochien, Sohn eines englischen Kreuzfahrers aus dem Gefolge von Robert von der Normandie, war in den Diensten eines angevinischen Barons durch die halbe Welt gereist und erschien hier fast normannischer als die Normannen ... dann ist die Welt doch nicht so groß, dachte Hugh, denn ein Mann, der Mut genug hat, kann überall herumkommen.

»Ich war dreimal in ihrem Haus«, fuhr Olivier fort, »aber ich habe Luc Meverel nie gesehen. Alles, was ich über ihn weiß, habe ich von anderen erfahren, aber bei diesen anderen achte ich genau darauf, wem ich Glauben schenken kann. Kein Mann und keine Frau auf dem Anwesen, die nicht erklärt haben, daß er Frau Juliana äußerst ergeben gewesen wäre. Aber das Ausmaß seiner Ergebenheit ... manche sagen, er liebte sie ein wenig zu sehr und ganz und gar nicht wie ein Sohn. Wieder andere sagen, er sei Rainald ebenso ergeben gewesen, aber diese Stimmen werden jetzt leiser. Luc war dabei, als sein Herr Rainald auf der Straße erstochen wurde. Und zwei Tage später verschwand er spurlos und ward seitdem nicht mehr gesehen.«

»Nun beginne ich zu verstehen«, schnaufte Hugh. »Ist man denn so weit gegangen, zu behaupten, er hätte seinen Herrn erschlagen, um die Dame zu gewinnen?«

»Seit seiner Flucht spricht man darüber. Man weiß nicht, wer mit dem Geflüster begonnen hat, aber inzwischen klingt es wie Hundegebell.«

»Warum sollte er vor dem Gewinn weglaufen, um den er gespielt hat? Das klingt widersinnig. Wenn er geblieben wäre, hätte es kein Geflüster gegeben.«

»Oh, das hätte es gegeben, ob er geblieben oder fortgegangen wäre. Es gab einige, die ihm sein Glück neideten und ihm jedes Unglück wünschten. Inzwischen gibt es zwei gute Gründe dafür, daß er fortgelaufen ist. Der erste ist Schuld und ein schlechtes Gewissen. Der zweite ist Furcht — die Furcht, daß jemand von seiner Tat erfahren hat und um jeden Preis die Wahrheit ans Licht bringen will. Wie auch immer, der Mann ist geflohen. Nachdem man getötet hat«, erklärte Olivier traurig und wissend, »ist einem das, wofür man tötete, oft weniger wert als zuvor.«

»Aber Ihr habt mir noch nicht verraten«, sagte Hugh, »was die Herrin von ihm sagt. Auf sie wird man doch gewiß hören.«

»Sie sagt, daß ein so böser Verdacht unberechtigt sei. Sie schätzt ihren jungen Vetter, aber es ist keine Liebe, und sie will auch nicht hören, daß er je auf diese Weise für sie empfunden habe. Sie sagt, daß er für seinen Herrn gestorben wäre, und daß er nach dem Tod seines Herrn krank vor Kummer und sogar ziemlich verwirrt fortgegangen sei — wer weiß schon, womit er sich selbst plagt? Denn er war in jener Nacht dabei und sah Rainald sterben. Sie ist sich seiner sicher. Sie will, daß er gefunden und zu ihr zurückgebracht wird. Sie betrachtet ihn als ihren Sohn, und nun braucht sie ihn mehr denn je.«

»Und nun sucht Ihr ihn. Aber warum hier im Norden? Er kann sich auch nach Süden gewandt haben, um sich in einem Hafen von Kent einzuschiffen. Warum im Norden?«

»Weil wir ein einziges Mal von ihm gehört haben, seit er verschwunden ist, und da reiste er gen Norden auf der Straße nach Newbury. Ich nahm denselben Weg, über Abingdon und Oxford, und ich habe überall nach ihm gefragt, nach einem jungen Mann, der allein reist. Aber ich kann ihn nur unter seinem eigenen Namen suchen, denn ich weiß keinen anderen. Wie Ihr richtig sagt, wer weiß, wie er sich jetzt nennt.«

»Und Ihr wißt nicht einmal, wie er aussieht — ihr kennt nur sein ungefähres Alter. Dann jagt Ihr ein Gespenst!«

»Was verloren ist, kann immer wiedergefunden werden, man braucht nur Geduld.« Oliviers Falkengesicht, spitz und leidenschaftlich, verriet keine große Geduld, aber die Lippen waren störrisch und entschlossen zusammengekniffen.

»Nun«, überlegte Hugh, »wir können immerhin morgen hinuntergehen und zusehen, wie St. Winifred zu ihrem Altar gebracht wird, und Bruder Denis kann für uns die Gästeliste durchsehen und uns die zeigen, die im richtigen Alter und von entsprechender Art sind, ob allein oder nicht. Was die Fremden in der Stadt angeht, so glaube ich, daß der Stadtvorsteher Corviser uns die meisten herauspicken kann. In Shrewsbury kennt jeder jeden. Aber wenn Euer Mann hier ist, dann ist er wahrscheinlich in der Abtei abgestiegen.«

Er nagte nachdenklich an der Unterlippe. »Ich muß gleich morgen früh den Ring zum Abt schicken und ihm erklären, was mit seinen betrügerischen Gästen geschehen ist. Bevor ich selbst zur Feier gehe, muß ich ein Dutzend Männer ausschicken, die im Westen am Waldrand nach unseren Galgenvögeln Ausschau halten. Wenn sie über die Grenze gegangen sind, werden die Waliser ihre Freude an ihnen haben, und ich kann nichts weiter tun. Aber ich bezweifle, daß sie länger als unbedingt nötig im Wald bleiben werden. Vielleicht sind sie gar nicht weit. Wie wäre es, wenn ich Euch beim Stadtvorsteher ließe, damit Ihr hier in der Stadt nach Eurer Beute suchen könnt, während ich meine jage? Danach können wir zusammen den Brüdern zusehen, wie sie ihre Heilige heimbringen und mit Bruder Denis die Gästeliste durchgehen.«

»Das würde mir gut passen«, erwiderte Olivier erfreut. »Ich würde auch gern dem Herrn Abt meine Aufwartung machen; ich erinnere mich, ihn in Winchester gesehen zu haben, wenn er mich auch wohl nicht bemerkt hat. Und damals im Clee-Wald war, wenn Ihr Euch erinnert, ein Bruder des Hauses dabei... Ihr müßt ihn gut kennen. Ist er noch in der Abtei?«

»Das ist er. Jetzt, nach den Laudes, liegt er wohl im Bett. Und ich glaube, wir sollten uns auch zur Ruhe legen, denn wir haben morgen viel vor.«

»Er war gut zu den jungen Verwandten meines Herrn«, sagte Olivier. »Ich würde ihn gern wiedersehen.«

Es war nicht nötig, nach dem Namen zu fragen, dachte Hugh, während er ihn nachdenklich betrachtete. Woher sollte er den Namen auch wissen? Er hatte ihn nicht erwähnt, als er von dem sprach, der kein

Blutsverwandter war, ihn aber wie einen Sohn behandelt hatte, weshalb er die Benediktinertracht liebte.

»Das werdet Ihr!« sagte Hugh und erhob sich äußerst zufrieden, um seinen Gast zur vorbereiteten Schlafkammer zu führen.

Abt Radulfus und seine Ordensbrüder waren am Feiertag schon lange vor der Prim auf den Beinen, denn jeder hatte für die Vorbereitung der Prozession wichtige Aufgaben übernommen. Als Hughs Bote sich in der Wohnung des Abtes einfand, dämmerte es gerade, Tau war gefallen und es war kühl, und das erste Licht ließ die Dächer erstrahlen, während der große Hof noch in violettem Schatten lag. Die Bäume und Büsche in den Gärten warfen lange Schattenbänder über die Blumenbeete, die wie gewaltige Pinselstriche aussahen.

Der Abt nahm den Ring erstaunt und freudig in Empfang und war erleichtert, einen Makel, der den Ehrentag hätte beflecken können, beseitigt zu wissen. »Und Ihr sagt, diese Übeltäter waren Gäste unserer Abtei? Alle vier? Nun sind wir sie los, aber wenn sie, wie Ihr sagt, bewaffnet sind und sich in der Nähe im Wald versteckt halten, dann müssen wir unsere Reisenden warnen, wenn sie uns verlassen wollen.«

»Mein Herr Beringar ist gerade mit einer Reitertruppe aufgebrochen, um den Waldrand abzusuchen«, erklärte der Bote. »Es war zwecklos, ihnen im Dunkeln zu folgen, nachdem sie Deckung gefunden hatten.

Aber jetzt, im Tageslicht, können wir hoffen, sie aufzuspüren. Einen haben wir hinter Schloß und Riegel, und vielleicht verrät er uns etwas über die anderen; woher sie sind und wofür sie sich woanders verantworten müssen. Aber wenigstens können sie unser Fest jetzt nicht mehr stören.«

»Dafür bin ich äußerst dankbar. Und Ciaran wird gewiß ebenso dankbar sein, wenn er seinen Ring zurückbekommt.« Er warf einen raschen Blick zum Brevier auf seinem Schreibtisch und runzelte die Stirn, als er an die Feierlichkeiten dachte, die in den nächsten Stunden vor ihm lagen. »Wird der Herr Sheriff heute nicht zur Messe kommen?«

»Doch, Ehrwürdiger Vater, er hat die Absicht zu kommen, und er bringt einen Gast mit. Er mußte erst zur Jagd blasen, aber die Männer werden zur Messe zurück sein.«

»Er hat einen Gast?«

»Gestern abend kam ein Gesandter vom Hof der Kaiserin, Ehrwürdiger Vater. Ein Mann aus dem Hause von Laurence d'Angers mit Namen Olivier de Bretagne.«

Der Name des jungen Mannes, der Hugh nichts bedeutet hatte, sagte Radulfus ebenso wenig, doch er nickte, als der Name seines Herrn fiel. »Dann richtet Hugh Beringar aus, daß ich ihn und seinen Gast bitte, nach der Messe zu bleiben und mit mir zu speisen. Ich würde mich freuen, die Bekanntschaft des Messire de Bretagne zu machen und zu hören, was er zu berichten hat.«

»Ich will es ausrichten, Ehrwürdiger Vater«, sagte der Bote und empfahl sich.

Abt Radulfus betrachtete nachdenklich den Ring. Die schützende Hand des Legaten war ein mächtiger

Schutz für jeden derart begünstigten Reisenden, wo immer Ordnung und Gesetzestreue existierten, ob in England oder Wales. Nur jene, die außerhalb des Gesetzes standen und Freiheit oder Leben verwirkt hatten, wenn sie gefaßt wurden, würden es wagen, einen solchen Schutz zu mißachten. Nach dem festlichen Höhepunkt würden viele Gäste wieder nach Hause reisen. Er durfte nicht vergessen, sie zu warnen, daß im Wald Richtung Westen Räuber lauerten, die bewaffnet waren und gern bereit, ihre Dolche zu gebrauchen. Am besten, die Pilger gingen in Gruppen, die stark genug waren, um jedem Angriff zu trotzen.

Inzwischen konnte er sich darauf freuen, einem Pilger seinen ganz persönlichen Talisman zurückzugeben.

Der Abt läutete mit der kleinen Glocke auf seinem Tisch, und einige Augenblicke später trat Bruder Vitalis ein, um seine Befehle entgegenzunehmen.

»Bruder, könntet Ihr im Gästehaus einen gewissen Ciaran suchen und ihn zu mir bitten?«

Auch Bruder Cadfael war lange vor der Prim aufgestanden und in den Garten gegangen, um seine Hütte zu öffnen und seine Kohlenpfanne zu vorsichtigem, gedämpften Leben zu erwecken, falls er sie später brauchen sollte, um Heiltränke für ekstatische Gläubige zu brauen, die von ihrer Begeisterung übermannt wurden, oder um warme Umschläge für schwächere Anbeter zu bereiten, die in der Menge Quetschungen erlitten. Er war, von der Versorgung von einfachen Prellungen bis zu schweren Verletzungen, an die Behandlung aller möglichen Wunden gewöhnt.

Er hatte einiges zu erledigen und war froh, damit allein zu sein. Der junge Oswin sollte seinen Schlaf genießen, bis die Glocke ihn weckte. Er würde bald ins

Hospiz von St. Giles versetzt werden, wo jetzt der Reliquienschrein der heiligen Winifred lag, und wo die Unglücklichen mit ihren ansteckenden Krankheiten, die die Stadt nicht betreten durften, Ruhe, Pflege und Unterschlupf fanden, solange sie ihn brauchten. Bruder Mark, sein Schüler, den er sehr vermißte, war inzwischen fort: Er war zum Diakon geweiht worden und hatte die Augen fest auf sein Ziel gerichtet, auf das Priesteramt. Wenn er je zurückblickte, sah er nichts als Ermutigung und Zuspruch, die rechte Ernte der Saat, die er gesät hatte. Oswin konnte ihm nicht das Wasser reichen, aber er war ein guter Junge und würde den Unglücklichen, die in seine Obhut kamen, viel Gutes tun.

Cadfael ging zum Ufer des Meole-Baches hinunter, der die östliche Grenze der Enklave bildete. Die Erbsenfelder am Hang reichten fast bis zum sommerlich niedrigen Wasser hinab. Von Osten her schossen die ersten Sonnenstrahlen wie Lanzen über die hohen Dächer der Klostergebäude und drangen in die verstreuten Büsche auf dem anderen Ufer und bis zum grasbewachsenen Hang auf der anderen Seite vor. Der Bach, von dem flußauf ein Kanal abzweigte, versorgte auch die Fischteiche des Klosters, die Mühle und den Mühlteich mit Wasser. Kurz bevor der Bach in den Severn mündete, vereinigte sich der Kanal wieder mit seinem Lauf. Er führte kaum Wasser, und überall ragten Sandbänke und Tanginseln aus dem Bach. Nach diesem schönen Wetter, dachte Cadfael, brauchen wir bald wieder reichlich Regen. Aber das hat noch ein oder zwei Tage Zeit.

Er wandte sich um und stieg den Hügel hinauf. Das erste Erbsenfeld war schon abgeerntet, das zweite wäre kurz nach der Feier an der Reihe. Noch ein paar Tage, und die ganze Aufregung wäre vorbei. Dann würden der Stundenplan des Hauses und der Kreis der Jahreszeiten wieder ihren unerschütterlichen Lauf nehmen, zwei unveränderliche Rhythmen im wechselhaften Leben der Menschheit. Er nahm den Pfad, der zu seiner Hütte führte, und sah Melangell vor der versperrten Türe warten.

Sie hörte seine Schritte auf dem Kies und drehte sich erfreut und erwartungsvoll um. Das perlmuttfarbene Morgenlicht schmeichelte ihr, indem es die Rauhheit ihres Leinenkleides glättete und kühle, violette Schatten um das kindlich runde Gesicht zeichnete. Sie hatte sich große Mühe gegeben, sich angemessen für den Feiertag herauszuputzen. Ihr Rock war makellos sauber und sorgfältig geglättet, ihr dunkelgoldenes Haar, das kupfern glänzte, war zu Zöpfen geflochten und auf dem Kopf zu einer Krone zusammengelegt. Die Strähnen waren so fest hochgezogen, daß ihre Augenbrauen schräg standen und die schmalen Augen mit den dunklen Wimpern einen geheimnisvollen Ausdruck bekamen. Aber das Strahlen in ihrem Gesicht war kein Widerschein der Sonne, sondern kam von innen. Ihre blauen Augen strahlten so hell wie das Blau des Enzians, den Cadfael vor langer Zeit in den Bergen Südfrankreichs gesehen hatte, als er auf dem Weg nach Osten war. Ihre Wangen glühten rötlich. Melangell war voller Hoffnung, Glück und Erwartung.

Sie erwies ihm anmutig die Ehre, errötete und lächelte und reichte ihm die kleine Phiole mit Mohnsirup, die er Rhun vor drei Tagen gegeben hatte. Sie war noch ungeöffnet!

»Bitte, Bruder Cadfael, ich bringe Euch dies zurück. Rhun betet darum, daß es einem anderen helfen möge, der es nötiger braucht, und er wünscht es um so mehr, als er selbst ohne diese Hilfe ausgekommen ist.«

Er nahm ihr die Phiole vorsichtig ab und hielt sie in der kupferfarbenen Hand. Es war eine ganz gewöhnliche Phiole mit einem Holzstöpsel und einer Membrane aus dünnem Pergament, das zusammen mit einem gewachsten Faden als Siegel diente. Das Siegel war intakt. Der Junge war jetzt drei Tage im Kloster, und er hatte sich freundlich und willfährig behandeln lassen, aber wenn er den Schlaftrunk selbst in der Hand hielt und nach Belieben benutzen konnte, versagte er ihn sich, wahrte damit einen Teil seiner Integrität und war sich des Preises dafür wohl bewußt. Gott verhüte, dachte Cadfael, daß ich mich da einmische. Diese Tür kann nur ein Heiliger aufbekommen.

»Ihr seid nicht böse auf ihn?« fragte Melangell ängstlich aber immer noch lächelnd, da sie nicht glauben konnte, daß auf diesen Tag, nachdem ihr Geliebter sie umarmt und geküßt hatte, noch ein Schatten fallen sollte. »Ihr seid nicht böse, weil er es nicht getrunken hat? Es ist nicht so, daß er an *Euch* gezweifelt hätte. Das hat er mir gesagt. Er sagte – wenn ich ihn doch einmal wirklich verstehen könnte –, daß es Zeit für ein Opfer wäre, und er hätte sein Opfer vorbereitet.«

»Hat er geschlafen?« erkundigte sich Cadfael. Die Erlösung in der Hand zu halten, selbst wenn sie ungeöffnet blieb, mochte schon den Frieden bringen. »Still jetzt, wie könnte ich böse sein! Aber hat er geschlafen?«

»Er sagt, er hätte geschlafen. Ich glaube, es ist wahr, denn er sieht so frisch und jung aus. Ich habe inbrünstig für ihn gebetet«. Mit der ganzen Kraft ihres jungen Glücks, erfüllt von dem Segen, den sie allen schenken mußte, die ihr nahe waren. Cadfael glaubte fest daran, daß durch Zuneigung großer Segen gespendet werden konnte.

»Ihr habt gut daran getan zu beten«, sagte Cadfael. »Es hat ihm zweifellos geholfen. Ich werde dies hier für einen Menschen aufbewahren, der es nötiger braucht, wie Rhun sagte. Das Mittel ist durch die Kraft seines Glaubens sicher noch wirksamer geworden. Wir sehen uns später noch.«

Sie entfernte sich mit leichten, federnden Schritten und reckte den Kopf hoch, um den ganzen Himmel und das Tageslicht in sich aufzunehmen. Cadfael vergewisserte sich unterdessen, daß für den langen, anstrengenden Tag alles bereit war.

Rhun war also an der äußersten Grenze des Glaubens angelangt und in jenes Reich gestürzt oder geflogen oder geschwebt, in dem die Seele erkennt, daß der Schmerz keine Rolle spielt, sondern daß das höchste Wohlbefinden, für das auch die gewandteste Zunge keine Worte finden kann, aus der Vereinigung mit Gott entspringt. Den Schmerz als Geschenk anzunehmen, bedeutet ihn zu verwandeln und ihn in der Form eines segnenden Regens auf andere auszuschütten, die es noch nicht verstanden haben.

Wer bin ich, dachte Cadfael in der Einsamkeit seiner Hütte, daß ich es wage, um ein Zeichen zu bitten? Wenn er sein Los erträgt und um nichts bittet, sollte ich mich schämen, wenn ich zweifle.

Melangell schwebte mit tanzenden Schritten über den Weg, der vom Herbarium zum Kloster führte. Rechts spannte sich der Westhimmel, der das Sonnenlicht so hell reflektierte, daß sie den Kopf herumdrehen und hochsehen mußte. Von dort droben strömte eine Gegenflut von Licht herein, brandete den Abhang vom

Bach herauf und schäumte über die Hügelkuppe in den Garten. Irgendwo jenseits der Mönchsenklave würden sich die beiden Flutwellen treffen, und dann würde das Licht im Westen unter dem Ansturm aus dem Osten erbleichen und ersterben; hier aber verbargen das große Gästehaus und die Kirche die gerade aufgehende Sonne und überließen dieser zögernden, weichen Vordämmerung das Feld.

Auf der anderen Seite des Blumenbeetes ging jemand auf leisen, vorsichtigen Sohlen und paßte genau auf, wohin er trat. Er war allein. Kein hilfreicher Schatten erschien in seinem Rücken; der Zauber des gestrigen Tages wirkte noch. Sie starrte Ciaran an, Ciaran ohne Matthew. Das allein war schon ein kleines Wunder an diesem Tag, der für Wunder geschaffen war.

Melangell beobachtete ihn, wie er den Hang zum Bach hinunterstieg, und als nur noch sein Kopf und die Schultern vor dem hellen Himmel zu sehen waren, machte sie plötzlich kehrt und folgte ihm. Der Weg zum Wasser hinunter führte am Erbsenfeld vorbei und verlief über dem Mühlteich an einer dichten Hecke. Auf halbem Weg den Hang hinunter blieb sie stehen; sie war unsicher, ob sie seine Einsamkeit stören durfte. Ciaran hatte unterdessen den Bach erreicht und betrachtete das, was wie sicherer grüner Boden aussah, der hier und dort mit gebleichten Sandinseln durchsetzt war. Einige Felsen erhoben sich nach drei Wochen schönem Wetter trocken aus dem Bachbett. Er blickte stromauf und stromab, trat sogar ins flache Wasser, das seine nackten Füße benetzte und sie erfrischte und umschmeichelte. Aber wie seltsam, daß er allein gekommen war! Bis gestern hatte sie noch nie einen der beiden allein gesehen, und jetzt gingen sie getrennte Wege.

Sie wollte sich gerade davonstehlen, ohne ihn zu stören, als sie sah, was er tat. Er hatte ein winziges Ding in der Hand, an dem er ein schmales Band befestigte und mit einem Knoten sicherte. Als er die Hände hob, um das Ende des Bandes mit der Schnur zu verknüpfen, die das Kreuz um seinen Hals hielt, schwang der kleine Talisman frei durchs Licht und funkelte einen Moment lang silbern, ehe Ciaran ihn im Hemd verwahrte, so daß er unsichtbar an seiner Brust lag. Nun wußte sie, was es war, und sie regte sich und stieß einen kleinen, atemlosen Freudenschrei aus. Ciaran hatte seinen Ring wiederbekommen, seinen Geleitschutz, mit dem er unbesorgt sein Reiseziel erreichen konnte.

Er hatte sie gehört und fuhr besorgt und wachsam herum. Sie blieb einen Augenblick erschrocken und verwirrt stehen, doch da sie sich entdeckt wußte, rannte sie den Abhang zu ihm hinunter. »Man hat ihn wiedergefunden!« sagte sie atemlos, um das Schweigen zwischen ihnen zu füllen und ihr unbehagliches Gefühl zu verscheuchen, daß er glauben konnte, sie hätte ihn bespitzelt. »Oh, ich bin so froh! Ist der Dieb gefaßt?«

»Melangell!« sagte er. »Bist du auch schon so früh auf? Ja, wie du siehst, hatte ich doch noch Glück, ich habe ihn zurückbekommen. Der Ehrwürdige Vater hat ihn mir vor ein paar Minuten gegeben. Aber der Dieb ist nicht gefaßt; er ist mit ein paar Kumpanen in die Wälder geflohen. Aber jetzt kann ich ohne Angst weiterreisen.«

Seine dunkeln, tiefliegenden Augen unter den buschigen Augenbrauen gingen weit auf, als sie plötzlich lächelte, da sie erkannt hatte, daß er trotz seiner Krankheit ein ansehnlicher junger Mann war, der vor

Kraft nur so hätte strotzen sollen. Vielleicht bildete sie es sich nur ein, aber er schien sich wirklich etwas aufzurichten, er wirkte größer, als sie ihn je gesehen hatte, und sein leidenschaftlich gespanntes Gesicht war weicher geworden und zeigte menschlichere Züge, als hätte ihn eine Vorahnung der kommenden kirchlichen Feier mit neuer Hoffnung erfüllt.

»Melangell«, sprudelte er leise, aber heftig heraus, »du kannst dir gar nicht vorstellen, wie ich mich freue, dir hier zu begegnen. Gott muß dich hergeführt haben. Ich wollte dich schon lange einmal allein sprechen. Glaube nicht, daß ich, nur weil ich dem Tod geweiht bin, nicht sehe, was mit denen vorgeht, die mir teuer sind. Ich muß dich um etwas bitten, das mir sehr wichtig ist. Verrate Matthew nicht, daß ich meinen Ring wiederhabe!«

»Weiß er es denn noch nicht?« fragte sie irritiert.

»Nein, er war nicht da, als der Abt nach mir schickte. Er darf es nicht erfahren! Hüte mein Geheimnis, wenn du ihn liebst — und wenn du weißt, was Mitleid ist, dann tue es für mich. Ich habe es niemand gesagt, und auch du darfst es niemand erzählen. Der Ehrwürdige Vater wird es wohl niemand sonst sagen, warum sollte er auch? Das überläßt er mir. Wenn wir zwei schweigen, wird es niemand sonst erfahren.«

Melangell war bestürzt. Sie sah ihn durch einen Regenbogen hervorbrechender Tränen, und sie weinte aus Mitleid, als sie sein hohlwangiges Gesicht sah, in dem die Augen wie das stille, noch lebendige Herz eines gelöschten Feuers brannten.

»Aber warum? Warum darf er es nicht erfahren?«

»Um seinetwillen und um deinetwillen — ja, und meinetwegen! Glaubst du, ich hätte nicht schon vor langer Zeit erkannt, daß er dich liebt, und daß du genauso für ihn empfindest? Nur ich bin noch im Wege! Es ist bitter, damit zu leben, und ich möchte das ändern. Mein einziger Wunsch ist es, daß ihr zwei zusammen glücklich werdet. Wenn er mich so aufrichtig liebt, dann kann ich ihn genauso lieben. Du kennst ihn! Er würde sich opfern und dich und alles andere beiseite schieben, um zu vollenden, was er begonnen hat, und mich wohlbehalten nach Aberdaron zu bringen. Ich kann sein Opfer nicht annehmen, ich ertrage es nicht! Warum sollt ihr zwei unglücklich werden, wenn es mein einziger Wunsch ist, in Frieden zu ruhen und meinen Freund glücklich zu wissen? Nun, da er glaubt, ich würde ohne den Ring keinen Schritt mehr tun, kann ich ihn unschuldig zurücklassen. *Und ich werde gehen* und euch mit meinem Segen zurücklassen.«

Melangell zitterte im heftigen Wind seiner Worte wie ein Blatt. Sie wußte nicht, wie ihr zumute war. »Was soll ich denn tun? Was soll ich für dich tun?«

»Hüte mein Geheimnis«, erwiderte Ciaran, »und gehe mit Matthew zur Prozession. Er wird gern mit dir gehen. Er wird sich nicht weiter wundern, wenn ich zurückbleibe und warte, bis die Heilige in die Abtei getragen wird. Und während ihr unterwegs seid, werde ich aufbrechen. Meine Füße sind fast verheilt, ich habe meinen Ring zurückbekommen, und ich werde mein Glück finden. Mach dir keine Sorgen um mich. Sorge du nur dafür, daß er glücklich wird, und wenn er erfährt, daß ich gehen will, dann mußt du deine Künste einsetzen und ihn zurückhalten, du mußt ihn festhalten. Das ist alles, worum ich dich bitte.«

»Aber er wird es erfahren«, sagte sie, als ihr die Gefahren bewußt wurden. »Der Pförtner wird ihm sagen, daß du aufgebrochen bist, sobald er dich sucht und nach dir fragt.«

»Nein, denn ich werde diesen Weg hier nehmen – durch den Bach und geradewegs nach Westen, nach Wales. Der Pförtner wird mich nicht gehen sehen. Das Wasser ist um diese Jahreszeit kaum knöcheltief. Ich habe Verwandte in Wales, und die ersten Meilen sind nicht schwierig. Und wenn er in diesem Gedränge nach mir sucht, wird er sich nicht wundern, wenn er mich nicht gleich findet. Er wird einige Stunden nicht an mich denken, wenn du mir hilfst. Kümmere du dich um Matthew, und ich entbinde dich und ihn aller Sorge um mich, denn ich komme gut allein zurecht. Um so besser, wenn ich nun weiß, daß er bei dir in guten Händen ist. Denn du liebst ihn«, schloß Ciaran leise.

»Ja«, sagte Melangell mit einem schweren Seufzer.

»Dann nimm ihn und halte ihn, und ihr zwei sollt meinen Segen haben. Du kannst ihm sagen – aber erst danach! –, daß dies genau das ist, was ich beabsichtigt habe«, sagte er, und lächelte plötzlich einen Augenblick über einen unausgesprochenen Gedanken, den er ihr nicht mitteilen wollte.

»Willst du das wirklich für ihn und mich tun? Wirklich? Du ziehst allein weiter, damit er glücklich wird... Oh, wie gut du bist!« sagte sie leidenschaftlich, während sie seine Hand nahm und an ihr Herz drückte. Er hatte ihr auf seine Kosten und aus selbstloser Liebe zu seinem Freund die ganze Welt geschenkt, und vielleicht hatte sie nie mehr Gelegenheit, ihm zu danken. »Ich werde dir deine Güte nie vergessen. Ich will mein Leben lang für dich beten.«

»Nein«, sagte Ciaran, und um seine Lippen spielte wieder das gewohnte düstere Lächeln, als sie seine Hand freigab. »Vergiß mich und hilf ihm, mich zu vergessen. Das ist das größte Geschenk, das ihr mir machen könnte. Wir sollten auch nicht mehr miteinander sprechen. Geh und suche ihn. Das ist dein Anteil.«

Sie wich ein paar Schritte vor ihm zurück, die Augen immer noch dankbar und ehrfürchtig auf ihn gerichtet, machte mit Händen und Kopf eine kleine Ehrenbezeugung und wandte sich gehorsam ab, um durch das Feld zum Garten zurückzugehen. Als sie auf ebenem Boden war und sich einen Weg durch den Rosengarten suchte, begann sie fröhlich zu rennen.

Sie versammelten sich im großen Hof, als alle, Mönche, Laiendiener, Gäste und Städter, das Frühstück beendet hatten. Selten hatte der Klosterhof eine solche Menschenmenge gesehen, und vor den Mauern summte die Vorstadt vor Stimmen, als die Gildemeister, der Stadtvorsteher, die Stadtältesten und alle Würdenträger versammelt waren, um sich der feierlichen Prozession nach St. Giles anzuschließen. Die Hälfte der Chormönche würde unter Leitung von Prior Robert an der Prozession teilnehmen und den Reliquienschrein überführen, während der Abt und die übrigen Brüder im Kloster blieben, um die Reliquie mit Musik und Kerzen und Blumen zu empfangen. Die Gläubigen aus Stadt und Vorstadt und die Pilger in den Klostermauern konnten sich Prior Robert anschließen, wenn sie körperlich dazu fähig waren, oder, wenn sie lahm und schwach waren, mit dem Abt warten und ihre Ergebenheit unter Beweis stellen, indem sie sich ein kleines Stückchen hinauswagten und die Heilige empfingen.

»Ich würde so gern den ganzen Weg mitgehen«, sagte Melangell aufgeregt, die mit roten Wangen in der schwatzenden, drängenden Menge stand. »Es ist nicht weit. Aber zu weit für Rhun – er kann nicht Schritt halten.«

Er stand neben ihr, sehr still, sehr bleich und sehr hell, als wäre sogar sein Flachshaar unter der Wucht dieses Erlebnisses nachgebleicht. Er stand, auf die Krücken gestützt, zwischen seiner Schwester und Frau Alice, riß die Kristallaugen auf und blickte in die Ferne, als bemerkte er nicht einmal, daß sie ihn stützend in die Mitte genommen hatten. Doch er antwortete nur: »Ich würde gern ein Stückchen mitgehen, bis ich zurückfalle. Aber ihr braucht nicht auf mich zu warten.«

»Als ob ich dich allein lassen würde!« erwiderte Frau Weaver mit einem beruhigenden Glucksen. »Wir werden zusammenbleiben und aus der Pilgerfahrt das Beste machen, und der Himmel wird zufrieden sein. Aber das Mädchen hat junge Beine, sie soll nur den ganzen Weg mitgehen und ein paar Gebete für dich sprechen, und wir haben getan, was wir tun können.«

Sie beugte sich herunter, um den Ausschnitt seines Hemdes und seinen Mantelkragen ordentlich zurechtzuzupfen. Sie machte sich Sorgen über seine extreme Blässe und fürchtete, er könnte durch die große Aufregung krank werden. Doch er schien still wie Elfenbein und in Gedanken weit entfernt, an einem Ort, an den sie ihm nicht folgen konnte. Ihre vom Weben rauhen Hände glätteten sein gut gekämmtes Haar und strichen Strähnen aus seiner hohen Stirn.

»Nun lauf, Mädchen«, sagte sie zu Melangell, ohne sich vom Jungen abzuwenden. »Aber geselle dich zu jemand, den wir kennen. Es ist allerhand Lumpenpack unterwegs, man kann ihnen kaum ausweichen. Halte dich an Frau Glover oder die Apothekerwitwe ...«

»Matthew geht auch mit«, sagte Melangell errötend und lächelnd. »Das hat er mir gesagt. Wir haben uns nach der Prim getroffen.«

Das war nur die halbe Wahrheit. Sie hatte ihm in Wirklichkeit kühn anvertraut, daß sie den ganzen Weg mitgehen und bei jedem Schritt für die Seelen beten wollte, die sie auf dieser Welt am meisten liebte. Es war nicht nötig, Namen zu nennen. Er dachte sicher sofort an ihren Bruder; sie aber dachte nicht weniger an die beiden gequälten jungen Männer, deren Schicksal jetzt in ihren zarten, ängstlichen Händen lag. Sie hatte sich sogar noch ein wenig weitergewagt und hinzugefügt: »Ciaran kann nicht Schritt halten, der Arme, er muß wie Rhun hier warten. Aber wir können unsere Schritte für sie mitzählen lassen.«

Trotzdem hatte Matthew sich umgesehen und einen Augenblick gezögert, ehe er sich ganz zu ihr wandte und sodann unvermittelt sagte: »Ja, wir können zusammen gehen, du und ich. Ja, laß uns den kurzen Weg zusammen gehen, dazu habe ich gewiß das Recht, dieses eine Mal ... ich werde mit jedem Schritt für Rhun beten.«

»Nun, dann lauf und suche ihn«, sagte Frau Alice zufrieden. »Matthew wird schon auf dich aufpassen. Schau, sie formieren sich schon zur Prozession, also spute dich. Wir warten hier, bis ihr zurückkommt.«

Melangell floh begeistert. Prior Robert hatte seinen Chor mit Blick zum Tor und mit dem Vorsänger Bruder Anselm an der Spitze aufgestellt. Hinter den Mönchen sammelten sich die aufgeregt murmelnden, unruhigen Pilger wie ein Drachenschwanz zu einem langen, farbenfrohen, munteren Zug. Überall prangten Blumen, brennende Kerzen, Opfergaben, Kreuze und Banner. Matthew erwartete sie schon. Er streckte den Arm aus und zog sie neben sich. »Hast du die Erlaubnis bekommen? Sie vertraut dich mir an ...?«

»Machst du dir keine Sorgen um Ciaran?« Sie konnte sich die ängstliche Frage nicht verkneifen. »Er muß ja hierbleiben, weil er den Weg nicht schafft.«

Die Chormönche vor ihnen begannen den Prozessionspsalm zu singen, und Prior Robert führte den Zug durch das Tor hinaus. Die Brüder gingen ordentlich immer zu zweit, danach folgten die Würdenträger der Stadt und danach die lange Reihe der Pilger, die eifrig vorwärts drängten und in den Gesang einstimmten, soweit er ihnen bekannt war oder sie ein Ohr dafür hatten. Der Zug strömte durch das Torhaus und wandte sich auf der Straße nach rechts, nach St. Giles.

Bruder Cadfael ging in Prior Roberts Gruppe; neben ihm war Bruder Adam aus Reading. Es ging die breite Straße an der Mauer der Enklave entlang, am zertrampelten Gras des Pferdemarktes vorbei, und dann, der Straße folgend, nach rechts zwischen einzelnen Häusern und sonnengebleichten Weiden und Feldern zum Rand des Vorortes, wo sich der gedrungene Turm der Hospizkirche, das Dach des Hospizes und der lange geflochtene Zaun des Gartens dunkel vor dem hellen Osthimmel abhoben, gegenüber der Straße leicht erhöht auf einem sanft ansteigenden grünen Hügel gelegen. Unterwegs wurde der Zug immer länger und bunter, da die Leute aus der Vorstadt ihre Häuser verließen und sich in ihren Sonntagskleidern der Prozession anschlossen.

In der kleinen, dunklen Kirche war nur für die Brüder und die zivilen Würdenträger der Stadt Platz. Die anderen sammelten sich in der Tür und verrenkten die Hälse, um einen Blick auf die Ereignisse im Innern zu erhaschen. Während seine Lippen fast unhörbar Psalmen und Gebete murmelten, beobachtete Cadfael das Spiel des Kerzenlichts auf den Silberbeschlägen, die St.

Winifreds eleganten Eichensarg verzierten. Der Sarg stand hoch auf dem Altar, genau wie damals vor vier Jahren, als er aus Gwytherin eingetroffen war. Cadfael fragte sich, ob seine Motive, als er sich zusammen mit sieben anderen Brüdern dazu gemeldet hatte, den Sarg in die Abtei zu tragen, wirklich so lauter gewesen waren, wie er gehofft hatte. Hatte er auf ein Vorrecht gebaut, da er zu denen gehörte, die sie hergebracht hatten? Oder hatte er es als demütige, büßende Geste gedacht? Schließlich war er über sechzig, erinnerte er sich, und der Eichensarg war schwer. Die Kanten schnitten scharf in die altersgebeugten Schultern, und der Rückweg war weit genug, um ihm einiges Unbehagen zu bereiten. Sie würde schon einen Weg finden, ihm zu zeigen, ob sie seine Entscheidung billigte oder nicht; zum Beispiel, indem sie ihm rheumatische Schmerzen schickte.

Der Gottesdienst war vorbei. Die acht auserwählten Brüder, die sich in Größe und Schrittweite ähnlich waren, hoben den Reliquienschrein und setzten ihn sich auf die Schultern. Der Prior steckte den vornehmen Kopf durch die niedrige Tür in den strahlenden Morgen hinaus, und die Menge, die sich um die Kirche gesammelt hatte, gab den Weg für ein Triumphzug der Heiligen frei. Der Prozessionszug stellte sich wieder auf, vorne Prior Robert mit den Brüdern, dann der Sarg mit den Trägern, flankiert von Bannern und Kerzen und eifrigen Frauen, die Blumengirlanden brachten. Dann wurde St. Winifred — oder das, was an ihrer Statt versiegelt dort drinnen lag — mit Musik und gemessener Freude gemächlichen Schrittes zu ihrem Altar in der Abteikirche zurückgebracht.

Seltsam, dachte Cadfael, während er sorgfältig die Schritte zählte. Der Sarg scheint leichter als damals.

Konnte es denn sein? In nur vier Jahren? Er war mit den seltsamen Eigenschaften des menschlichen Körpers, ob tot oder lebendig, bestens vertraut. Einmal hatte man ihn in der Wüste in eine Höhlengalerie geführt, in welcher die alten Christen gelebt hatten und gestorben waren. Er wußte, was trockene Luft mit dem Fleisch tun konnte: die leichte verschrumpelte Hülle wurde konserviert, während der Lebenssaft verdunstete. Was auch immer im Schrein war, er ruhte sicher auf seiner Schulter wie eine leichte Hand, die ihn führte. Er war überhaupt nicht schwer!

Melangell und Matthew geschah unterwegs im Gedränge des wirbelnden, singenden, jubelnden Zuges etwas Wunderbares. Irgendwo auf der halben Meile zwischen Abtei und St. Giles stürzten sie sich in das Fieber und die Freude des Tages, ließen sich von den Wogen der Musik und der Frömmigkeit davontragen, vergaßen alle anderen, vergaßen sogar sich selbst und flogen ohne Worte oder Geste aufeinander zu. Als sie die Köpfe herumdrehten und sich wieder anblickten, sahen sie nur Augen und einen Heiligenschein aus Sonnenlicht. Sie sprachen auf dem ganzen Weg kein Wort. Sie brauchten nicht zu sprechen. Aber als sie die Ecke der Abteimauer am Pferdemarkt umrundeten und sich dem Torhaus näherten und sahen, daß der Abt, prächtig gewandet und unter seiner Mitra unglaublich groß erscheinend, seine eigene Gruppe herausführte, um ihnen entgegenzukommen; als die beiden singenden Gruppen einen gemeinsamen Takt fanden, während sie noch ein gutes Stück getrennt waren, und ihre Stimmen zu einem triumphierenden, hochfliegenden Schrei der Anbetung vereinten, und als die begeisterten Jünger erregt und keuchend atmeten, da hörte Melangell neben sich einen erstickten Seufzer, fast wie ein leises Schluchzen, das sich plötzlich in perlendes Gelächter verwandelte, das aus reiner, übermütiger Freude entsprang. Es war kein lautes Geräusch; es klang erstickt und atemlos, weil die Kehle, aus der es kam, vor Rührung verengt war, und weil der Geist und das Herz, aus denen das Lachen kam, nicht recht wußten, was sie da in die Welt setzten. Es war ein wundervolles Geräusch, dachte Melangell, als sie den Kopf hob und ihn in benommener Freude mit großen Augen und offenem Mund anstarrte. Sie hatte Matthew manchmal, sehr selten, spröde lächelnd gesehen und sich traurig über seine Verschlossenheit gewundert, aber sie hatte ihn noch nie lachen gehört.

Die beiden Prozessionen verschmolzen miteinander. Die Kreuzträger gingen voraus, ihnen folgten Abt Radulfus, der Prior und die Chormönche, dann kamen Cadfael und seine sieben Gefährten mit ihrer heiligen Last, zu beiden Seiten eingepfercht von Gläubigen, die die Arme ausstreckten, um wenigstens den Ärmel eines Trägers oder das polierte Eichenholz des Schreines zu berühren. Bruder Anselm, der in seinem Chor ein strenges Regiment führte, hob seine gut ausgebildete Stimme und übernahm die Führung, als sie ins Torhaus einbogen und St. Winifred heimbrachten.

Bruder Cadfael bewegte sich inzwischen wie ein Mann in einem doppelten Traum. Sein Körper hielt mit den Gefährten in einem gleichmäßigen Rhythmus Schritt, während sein Geist in ein anderes Reich schwebte, fortgetragen auf dem weichen Teppich der Klänge, der aus Schritten, begeistertem Gemurmel und schrillen Lobpreisungen Hunderter von Menschen gewoben war, und über allem lag der Gesang, der von Bruder Anselm angeführt wurde. Der große Hof war mit Menschen erfüllt, die ihren Einzug ins Kloster beobachten wollten, und sie mußten sich mit langsamen, schlurfenden Schritten den Weg in die Kirche bahnen und die Zuschauer beiseite drängen. Cadfael kam etwas verärgert wieder zu sich, als der Reliquienschrein im Hof Halt machen mußte, bis sich ein Weg öffnete. Er stemmte die Füße fast zornig auf den vertrauten Boden, und zum ersten Mal sah er sich auf seinem Weg um. Hinter dem Gedränge, das sich gebildet hatte, verstreuten sich die Begleiter der Heiligen, weil sie einen Platz finden wollten, von dem aus sie alles sehen und hören konnten. Bei diesem kurzen Halt sah er auch Melangell und Matthew, die Hand in Hand außen um die Menge herumliefen und einen Platz zum Zuschauen suchten.

Sie blickten ein wenig benommen zu Cadfael hinüber, wie unerfahrene Trinker, die nicht an starken Wein gewöhnt sind. Warum auch nicht? Nach so langer Enthaltsamkeit spürte auch er, wie ihm der Rausch in die Füße ging, die dem hypnotischen Rhythmus folgten, und wie ihm die Kadenzen der Lieder in den Kopf stiegen. Diese Ekstase war ihm zugleich vertraut und fremd; er konnte sich hingeben und doch distanziert bleiben, mit den Füßen fest auf der vertrauten Erde das Gleichgewicht halten und aufrecht stehen.

Sie bewegten sich weiter ins Kirchenschiff hinein und wendeten sich nach rechts zum leeren, wartenden Altar. Der weite, verträumte, von der Sonne gewärmte Schoß der Kirche nahm sie mit Halbdunkel, Stille und Leere auf; niemand durfte ihnen folgen, ehe sie sich nicht ihrer Last entledigt hatten, ihre Patronin an ihren Platz gebracht und ihre eigenen unbedeutenden Plätze eingenommen hatten. Dann kam das Gefolge herein, angeführt von Abt und Prior: zuerst die Brüder, die im Chorgestühl Platz nahmen, dann der Stadtvorsteher, die Zunftmeister der Stadt und die Würdenträger der Grafschaft und dann die große Menge der Gläubigen. Sie strömten aus dem warmen Sommermorgen in die kühle, steinerne Dunkelheit, vom aufgeregten Getöse der Feier in die andächtige Stille, bis jeder Platz in der Kirche von einem farbenfroh gekleideten, warmen, atmenden Menschen besetzt war. Alle hielten sich still wie die Kerzenflammen auf dem Altar, und sogar die Lichtreflexe auf den Silberbeschlägen des Sarges standen still und reglos wie Juwelen.

Abt Radulfus trat vor. Die Messe begann mit ernüchterndem Ernst.

Trotz der Kraft der menschlichen Gefühle, die in diesen massiven Wänden und unter einem Dach versammelt waren, vermochte niemand auch nur einen Moment die Augen von der Andacht zu wenden, und keinen Augenblick irrten die Gedanken von der Liturgie ab. In den Jahren seit seiner Berufung hatte es immer wieder Zeiten gegeben, da Cadfaels Gedanken während der Messe abgeirrt und um andere Probleme gekreist waren, die verlangten eine Lösung. Heute kam es nicht dazu. Die ganze Zeit über bemerkte er kein einziges Gesicht in der Menge; er spürte nur die Gegenwart vieler Menschen, in denen sich seine Identität verlor; oder besser, seine Identität breitete sich aus wie Luft, bis sie jeden Teil des Ganzen erfüllte. Er vergaß Melangell und Matthew, er vergaß Ciaran und Rhun, er sah sich nicht einmal um, ob Hugh gekommen war. Wenn er vor seinem inneren Auge überhaupt ein Gesicht sah, dann war es eines, das er noch nie erblickt hatte, wenn er sich auch gut an die zarten, zerbrechlichen Knochen erinnerte, die er mit großer Vorsicht und Ehrfurcht aus der Erde gehoben hatte, und die er mit leichtem Herzen wieder unter dieselbe Erde gelegt hatte, damit sie ihren nach Weißdorn duftenden Schlaf unter den schützenden Bäumen wieder aufnehmen konnten. Aus irgendeinem Grund konnte er sie sich, obwohl sie recht alt geworden war, nicht älter als siebzehn oder achtzehn vorstellen; das Alter, in dem sie gewesen war, als der Königssohn Cradoc sie verfolgte. Die schmalen, kleinen Knochen bewiesen ihre Jugend, und das beschattete Gesicht, das er sich vorstellte, war frisch und eifrig und offen und wunderschön. Aber er sah es stets halb von sich abgewandt. Wenn überhaupt, dann mochte sie jetzt den Kopf zu ihm wenden und ihn beruhigen, indem sie ihm ihr Antlitz ganz zeigte.

Am Ende der Messe zog sich der Abt auf seinen Platz zurück, rechts neben dem Verbindungsgang zwischen Kirchenschiff und Chor, hinter dem Gemeindealtar, um die Pilger mit ausgebreiteten Armen und erhobener Stimme aufzufordern, sich dem Altar der Heiligen zu nähern. Jeder, der eine Bitte an die Heilige hatte, sollte sie auf den Knien aussprechen und die Reliquie mit Hand und Lippen berühren. Und die Pilger kamen ordentlich aufgereiht und in andächtigem Schweigen. Prior Robert baute sich am Fuße der drei Stufen auf, die zum Altar hinaufführten, und hielt sich bereit, jedem zu helfen, der nicht hinaufsteigen oder knien konnte. Die Gesunden, die keine dringenden Bitten an die Heilige hatten, kamen von der anderen Seite durchs Kirchenschiff und suchten sich Ecken, in denen sie stehen und zusehen konnten, damit sie ja keinen Moment dieses denkwürdigen Tages verpaßten. Nun hatten sie auch wieder Gesichter. Sie unterhielten sich flüsternd, und sie waren so zahlreich und verschieden, wie sie gerade noch ununterscheidbar gewesen waren.

Bruder Cadfael, der an seinem Platz kniete, sah dem Treiben zu und konnte nun einzelne Menschen unterscheiden, die herankamen, niederknieten und den Sarg berührten. Die lange Reihe der Bittsteller war schon fast vorbeigezogen, als er Rhun bemerkte. Frau Alice stützte ihn am linken Ellbogen, Melangell half ihm auf der rechten Seite, und Matthew folgte dichtauf, kaum weniger gespannt als sie. Der Junge kam mit seinem üblichen, schmerzhaften Gang, und seine herabhängende Zehe kratzte gerade eben über den Fußboden. Sein Gesicht war wachsbleich, aber es war eine strahlende Blässe, die das Auge des Beobachters beinahe blendete. Die großen Augen waren fest auf den Reliquienschrein gerichtet, und sie strahlten wie durchsichtiges Eis mit einem hellen, bläulichen Licht im Innern. Frau Alice flüsterte ihm leise, ermutigende Worte in das eine Ohr, und Melangell tuschelte ihm ins andere, aber er sah nichts als den Altar, auf den er zuschritt. Als er an der Reihe war, schüttelte er seine Helfer ab und schien einen Augenblick zu zögern, bevor er es wagte, allein weiterzuschreiten.

Prior Robert, der seine Verfassung bemerkte, streckte eine Hand aus. »Es soll Euch nicht in Verlegenheit bringen, wenn Ihr nicht knien könnt, mein Sohn. Gott und die Heilige werden Euren guten Willen anerkennen.«

Das leise, zitternde Wispern, mit dem er antwortete, war in der erwartungsvollen Stille deutlich zu vernehmen: »Aber Vater, ich kann! Und ich will!«

Rhun richtete sich auf und nahm die Hände von den Krücken, die ihm aus den Achseln glitten und umfielen. Die linke Krücke krachte erschreckend laut auf die Fliesen, die rechte wurde von Melangell mit einem schwachen Schrei abgefangen, indem sie vorstürzte und sich auf die Knie warf, um sie zu packen. Sie blieb in der Hocke und umarmte verzweifelt die Krücke, während Rhun seinen verdrehten Fuß aufsetzte und sich aufrichtete. Bis zu den Altarstufen hatte er nur noch zwei oder drei Schritte vor sich. Er ging langsam und gleichmäßig, die Augen auf den Reliquienschrein gerichtet. Einmal schwankte er etwas, und Frau Alice machte Anstalten, zu ihm zu eilen, doch sie blieb sofort verwundert und besorgt stehen, als Prior Robert die Hand ausstreckte, um Rhun zu helfen. Rhun aber achtete nicht auf die Helfer und auf keinen anderen Menschen, er schien außer seinem Ziel und der inneren Stimme, die ihn rief, nichts zu sehen und nichts zu hören. Er ging mit angehaltenem Atem wie ein Kind, das gerade lernt, über gefährlich weite Entfernungen in die offenen Arme der Mutter zu laufen und die Liebkosungen anzunehmen, die es zu der Heldentat verleitet hatten.

Er setzte den verdrehten Fuß auf die unterste Stufe, und nun war der verdrehte Fuß, wenn er sich auch linkisch und ungeübt bewegte, nicht mehr verdreht. Er konnte ihn und das verkümmerte Bein belasten, er legte sein ganzes Gewicht darauf, und das Bein schien seine schöne Form wiedergefunden zu haben und trug ihn sicher.

Erst jetzt bemerkte Cadfael das Schweigen und die Stille. Es war, als hielten alle Anwesenden wie der Junge den Atem an, vom Zauber gebannt, aber noch nicht bereit, noch nicht berechtigt, anzuerkennen, was sich vor ihren Augen abspielte. Selbst Prior Robert stand wie verzaubert als großes, strenges Standbild seiner selbst erstarrt vor dem Altar. Und Melangell, die immer noch kniete und die Krücke an ihre Brust preßte, konnte keinen Finger rühren, um dem Jungen zu helfen und den Bann zu brechen. Sie verfolgte mit gequälten Blicken jeden Schritt des Jungen, als läge ihr Herz unter seinen Füßen wie ein freiwilliges Opfer, um ihm sein Schicksal zu erleichtern.

Er hatte die dritte Stufe erreicht und sank vorsichtig auf die Knie, während er sich an der Altarplatte und dem goldenen Tuch unter dem Reliquienschrein festhielt. Er hob beide Hände und das entrückte Gesicht, das trotz der geschlossenen Augen weiß und hell war. Kein Laut war zu hören, aber alle sahen, wie er die Lippen bewegte und die Gebete sprach, die er der Heiligen zugedacht hatte. Gewiß enthielten sie keine Bitte um seine eigene Heilung. Er hatte sich einfach demütig und freudig in ihre Hände begeben, und was ihm geschehen war, hatte sie gewiß aus eigenem Willen getan.

Er mußte sich an den Tüchern von den Knien hochziehen wie ein Kind, das sich am mütterlichen Rockschoß festhält. Zweifellos stützte sie ihn unter den Achseln, um ihm aufzuhelfen. Er neigte den hellen Kopf und küßte den Saum ihrer Tücher, richtete sich auf und küßte den silbernen Rand des Reliquienschreins, in dem, ob sie nun darin lag oder nicht, sie allein herrschte und regierte. Dann zog er sich langsam zurück und tastete sich die drei Stufen hinunter. Der verdrehte Fuß und das verkümmerte Bein trugen ihn sicher. Am Fuß der Treppe machte er eine ernste Ehrenbezeugung, drehte sich um und ging rasch davon wie ein völlig gesunder sechzehnjähriger Junge. Er lächelte die Frauen aufmunternd an, hob die Krücken auf, die er nun nicht mehr brauchte, und brachte sie nach vorn, um sie ordentlich unter den Altar zu legen.

Der Bann war gebrochen, denn das Wunder war geschehen und eindeutig bewiesen. Ein gewaltiger, schaudernder Seufzer lief durch das Kirchenschiff, durch den Chor, durch die Querschiffe und alle Nebenräume, wo immer Menschen zugesehen und gelauscht hatten. Und nach dem Seufzer erhob sich das Gemurmel zu einem bebenden Sturm, man konnte nicht sagen, ob ein Sturm von Tränen oder Lachen, aber die Luft erzitterte unter seiner Leidenschaft. Und dann kam der Aufschrei, und Tränen und Gelächter lösten sich zu einem verzauberten, ehrfürchtigen Wirbelsturm. Von den Steinwänden und dem hohen, gewölbten Dach, von der Lettnerempore und den Querschiffen hallten die Echos hin und her, und die Kerzen, die so still und hoch gebrannt hatten, erzitterten und spuckten in diesem Sturm. Melangell klammerte sich, schwach und vor Freude weinend, an Matthew. Frau Alice rannte glücklich von einer Freundin zur anderen. Prior Robert, der die Zeremonie leitete, hob die Hände und stimmte einen Dankespsalm an, und Bruder Anselm fiel sofort ein.

Ein Wunder, ein Wunder, ein Wunder...

Und inmitten des Aufruhrs stand Rhun, aufrecht und still und sogar ein wenig verwirrt, fest auf seinen beiden langen, wohlgeformten Beinen und betrachtete die rufenden, weinenden, frohlockenden Gesichter und ließ die Wogen der bedeutungslosen Geräusche über sich ergehen. Er wollte nichts weiter als die Stille, die er gefunden hatte, als er an diesem heiligen Ort mit seiner Heiligen allein gewesen war, die ihm mit süßen, geheimen Worten gesagt hatte, was er tun mußte.

Bruder Cadfael und die anderen Brüder erhoben sich erst, als sich die Kirche geleert hatte, als die jubelnde, wirbelnde, aufgeregte Menge ihre fiebrige Erregung in die frische Sommerluft hinausgetragen hatte, um laut das Wunder zu verkünden und die Botschaft in die

Vorstadt und die Stadt hinauszurufen. Die Menschen kauten es beim Mittagessen im Gästehaus noch einmal durch und ließen sich mit dem Atem, den sie noch hatten, bei der Vesper von neuem darüber aus. Wenn sie die Abtei erst verlassen hatten, würden sie die Botschaft ins ganze Land tragen und St. Winifred preisen und andere Menschen anregen, sich auf den Weg zu machen und mit ihren Sorgen nach Shrewsbury zu kommen. Die Heilung war bewiesen und konnte von Hunderten bezeugt werden.

Die Brüder zogen sich zu ihrem wie üblich bescheidenen Essen ins Refektorium zurück und wahrten, wie auch immer ihre Gefühle waren, das Schweigegebot. Sie waren sehr müde, so daß ihnen das Schweigen willkommen war. Sie waren früh aufgestanden und hatten schwer gearbeitet, sie waren mit Körper und Seele durch Feuer und Flut gegangen, und so war es nicht erstaunlich, daß sie in demütigem und dankbarem Schweigen ihr Essen einnahmen.

Erst als das Essen im Gästehaus fast beendet war, dachte Matthew, der neben Melangell saß und nach dem Wunder des Morgens immer noch errötet und erregt war, an seine ernsten Pflichten und besann sich mit einem Stirnrunzeln, das den ungewohnten Glanz in seinem Gesicht jedoch nur leicht trüben konnte. In der Gesellschaft von Frau Weaver und ihren Schutzbefohlenen wurde ihm eine Zeitlang die ungetrübte Freude der Familie zuteil, die ihn alles andere vergessen ließ. Aber es konnte nicht von Dauer sein; nur Rhun saß immer noch halb verwundert, halb sprachlos da. Er wollte nicht essen und nicht trinken, während seine Gefährtinnen unbeachtet ihre Freude äußerten. Er war so weit entrückt gewesen, daß die Rückkehr eine Zeit dauerte.

»Ich habe Ciaran gar nicht gesehen«, sagte Matthew leise in Melangells Ohr. Er richtete sich etwas auf, um sich im vollen Speisesaal umzusehen. »Hast du ihn in der Kirche bemerkt?«

Auch sie hatte ihn vergessen, doch als sie Matthews Frage hörte, kehrte die Erinnerung heftig zurück, und ihr Herz tat einen schmerzhaften Sprung. Doch sie wahrte ihre Fassung und legte ihm beruhigend eine

Hand auf den Arm, um ihn herunterzuziehen. »Unter so vielen Menschen? Natürlich ist er da. Er muß einer der ersten gewesen sein, denn er ist hier geblieben und hat sich gewiß einen guten Platz gesichert. Wir haben ja nicht alle gesehen, die zum Altar gegangen sind – wir waren bei Rhun, weit hinten.« Es war eine Mischung aus Wahrheit und Lüge, aber sie sprach zuversichtlich und klammerte sich an die erschütterte Hoffnung.

»Aber wo ist er jetzt? Ich kann ihn hier drinnen nicht entdecken.« Aber im Speisesaal war es so unruhig, so viele Menschen gingen von Tisch zu Tisch, um mit Freunden zu sprechen, daß man leicht einen Mann übersehen konnte. »Ich muß ihn suchen«, sagte Matthew, der noch nicht sehr besorgt war, sich aber dennoch vergewissern wollte.

»Nein, setz dich! Du weißt doch, daß er hier irgendwo sein muß. Laß ihn in Ruhe, er wird schon kommen, wenn er will. Vielleicht hat er sich ins Bett gelegt, weil er morgen barfuß weiterziehen muß. Warum willst du ihn jetzt suchen? Kannst du nicht einmal einen Tag auf ihn verzichten? Noch dazu an einem solchen Tag?«

Matthew betrachtete sie mit einem Gesicht, aus dem alle Offenheit und Freude verschwunden waren, und löste sich sanft, aber entschlossen aus ihrem Griff. »Trotzdem, ich muß ihn finden. Bleib du hier bei Rhun, ich bin bald zurück. Ich will ihn nur sehen, um mich zu vergewissern ...«

Und damit war er fort und glitt unauffällig zwischen den feierlich gedeckten Tischen hindurch und sah sich genau um. Sie war unsicher, ob sie ihm folgen sollte, doch dann entschied sie sich dagegen, denn während er suchte, verging langsam die Zeit, und Ciaran entfernte sich immer weiter, und sie konnte hoffen, daß nach und nach sogar die Erinnerung an ihn verblassen würde, bis er ganz vergessen war. So blieb sie in der fröhlichen Gesellschaft, ohne ganz dabei zu sein, und mit jedem Augenblick, der verstrich, wußte sie weniger, ob sie sich sicherer oder unbehaglicher fühlen sollte. Schließlich konnte sie das Warten nicht mehr ertragen. Sie stand leise auf und huschte davon. Frau Alice, zwischen Tränen und Freude hin- und hergerissen, saß überschwenglich neben ihrem Schutzbefohlenen inmitten von Nachbarn, die so glücklich und redselig waren wie sie selbst, während Rhun, der etwas entrückte Mittelpunkt der Gruppe, noch mit seiner Erlösung beschäftigt war. Zwar antwortete er, so gut er konnte, auf Fragen, doch die Antworten klangen recht lahm. Melangell wurde nicht gebraucht, man würde sie vorläufig nicht vermissen.

Als sie in die strahlende Mittagssonne hinaustrat, war es auf dem großen Hof völlig still; es war die ruhige Stunde nach dem Mahl. Der große Hof war so gut wie nie wirklich leer, immer kam und ging jemand durch das Torhaus, aber jetzt waren nur wenige Menschen zu sehen. Sie ging fast ängstlich in den Kreuzgang, wo ein einsamer Kopist seine Arbeit vom Vortag durchsah. Bruder Anselm stellte in seinem Arbeitszimmer die Musik für den Vespergottesdienst zusammen. Von dort aus ging sie in den Stall, wenn es auch keinen Grund gab, Matthew dort zu suchen, da er kein Pferd besaß und nicht zu erwarten war, daß sein Gefährte eines erworben hatte; dann in den Garten, wo einige Novizen allzu heftig wuchernde Triebe einer Hecke zurückschnitten; dann zum Bauernhof mit seinen Scheunen und Lagerhäusern, wo einige Laienbrüder ihre Pause genossen und wie alle anderen in der Enklave, wie alle in Shrewsbury und der Vorstadt, müßig über das Wunder des Morgens plauderten. Der gepflegte Garten des Abtes war menschenleer, die umsorgten Rosen strahlten in der Sonne. Die Wohnungstür des Abtes stand offen, und drinnen schienen einige Gäste zu sein.

Sie wandte sich ängstlich wieder zum Garten. Sie war keine gute Lügnerin, sie war in dieser Kunst nicht geübt, und selbst für einen guten Zweck mochten ihre Fähigkeiten zur Lüge nicht ausreichen. Und in all dem Getriebe der Alltagsverrichtungen in der Abtei, wo es immer etwas zu tun gab, hatte sie Matthew nicht entdecken können. Aber er war gewiß nicht verschwunden, nein, denn der Pförtner konnte ihm nichts verraten. Ciaran war nicht zum Tor hinausgegangen; und sie selbst würde, solange sie nicht mußte, nichts verraten – bis Matthews besorgtes Herz mit dem Verlust ausgesöhnt und für einen anderen Menschen offen und empfänglich war.

Sie machte kehrt, umrundete die Buchsbaumhecke, bis sie die eifrigen Novizen aus dem Blick verloren hatte, und prallte mit Matthew zusammen.

Sie begegneten sich in schrecklicher Abgeschiedenheit mitten in der Hecke. Sie fuhr schuldbewußt vor ihm zurück, denn er wirkte distanzierter und fremder als je zuvor. Er erkannte sie und bestätigte mit einem Zucken seines besorgten Gesichts, daß sie das Recht hatte, ihn zu suchen; doch fast im gleichen Moment schien er sie als unwichtig abzutun.

»Er ist fort!« sagte er mit kalter, knirschender Stimme. Er sah durch sie hindurch in weite Ferne. »Gott behüte dich, Melangell, denn nun mußt du auf dich selbst aufpassen, so leid es mir tut. Er ist fort – geflohen, als ich nicht da war. Ich habe ihn überall gesucht, aber ich konnte keine Spur von ihm finden. Auch der

Pförtner hat ihn nicht durchs Tor gehen sehen, ich habe mich erkundigt. Aber er ist fort! Allein! Und ich muß ihm nachgehen. Gott behüte dich, Mädchen, denn ich kann es nun nicht mehr. Lebe wohl!«

Und so wollte er gehen, mit wenigen Worten und so wild entschlossenem Gesicht! Er hatte schon kehrt gemacht und zwei lange Schritte getan, bis sie ihn einholte und seinen Arm mit beiden Händen packte, um ihn festzuhalten.

»Nein, nein, *warum* denn? Was braucht er von dir, verglichen mit dem, was ich von dir brauche? Laß ihn gehen! Glaubst du denn, dein Leben gehört ihm? Er will es nicht! Er will, daß du frei bist, er will, daß du dein eigenes Leben lebst, statt mit ihm zusammen zu sterben. Er weiß, daß du mich liebst! Wagst du es zu leugnen? Er weiß, daß ich dich liebe. Er will, daß du glücklich bist! Warum soll ein Freund seinem Freund nicht wünschen, daß er glücklich wird? Wie kannst du ihm seinen letzten Wunsch abschlagen?«

Sie wußte im gleichen Augenblick, daß sie zuviel gesagt hatte, aber sie wußte nicht, an welchem Punkt der Fehler zum Verhängnis geworden war. Er hatte sich ihr wieder ganz zugewandt und stand erstarrt, das Gesicht wie gemeißelter Marmor, vor ihr. Er riß sich los, diesmal alles andere als sanft.

»Er will es!« zischte er mit einer Stimme, die sie noch nie bei ihm gehört hatte. »Du hast mit ihm gesprochen! Du hast *für* ihn gesprochen! *Du hast es gewußt!* Du wußtest, daß er gehen wollte, und hast mich verzaubert und festgehalten und mich verführt, meinen Eid zu brechen. *Du hast es gewußt!* Seit wann? Wann hast du mit ihm gesprochen?«

Er packte ihre Handgelenke und schüttelte sie gnadenlos, und sie schrie auf und fiel auf die Knie.

»Du wußtest doch, daß er gehen wollte?« drängte Matthew, in kalter Wut über sie gebeugt.

»Ja, ja! Er hat es mir heute morgen gesagt ... er wollte es so ...«

»Er wollte es! Wie konnte er das wagen? Wie konnte er es wagen, nachdem man ihm den Ring des Bischofs geraubt hatte? Er wagte ohne den Ring keinen Schritt zu tun, er hatte Angst, den Fuß auf die Straße zu setzen ...«

»Aber er hat den Ring«, rief sie, jede Täuschung aufgebend. »Der Herr Abt hat ihn ihm heute morgen zurückgegeben, du brauchst dir keine Sorgen mehr um ihn zu machen. Er ist sicher, er hat seinen Schutz zurückbekommen, er braucht dich nicht mehr!«

Matthew, immer noch über sie gebeugt, schwieg entsetzt. *»Er hat den Ring?* Und du wußtest es und hast kein Wort gesagt! Wenn du soviel weißt, dann weißt du sicher noch mehr. Sprich! *Wo ist er?«*

»Fort«, sagte sie mit zitterndem Flüstern, »und er wünscht uns beiden Glück ... er will, daß wir glücklich werden ... Oh, laß ihn gehen, laß ihn doch gehen, er gibt dich frei!«

Matthew wand sich unter einem Geräusch, das ein Lachen sein sollte. Sie hörte es mit ihren Ohren und spürte es durch ihren Körper zittern, aber es war anders als jedes Lachen, das sie bisher gehört hatte. Es ließ ihr das Blut gefrieren. »*Er* gibt *mich* frei! Und *du* mußtest seine Vertraute sein! Mein Gott! Er ist nicht durchs Tor gegangen. Wenn du alles weißt, dann sage mir, wie er gegangen ist.«

Sie sank weinend in sich zusammen. »Er liebt dich, er will, daß du weiterlebst und ihn vergißt und daß du glücklich wirst ...«

»Wie ist er gegangen?« wiederholte Matthew so

atemlos, daß er fast an den Worten zu ersticken schien.

»Über den Bach«, entgegnete sie mit gebrochenem Flüstern, »auf dem kürzesten Wege nach Wales. Er sagte ... er hätte dort Verwandte...«

Er holte zischend Luft und löste seinen Griff, und sie fiel vorwärts aufs Gesicht, als er ihre Handgelenke freigab. Er drehte sich um und floh vor ihr, vergaß alles, was sie geteilt hatten, nur seiner blinden Leidenschaft folgend. Sie verstand ihn nicht, sie konnte nicht begreifen, was da so schnell geschehen war, aber sie wußte, daß sie Gefahr lief, ihren Geliebten zu verlieren, denn er floh erbarmungslos vor ihr, um eine unverständliche Pflicht zu erfüllen, an der sie keinen Anteil hatte. Sie sprang auf und rannte ihm nach, faßte seinen Arm, schlang die Arme um ihn, sah ihm flehend ins versteinerte, verzerrte Gesicht, und bat ihn leidenschaftlich: »Laß ihn gehen! Oh, laß ihn doch gehen! Er will allein gehen und dich mir überlassen...«

Fast tonlos erklang über ihr das schreckliche Lachen, das so sehr im Widerspruch zu dem lieblichen Geräusch stand, das sie gehört hatte, als er mit ihr dem Reliquienschrein gefolgt war. Das Lachen kochte wie dicker Sirup in seinem Hals. Er streifte ihre flehenden Hände ab, und als sie wieder auf die Knie fiel und sich mit ihrem ganzen verzweifelten Gewicht an ihn klammerte, riß er seine rechte Hand los und schlug ihr heftig ins Gesicht. Schluchzend und elend löste er sich und floh und ließ sie mit dem Gesicht auf dem Boden liegen.

In dem Gemächern des Abtes saßen Radulfus und seine Gäste lange beim Mahl, denn sie hatten viel zu besprechen. Das Thema, das allen am Herzen lag, kam als erstes zur Sprache.

»Wie es scheint«, sagte der Abt, »durften wir heute morgen eine einzigartige Gunst genießen. Wir haben mitunter gewisse Gnadenerweise gesehen, aber noch nie einen so öffentlichen und überzeugenden und vor so vielen Augen. Was meint Ihr? Ich habe viele Wunder gesehen, die bei näherer Betrachtung gar nicht mehr wunderbar waren. Ich weiß, wie Menschen sich und andere täuschen können. Sie tun es nicht immer vorsätzlich, denn manchmal wird der Täuschende selbst getäuscht. Wenn Heilige Macht besitzen, dann besitzen auch Dämonen Macht. Aber dieser Junge kommt mir vor wie ein Kristall. Ich kann nicht glauben, daß er täuscht oder getäuscht wurde.«

»Ich habe gehört«, erwiderte Hugh, »daß manche Krüppel, die ihre Krücken fortgeworfen haben, um frei zu laufen, zusammengebrochen sind, als der Augenblick der Verzückung vorbei war. Die Zeit wird zeigen, ob der Junge seine Krücken wieder benutzen muß.«

»Ich will später mit ihm sprechen«, erklärte der Abt, »wenn er sich beruhigt hat. Bruder Edmund erzählte mir, daß Bruder Cadfael den Jungen in den drei Tagen, die er hier verbrachte, behandelt hat. Das mag seinen Zustand gelindert haben, aber eine so wundersame Heilung kann die Behandlung nicht bewirkt haben. Nein, ich muß einräumen, daß ich wirklich glaube, unser Haus ist der Schauplatz einer göttlichen Gnade geworden. Ich werde auch mit Cadfael sprechen, der den Zustand des Jungen genau kennt.«

Olivier saß in Gegenwart eines so hochstehenden Kirchenmannes ehrerbietig schweigend am Tisch, doch Hugh bemerkte, daß er, als Cadfaels Name fiel, die Augenbrauen hob. Seine Augen begannen zu strahlen. Nun wußte er, wer der Gesuchte war, und daß zwischen dem seltsamen Paar etwas mehr als eine flüchtige Begrüßung stattgefunden hatte.

»Und jetzt würde ich mich freuen«, fuhr der Abt fort, »wenn ich erfahren könnte, welche Neuigkeit Ihr uns aus dem Süden bringt. Wart Ihr in Westminster am Hof der Kaiserin? Ich hörte, daß sie sich jetzt dort eingerichtet hat.«

Olivier berichtete bereitwillig, wie die Dinge in London standen, und beantwortete aufmerksam alle Fragen. »Mein Herr ist in Oxford geblieben, ich habe diesen Botengang auf seinen ausdrücklichen Wunsch unternommen. Ich war nicht in London, sondern bin von Winchester aus aufgebrochen. Aber die Kaiserin ist tatsächlich im Schloß von Westminster, und die Vorbereitungen für ihre Krönung machen gute Fortschritte – wenn auch sehr langsame. Die Stadt London ist sich ihrer Macht wohl bewußt und verlangt, daß ihre Rechte anerkannt werden; das ist jedenfalls mein Eindruck.« Er wollte nicht weiter auf das Unbehagen eingehen, das er angesichts der Weisheit seiner Lehnsherrin – oder des Mangels daran – verspürte, doch er schob zweifelnd eine Unterlippe vor und runzelte einen Augenblick die Stirn. »Vater, Ihr wart beim Konzil und wißt, was geschehen ist. Mein Herr verlor dort einen braven Ritter und ich einen teuren Freund. Er wurde auf der Straße niedergestreckt.«

»Rainald Bossard«, sagte Radulfus düster. »Ich habe es nicht vergessen.«

»Ehrwürdiger Vater, ich habe dem Herrn Sheriff bereits erzählt, was ich nun auch Euch berichten will. Denn ich habe noch einen zweiten Auftrag zu erfüllen, den ich mit meinem Botengang für die Kaiserin verbinden kann, einen Auftrag von Rainalds Witwe. Rainald hatte einen jungen Verwandten in sein Haus aufgenommen, der bei ihm war, als er getötet wurde. Nach seinem Tod verließ der junge Mann insgeheim, und ohne ein Wort zu verlieren, das Haus der Dame. Sie sagt, er sei auch schon vor seinem Verschwinden verschlossen und schweigsam gewesen, und die einzige Nachricht, die wir von ihm erhielten, war die, daß er auf der Straße nach Newbury gen Norden gereist sei. Danach haben wir nichts mehr von ihm gehört. Da ich ohnehin nach Norden reiste, bat sie mich, unterwegs nach ihm zu fragen, denn sie schätzt ihn und vertraut ihm und will ihn an ihrer Seite haben. Ich will euch nicht täuschen, Ehrwürdiger Vater; es gibt einige, die behaupten, er sei geflohen, weil er die Schuld an Rainalds Tod trägt. Sie behaupten, er hätte sich mit der Frau Juliana eingelassen und in diesem Straßenkampf eine Chance gesehen, sie zur Witwe zu machen und für sich zu gewinnen. Doch dann habe er es mit der Angst bekommen, weil der Verdacht allzu schnell auf ihn gefallen sei. Ich dagegen glaube, daß der Verdacht erst aufkam, nachdem er verschwunden war. Und Juliana, die ihn doch besser als jeder andere kennen muß, betrachtet ihn als Sohn, da sie keine eigenen Kinder hat, und sie vertraut ihm völlig. Sie will, daß er gerechtfertigt heimkehrt, egal aus welchem Grund er sie verließ. Ich habe unterwegs in jeder Herberge und jedem Kloster nach dem jungen Mann gefragt. Darf ich nun auch hier fragen? Der Bruder, der für die Gäste verantwortlich ist, wird sicher alle Namen wissen. Leider«, fügte er traurig hinzu, »ist der Name alles, was ich habe, denn soweit ich weiß, habe ich den Mann noch nie gesehen. Und ein Name ist etwas, das man leicht ablegen kann.«

»Das ist nicht viel«, sagte Abt Radulfus lächelnd, »aber Ihr dürft Euch gern erkundigen. Wenn er sich nichts hat zuschulden kommen lassen, dann will ich Euch gern helfen, ihn zu finden, damit er entlastet mit Euch zurückkehren kann. Wie ist sein Name?«

»Luc Meverel. Er ist, wie man mir sagte, vierundzwanzig Jahre alt, mittelgroß und sieht sehr stattlich aus. Er hat dunkles Haar und dunkle Augen.«

»Das paßt auf Hunderte von jungen Männern«, erwiderte der Abt kopfschüttelnd. »Und den Namen wird er zweifellos abgelegt haben, wenn er etwas zu verbergen hat oder wenn er fürchtet, mit unberechtigten Anschuldigungen belastet zu werden. Aber versucht es nur. Ich kann Euch versichern, daß ein junger Mann, der verschwinden will, dies in einer Versammlung wie der unsrigen mit Leichtigkeit tun kann. Denis wird Euch sagen können, welcher Gast im richtigen Alter und von der entsprechenden Art ist. Euer Luc Meverel ist ja gewiß aus gutem Hause und wahrscheinlich gebildet und des Schreibens kundig.«

»Das ist er«, erwiderte Olivier.

»Dann geht mit meinem Segen zu Bruder Denis und bittet ihn, Euch nach Kräften zu helfen. Er hat ein ausgezeichnetes Gedächtnis, und er wird Euch sagen können, welcher der Männer im passenden Alter und von der richtigen Erscheinung ist. Ihr könnt es immerhin versuchen.«

Als sie die Gemächer des Abtes verließen, suchten sie jedoch zuerst Bruder Cadfael. Und der war nicht leicht zu finden. Hughs erste Idee war, in der Hütte im Herbarium nachzusehen, wo sie gewöhnlich ihre Angelegenheiten besprachen. Aber dort war kein Cadfael. Ebensowenig war er im Kreuzgang bei Bruder Anselm, mit dem er manchmal über die Musik für den Abend diskutierte. Er war auch nicht mit der Überprüfung des Medizinschrankes in der Krankenstation beschäftigt. Er hatte das Schränkchen, das sich in den letzten Tagen ziemlich geleert hatte, schon am Morgen dieses Freudentages wieder aufgefüllt. Bruder Edmund erklärte freundlich: »Er war schon da. Ich hatte einen Verletzten, der aus dem Mund blutete — wahrscheinlich hat er sich an seiner eigenen Begeisterung verschluckt. Der Kranke ist jetzt ruhig und schläft, die Blutung hat aufgehört. Cadfael ist schon eine ganze Weile wieder fort.«

Bruder Oswin, der heftig mit dem Unkraut im Küchengarten kämpfte, hatte seinen Vorgesetzten seit dem Mittagessen nicht mehr gesehen. »Aber ich glaube«, erklärte er, während er nachdenklich in die hochstehende Sonne blinzelte, »daß er in der Kirche ist.«

Cadfael kniete am Fuße der Treppe, die zu St. Winifreds Altar führte. Er hatte die Arme nicht im Gebet erhoben, sondern im Schoß seiner Kutte verschränkt, und seine Augen waren nicht in stillem Flehen geschlossen, sondern in Erwartung der Absolution weit geöffnet. Er kniete schon eine Weile dort; er, der sonst nur zu froh war, sich von den Knien erheben zu können, die langsam steif wurden. Er hatte keine Schmerzen und keinen Kummer irgendeiner Art, sondern verspürte nur eine unendliche Dankbarkeit, in der er dahinschwamm wie ein Fisch im Meer. Ein Meer, das so rein und blau und schwindelerregend tief und klar war wie das Meer im Osten, an das er sich so gut erinnerte: der östliche Ausläufer des gezeitenlosen, legendären Mittelländischen Meeres, an dem die heilige Stadt Jerusalem lag, der Ruheplatz Unseres Herrn, ein hart erkämpftes Königreich. Die Heilige, die über die Abtei wachte, ob sie nun hier lag oder nicht, hatte ihm eine unendliche, strahlende Hoffnung geschenkt. Ihre

Gnade mochte willkürlich sein, aber sie war gewiß herrlich. Sie hatte einem Unschuldigen, der ihre Güte verdiente, die Hand gereicht. Was beabsichtigte sie nun mit diesem weniger Unschuldigen, der ihrer Gnade dennoch nicht weniger bedurfte?

Hinter ihm sagte eine leise Stimme: »Betet Ihr um ein zweites Wunder?«

Er löste den Blick widerstrebend von den silbernen Reflexen auf dem Reliquienschrein und blickte zum Gemeindealtar, und sah Hugh, dessen Stimme er sofort erkannt hatte. Sein schmales, dunkles Gesicht lächelte ihn an. Aber hinter Hughs Schulter bemerkte er einen höheren Kopf und höhere Schultern. Aus der Dunkelheit lösten sich langsam schöne, ebenmäßige Gesichtszüge, glänzende hervorstehende Wangenknochen, oliv gefärbte, glatte Wangen, die Bernsteinaugen eines Falken unter schwarzen, hoch geschwungenen Augenbrauen. Die schmalen, feinen Lippen des Mannes lächelten zögernd.

Es war unmöglich. Und doch sah er es mit eigenen Augen. Olivier de Bretagne trat aus dem Schatten ins Licht der Altarkerzen. Und dies war der Augenblick, in dem St. Winifred den Kopf wandte und ihrem fehlbaren, aber treuen Diener lächelnd ins Antlitz blickte.

Ein zweites Wunder! Warum auch nicht? Wenn sie etwas schenkte, dann schenkte sie verschwenderisch mit beiden Händen.

Sie gingen zu dritt in den Kreuzgang hinaus, und das war an sich schon bemerkenswert und gut, denn sie waren noch nie zusammen gewesen. Der vertrauensvolle Austausch, der einst in einer Winternacht in der Priorei von Bromfield stattgefunden hatte, war Hugh noch unbekannt, und Olivier wurde durch eine seltsame Zurückhaltung daran gehindert, offen daran zu erinnern. Die Begrüßung fiel warm, aber kurz aus; doch das Schweigen sprach Bände, und Hugh verstand zweifellos genug und war bereit, auf die erklärenden Worte zu warten oder sich damit abzufinden, daß sie vielleicht nie gesprochen würden. Denn diese Angelegenheit drängte nicht; nur Luc Meverel mußte rasch gefunden werden.

»Unser Freund hier sucht jemand«, sagte Hugh, »und wir wollen Bruder Denis um Hilfe bitten, aber Eure Hilfe ist ebenso willkommen. Er sucht einen jungen Mann mit Namen Luc Meverel, der verschwunden ist und nach Norden gereist sein soll. Erklärt es ihm, Olivier.«

Olivier erzählte die Geschichte noch einmal, und Cadfael hörte aufmerksam zu. »Ich würde gern«, sagte Cadfael schließlich, »alles Menschenmögliche tun, um einen Unschuldigen aufzuspüren. Wir wissen von dem Mord, und es stößt gewiß jedem sauer auf, daß ein anständiger Mann, der einen ehrbaren Gegner beschützt hat, von einem aus seiner eigenen Partei ermordet worden sein soll ...«

»Ist das denn sicher?« fragte Hugh scharf.

»So gut wie sicher. Wer sonst könnte so etwas tun außer einem Mann, der zu ihm gehörte? Alle, die im Herzen noch zu Stephen hielten, haben Rainalds Verhalten gewiß gebilligt, wenn sie vielleicht auch nicht offen zu applaudieren wagten. Und die Vermutung, daß es wirklich nur Straßenräuber waren – warum sollten sie über einen Schreiber herfallen, der außer dem, was er für die Reise brauchte, nichts Wertvolles bei sich hatte, während die Stadt voller Adliger, Kirchenbeamter und Händler war, bei denen ein Raub größere Beute versprochen hätte? Rainald starb einzig und allein, weil er dem Schreiber zu Hilfe kam. Nein, ein Anhänger der Kaiserin wie Rainald selbst, aber ihm völlig unähnlich, hat diese Schandtat begangen.«

»Das klingt einleuchtend«, stimmte Olivier zu. »Aber mein größtes Anliegen ist es jetzt, Luc zu finden und ihn, wenn ich es vermag, nach Hause zu schicken.«

»Heute müssen zwanzig oder mehr Burschen in diesem Alter hier sein«, sagte Cadfael, während er sich die breite braune Nase rieb, »aber ich möchte wetten, daß die meisten sofort von der Liste gestrichen werden können, weil sie in der Gesellschaft von Gefährten sind, die ihren richtigen Namen kennen, oder weil sie nach Erscheinung oder Aussehen nicht in Frage kommen. Einzelgänger haben wir nur wenige. Die Pilger sind wie Stare, sie brauchen die Gesellschaft Gleichgesinnter. Am besten, wir sprechen mit Bruder Denis. Er wird die meisten inzwischen kennen.«

Bruder Denis besaß ein ausgezeichnetes Gedächtnis und zudem einen gesunden Appetit auf Neuigkeiten und Gerüchte, so daß er gewöhnlich der bestinformierte Mann in der Enklave war. Je voller das Gästehaus war, desto eifriger versuchte er, alles zu erfahren, was dort vorging, und meist kannte er Namen und Berufe aller Gäste. Außerdem führte er gewissenhaft Buch und trug alle Besucher ein.

Sie fanden ihn in seiner kleinen Zelle bei seinen Büchern. Er schätzte ab, was er brauchen würde, bezog dabei die Vorräte ein, die er noch hatte, und berücksichtigte, daß sie vom nächsten Tag an erheblich langsamer schrumpfen würden. Er erhob höflich den Kopf aus dem Lagerbuch und hörte sich an, was Bruder Cadfael und der Sheriff zu fragen hatten. Er antwortete prompt, als er gebeten wurde, unter seinen zahlreichen Gästen die zu benennen, die etwa fünfundzwanzig Jahre alt, von adliger Abstammung, des Schreibens kundig, von dunkler Hautfarbe und mittelgroß gebaut waren, die also der dürftigen Beschreibung von Luc Meverel entsprachen. Während sein Zeigefinger über die Gästeliste fuhr, sank die Anzahl der in Frage kommenden jungen Männer beträchtlich. Mehr als die Hälfte der Pilger waren Frauen, und unter den Männern war der größte Teil um die vierzig oder fünfzig Jahre alt, und unter den übrigen waren einige Brüder aus anderen Orden, einige Mönche oder Priester oder angehende Priester. Und Luc Meverel gehörte zu keiner dieser Gruppen.

»Sind denn viele hier«, sagte Hugh, während er die stark geschrumpfte endgültige Liste betrachtete, »die allein kamen?«

Bruder Denis legte den runden, rosigen Kopf mit der Tonsur schräg und überblickte mit scharfen braunen

Augen, denen eines Rotkehlchens nicht unähnlich, die Liste. »Kein einziger. Knappen in diesem Alter gehen selten auf Pilgerfahrt, es sei denn, sie haben einen großzügigen Herrn – oder eine großzügige Herrin. Bei einem Sommerfest wie dem unseren kommen viele junge Freunde zusammen, um die freie Zeit zu genießen, ehe sie sich ernsteren Pflichten widmen. Aber allein ... wo soll da das Vergnügen liegen?«

»Da sind auf jeden Fall zwei«, sagte Cadfael, »die zwar zusammen hergekommen sind, die aber gewiß nicht das Vergnügen suchten. Ich habe mich schon über sie gewundert. Sie sind im richtigen Alter, und was wir über den Gesuchten wissen, würde auf beide passen. Ihr kennt sie, Denis – der Junge, der nach Aberdaron unterwegs ist, und sein Freund, der ihn begleitet. Sie sind beide gebildet und von guter Abstammung. Und sie kommen aus dem Süden, jenseits von Abingdon, wie Bruder Adam aus Reading mir erzählte, der dort mit ihnen übernachtete.«

»Ah, der barfüßige Reisende«, sagte Denis und legte den Finger auf Ciarans Namen, »und sein Hüter und Anbeter. Ja, die beiden sind im Alter höchstens ein halbes Jahr auseinander, und sie haben die richtige Statur und Hautfarbe; aber Ihr braucht nur einen.«

»Wir können uns die beiden wenigstens ansehen«, erwiderte Cadfael. »Wenn keiner von beiden der ist, den wir suchen, dann könnten sie doch, da sie aus dem Süden kommen, unterwegs einen einsamen Reisenden getroffen haben. Wir mögen nicht die Amtsgewalt haben, sie nach ihrer Herkunft und ihrem Namen zu befragen und wie und warum sie verbunden sind, aber der Vater Abt hat sie. Und wenn sie nichts zu verbergen haben, dann werden sie ihm gegenüber gewiß erklären, was sie uns vielleicht nicht sagen wollen.«

»Wir können es versuchen«, sagte Hugh lebhaft. »Es ist den Versuch wert, und wenn sie mit dem Mann, den wir suchen, nichts zu tun haben, dann haben wir nichts weiter als eine halbe Stunde verloren, die uns sicher nicht schmerzen wird.«

»Allerdings paßt das, was wir bisher über die beiden wissen, kaum zu dem Gesuchten«, wandte Cadfael zweifelnd ein. »Der eine soll todkrank sein und will nach Aberdaron gehen, um dort zu sterben, und der andere ist fest entschlossen, ihn bis zu seinem Ende zu begleiten. Aber ein junger Mann, der verschwinden will, kann sich ebenso leicht eine Tarngeschichte ausdenken, wie er sich einen neuen Namen geben kann. Und es ist auf jeden Fall möglich, daß sie zwischen Abingdon und Shrewsbury Luc Meverel allein und unter seinem richtigen Namen kennengelernt haben.«

»Aber wenn einer der beiden wirklich der Gesuchte ist«, sagte Olivier unsicher, »wer ist dann, in Gottes Namen, der andere?«

»Wir stellen uns Fragen«, schaltete sich der praktisch denkende Hugh ein, »die uns die beiden gleich selbst beantworten können. Kommt, wir wollen es Abt Radulfus überlassen, sie zu rufen, und dann werden wir ja sehen, was herauskommt.«

Es war nicht schwer, den Abt zu veranlassen, nach den beiden Männern zu schicken. Schwerer war es schon, sie zu finden und sie zum Sprechen zu bringen. Der Bote, der glaubte, seinen Auftrag in kürzester Zeit erledigt zu haben, kehrte viel später als erwartet zurück und berichtete bedauernd, daß keiner der beiden in der Abtei zu finden sei. Der Pförtner habe zwar keinen der beiden durchs Tor gehen sehen, doch da der junge Matthew nicht lange nach dem Mittagessen seinen

Dolch zurückverlangt habe, dem Haus eine großzügige Spende hinterlassen und erklärt habe, daß er und sein Freund aufbrechen müßten und sich für die Beherbergung bedanken wollten, sei der Bruder Pförtner sicher, daß die beiden abgereist seien. War er – Cadfael stellte die Frage, ohne den genauen Grund dafür zu wissen –, als er seine Waffe holte und für sich und seinen Freund bezahlte, in irgendeiner Weise verstört oder erschreckt oder sonst fassungslos?

Doch der Bote schüttelte den Kopf, da er am Tor keine derartige Frage gestellt hatte. Als Cadfael sich selbst beim Pförtner erkundigte, erwiderte dieser bestimmt: »Er war sehr erregt. Oh, er sprach so leise und höflich wie immer, aber er war bleich und aufgeregt, und man könnte sagen, daß ihm die Haare zu Berge standen. Aber so geht es wohl jedem hier, denn jeder glaubt sich seit dem Wunder in einem Traum. Ich dachte mir nur, daß er darauf brannte, die Neuigkeit weiterzutragen.«

»Fort?« fragte Olivier entsetzt, als Cadfael ins Sprechzimmer des Abtes zurückgekehrt war. »Nun scheint es mir wahrscheinlicher, daß einer der beiden, die ein so seltsames Paar bilden und so seltsam über sich sprechen, der Mann ist, den ich suche. Denn wenn ich Luc Meverel auch selbst nicht kenne, so war ich doch zwei- oder dreimal bei seinem Herrn zu Gast, und er mag mich bemerkt haben. Vielleicht hat er mich heute gesehen und sich eilig verabschiedet, weil er mir nicht begegnen wollte. Er kann nicht wissen, daß ich ihn suchen soll, aber er könnte es dennoch vorziehen, rasch zu verschwinden. Und ein leidender Gefährte ist eine gute Deckung für einen Mann, der einen Vorwand für seine Reise braucht. Ich wünschte, ich könnte mit den beiden sprechen. Wie lange sind sie schon fort?«

»Matthew hat seinen Dolch etwa anderthalb Stunden nach dem Mittagsmahl zurückverlangt«, berichtete Cadfael.

»Und sie sind zu Fuß!« sagte Olivier begeistert. »Und einer von ihnen sogar barfuß! Es sollte nicht schwer sein, sie einzuholen, wenn bekannt ist, welche Straße sie genommen haben.«

»Der beste Weg ist die Straße nach Oswestry und von dort aus weiter über den Wall nach Wales. Bruder Denis sagte, das sei jedenfalls Ciarans Absicht gewesen.«

»Dann werde ich mit Eurer Erlaubnis, Ehrwürdiger Vater«, sagte Olivier begierig, »mein Pferd nehmen und ihnen nachreiten, denn sie können noch nicht weit sein. Es wäre schade, wenn ich diese Gelegenheit nicht ergriffe, und selbst wenn sie nicht die sind, die ich suche, haben weder sie noch ich etwas verloren. Aber mit oder ohne meinen Mann, ich werde hierher zurückkehren.«

»Ich reite mit Euch durch die Stadt«, bot Hugh sich an, »und zeige Euch den richtigen Weg, da Ihr Euch hier nicht auskennt. Aber dann muß ich mich um meine eigenen Angelegenheiten kümmern und sehen, was die Jagd heute morgen eingebracht hat. Ich bezweifle, daß die Galgenvögel tief in den Wald eingedrungen sind, denn sonst hätte ich inzwischen eine Nachricht bekommen. Wir erwarten Euch am Abend zurück, Olivier. Wenn möglich, wollen wir Euch wenigstens noch eine Nacht oder länger hierbehalten.«

Olivier verabschiedete sich hastig, aber sehr höflich, machte dem Abt eine Ehrenbezeugung und wandte sich mit einem kurzen, fröhlichen Lächeln, das seine Sorgen einen Moment lang überstrahlte, als wäre die Sonne durch Regenwolken gebrochen, an Bruder Cadfael. »Ich werde gewiß nicht abreisen«, erklärte er beruhigend, »ohne unter vier Augen mit Euch gesprochen zu haben. Aber zuerst muß ich mich um diese Angelegenheit kümmern.«

Sie wurden rasch zu den Ställen geführt, in denen sie vor der Messe ihre Pferde untergebracht hatten. Abt Radulfus sah ihnen nachdenklich nach.

»Findet Ihr es nicht überraschend, Bruder Cadfael, daß die beiden jungen Pilger so früh und so plötzlich aufgebrochen sind? Ist es möglich, daß sie durch die Ankunft des Messire de Bretagne verscheucht wurden?«

Cadfael dachte nach und schüttelte schließlich den Kopf. »Nein, ich glaube nicht. Warum sollten sie in dem Gedränge heute morgen unter all den Menschen einen bemerkt haben, mit dessen Gegenwart sie nicht gerechnet hatten? Allerdings muß ich zugeben, daß mich ihre Abreise überrascht. Der eine sollte sich eigentlich über ein oder zwei Tage Ruhe freuen, bevor er sich wieder barfuß auf den Weg macht. Und der andere — Vater, hier ist ein Mädchen, das er sehr bewundert und schätzt, ob er es nun selbst ganz begriffen hat oder nicht, und er hat den Morgen mit ihr verbracht und St. Winifred begleitet. Ich bin sicher, daß er die ganze Zeit nur an sie und ihre Familie und an den schönen Tag gedacht hat. Sie ist die Schwester des jungen Rhun, dem vor unseren Augen eine so große Gnade zuteil wurde. Es brauchte schon einen sehr starken Antrieb, um ihn so rasch fortzureißen.«

»Die Schwester des Jungen, sagt Ihr?« Abt Radulfus erinnerte sich daran, daß er eine bestimmte Absicht zurückgestellt hatte, um zunächst auf Oliviers Bitte einzugehen. »Bis zur Vesper ist noch mehr als eine Stunde Zeit. Ich würde gern mit diesem Jungen sprechen. Ihr habt ihn behandelt, Cadfael. Glaubt Ihr, Eure Behandlung hat etwas mit dem zu tun, was wir heute gesehen haben? Oder könnte er – wenn ich auch einem so jungen Menschen diese Falschheit nicht gern unterstellen möchte – seine Krankheit übertrieben haben, um sich gewisse Vorrechte zu verschaffen?«

»Nein«, sagte Cadfael entschieden. »Er hat uns nicht getäuscht. Meine bescheidene Kunst hätte nach langwieriger Behandlung die verkrampften Sehnen lockern können, die es ihm so schwer machten, das Bein zu benutzen, und er wäre vielleicht fähig gewesen, es etwas zu belasten – aber den Fuß gerade zu richten und die Sehnen im Bein derart zu dehnen – niemals! Das hätte der beste Arzt der Welt nicht vermocht. Ehrwürdiger Vater, gleich als er kam, habe ich ihm einen Trank gegeben, der seinen Schmerz lindern und ihm etwas Schlaf schenken sollte. Nach drei Nächten schickte er ihn mir unberührt zurück. Er sah keinen Grund dafür, daß ausgerechnet er geheilt werden sollte. Er erklärte mir, daß er, da er nichts anderes zu geben hatte, seinen Schmerz opfern wolle. Nicht, um sich eine Gnade zu erkaufen, sondern aus freiem Willen, weil er etwas geben wollte, für das er nichts zurückverlangte. Außerdem scheint es, als hätte ihn der Schmerz verlassen, nachdem er ihn auf diese Weise akzeptiert hatte. Nach der Messe sahen wir, daß die Erlösung vollkommen war.«

»Dann war sie auch verdient«, erwiderte Radulfus erfreut und bewegt. »Ich muß wirklich mit diesem Jungen sprechen. Wollt Ihr ihn für mich suchen, Cadfael, und ihn zu mir bringen?«

»Sehr gern, Ehrwürdiger Vater«, sagte Cadfael und machte sich auf den Weg.

Frau Alice saß im Kreise einiger redseliger Matronen

im Klostergarten. Ihr Gesicht strahlte vor schierer Freude so hell, daß sogar die Luft wärmer wurde; aber Rhun war nicht bei ihr. Melangell hatte sich in den Schatten des Kreuzgangs zurückgezogen, als wäre ihr das Tageslicht zu grell. Sie saß mit gesenktem Kopf und flickte den ausgefransten Saum eines Leinenhemdes, das ihrem Bruder gehören mußte. Als Cadfael sie ansprach, hob sie nur kurz und schüchtern den Kopf, um ihn sofort wieder zu senken und sich ihrer Arbeit zu widmen. Doch der Blick war genug, um Cadfael merken zu lassen, daß die Freude, in der sie am Morgen wie eine aufgeblühte Rose gestrahlt hatte, jetzt am Nachmittag verdüstert und bleich war. Bildete er es sich nur ein, oder war da unter ihrem linken Auge wirklich ein bläulicher Fleck wie von einer Prellung? Doch als er nach Rhun fragte, lächelte sie, wenn auch eher in Erinnerung an das Glück als im Gefühl seiner Gegenwart.

»Er sagte, er sei müde. Es ist ins Dormitorium gegangen, um etwas zu ruhen. Tante Alice glaubt, daß er im Bett liegt, aber ich denke, daß er nur allein sein und seine Ruhe haben wollte. Er ist es müde, Dinge erklären zu müssen, die er selbst nicht versteht.«

»Seit heute spricht er in einer anderen Zunge als der Rest der Menschheit«, erwiderte Cadfael. »Es kann auch sein, daß wir es sind, die nichts verstehen und ihm Fragen stellen, die für ihn bedeutungslos sind.« Er nahm sanft ihr Kinn und zog ihren Kopf ins Licht hoch, aber sie machte sich nervös frei. »Habt Ihr Euch verletzt?« Doch, es war eine Prellung.

»Das ist nichts«, sagte sie. »Meine eigene Schuld. Ich war im Garten; ich bin zu schnell gelaufen und gestürzt. Ich weiß, daß es nicht schön aussieht, aber es tut nicht mehr weh.«

Ihre Augen waren ruhig und nicht gerötet; nur die Lider waren etwas geschwollen. Nun, Matthew war fort, hatte sie verlassen, um bei seinem Freund zu sein; er hatte sie grob fallengelassen, nachdem sie am Morgen noch im siebten Himmel geschwebt hatten. Das erklärte die Tränen, die jetzt versiegt waren. Aber erklärte das auch eine Prellung auf der Wange? Er überlegte, ob er nachfragen sollte, aber offenbar wünschte sie das nicht. Sie hatte sich wieder verbissen an die Arbeit gemacht und blickte nicht mehr auf.

Cadfael seufzte und ging über den großen Hof zum Gästehaus hinüber. Selbst ein prächtiger Tag wie dieser mußte seinen Wermutstropfen haben.

Rhun saß im Männerschlafsaal allein auf seinem Bett, sehr still und zufrieden in seinem glücklich wiederhergestellten Körper. Er war tief in Gedanken, doch er bemerkte Cadfael sofort, als dieser eintrat. Er drehte den Kopf und lächelte.

»Bruder, ich wünschte mir so, Euch zu treffen. Ihr wart dabei, Ihr wißt es. Vielleicht habt Ihr gehört... Seht, wie ich mich verändert habe!« Das einst verkümmerte Bein ließ sich mühelos strecken, und er stampfte auf die Dielenbretter. Er krümmte Fußgelenk und Zehen, zog das Knie bis ans Kinn, und alles bewegte sich ebenso mühelos wie seine flinke Zunge. »Ich bin wieder gesund! Ich habe nicht darum gebetet, wie hätte ich das wagen können? Ich habe nicht darum gebetet, und doch bekam ich...« Er trieb einen Moment lang in seinen benommenen Traum zurück.

Cadfael setzte sich neben ihn und betrachtete die reibungslos arbeitenden Gelenke, die zuvor krank und steif gewesen waren. Die Schönheit des Jungen war jetzt vollkommen.

»Ihr habt für Melangell gebetet«, sagte Cadfael.

»Ja. Und für Matthew. Ich dachte wirklich... Aber Ihr wißt ja selbst, daß er fort ist. Sie sind beide fort. Warum konnte ich nicht meiner Schwester das Glück schenken? Ich wäre dafür mein Leben lang auf Krükken gegangen, aber es sollte wohl nicht sein.«

»Das ist noch nicht entschieden«, erwiderte Cadfael fest. »Wer geht, kann auch zurückkehren. Und ich glaube, daß Eure Gebete viel Kraft haben, solange Ihr nicht zu zweifeln beginnt. Der Himmel braucht noch etwas Zeit. Selbst Wunder brauchen ihre Zeit. Die Hälfte unseres Lebens verbringen wir mit Warten. Es ist wichtig, ohne Zweifel warten zu können.«

Rhun hörte mit abwesendem Lächeln zu und sagte schließlich: »Ja, gewiß, und ich werde warten. Denn wißt Ihr, einer von ihnen hat dies hier in seiner Eile zurückgelassen.«

Er langte zwischen die eng stehenden Lager und hob einen unförmigen, aber leichten Beutel aus ungebleichtem Leinen hoch, der mit kräftigen Lederbändern am Gürtel des Besitzers befestigt werden konnte. »Ich fand ihn zwischen ihren beiden Betten, die sie dicht nebeneinandergeschoben hatten. Ich weiß nicht, wem er gehört; die beiden hatten sehr ähnliche Beutel. Aber einer von ihnen rechnet nicht damit, noch einmal zurückzukommen, oder will es nicht. Vielleicht ist Matthew der andere, der dies als Unterpfand vergessen hat.«

Cadfael starrte ihn verwundert an, denn dies war eine schwerwiegende Angelegenheit, wenn auch nicht für ihn selbst. Er sagte ernst: »Ich glaube, Ihr solltet den Beutel mitnehmen und dem Vater Abt zur Verwahrung übergeben. Er hat mich geschickt, um Euch zu ihm zu bringen. Er will mit Euch reden.«

»Mit mir?« fragte Rhun unsicher; plötzlich war er

wieder das ungehobelte Kind vom Lande. »Der Herr Abt selbst?«

»Gewiß, und warum auch nicht? Ihr seid wie er ein Christenmensch und könnt als Gleichgestellter mit ihm sprechen.«

Der Junge sagte zaghaft: »Aber ich habe Angst...«

»Das braucht Ihr nicht. Ihr braucht keine Angst zu haben.«

Rhun packte einen Augenblick seine Bettdecke; dann hob er die klaren, eisblauen Augen und das bleiche, engelhafte Gesicht und strahlte Cadfael an. »Nein, ich brauche keine Angst zu haben. Ich komme.« Er hob den Leinenbeutel auf und stand fest auf seinen beiden langen, jungen Beinen und übernahm sofort die Führung.

»Bleibt bei uns«, sagte Abt Radulfus, als Cadfael den Jungen zu ihm geführt hatte und sich verabschieden wollte. »Ich glaube, er wird sich freuen, wenn Ihr dabei seid.« Und außerdem, sagte sein beredter, strenger Blick, brauche ich Euch als Zeugen. »Rhun kennt Euch. Mich dagegen kennt er noch nicht, aber ich hoffe, wir werden bald Freunde sein.« Er ließ den braunen Beutel, der ihm mit einer kurzen Erklärung übergeben worden war, auf dem Schreibtisch liegen, bis der Augenblick gekommen war, ihn näher zu untersuchen.

»Aber gern, Ehrwürdiger Vater«, willigte Cadfael freudig ein. Er setzte sich etwas abseits in eine Ecke, um die beiden strahlenden Augenpaare, die sich begegneten, nicht zu stören. Abt und Junge erforschten einander eine Weile schweigend. Draußen vor den Fenstern blühte der Garten in trunkener Fülle in den grellen Farben des Sommers. Der hellblaue Himmel, der jetzt, am Spätnachmittag, unendlich hoch schien, hatte die Farbe von Rhuns Augen, doch ohne deren kristallenen Glanz. Der Tag der Wunder näherte sich langsam seinem strahlenden Ende.

»Mein Sohn«, sagte Radulfus sanft, »Euch wurde heute eine große Gnade zuteil. Ich habe gesehen und gefühlt, was alle erlebt haben, die dabei waren. Aber ich würde auch gern erfahren, wie es Euch erging. Ich weiß, daß Ihr lange mit Schmerzen gelebt habt, ohne Euch zu beklagen. Ich glaube zu erraten, in welcher Verfassung Ihr Euch dem Altar der Heiligen genähert habt. Aber nun sagt mir, was geschah dann mit Euch?«

Rhun hatte die leeren Hände ruhig im Schoß gefaltet. Sein Blick, der zugleich entrückt und entspannt schien, drang durch die Wände des Zimmers hindurch. Seine Schüchternheit war vergessen.

»Ich machte mir Sorgen«, erklärte er vorsichtig, »weil meine Schwester und meine Tante Alice soviel für mich wollten, während ich wußte, daß ich nichts brauchte. Ich wollte herkommen, beten und zufrieden wieder abreisen. Aber dann hörte ich ihren Ruf.«

»Hat die heilige Winifred mit Euch gesprochen?« fragte Radulfus leise.

»Sie hat mich zu sich gerufen«, erklärte Rhun selbstbewußt.

»Mit welchen Worten?«

»Nicht mit Worten. Wozu braucht sie Worte? Sie rief mich zu sich, und ich ging. Sie sagte mir, da ist eine Stufe, dort ist noch eine, und dort die dritte, und nun komm, du kannst es. Und ich wußte, daß ich es konnte, und deshalb ging ich. Als sie mir sagte, knie nieder, denn du kannst es, da kniete ich nieder. Und ich konnte es. Ich tat einfach, was sie mir sagte. Und das werde ich auch in Zukunft tun«, sagte Rhun, während er mit Augen, vor denen die Sonne erbleicht wäre, die gegenüberliegende Wand anstarrte.

»Mein Junge«, sagte der Abt, der ihn mit ernster Verwunderung und Achtung betrachtete, »ich glaube Euch. Ich kann nicht sagen, welche Gaben Ihr besitzt und welche Fähigkeiten Ihr noch entwickeln werdet. Ich freue mich, daß Ihr jetzt einen gesunden Körper und einen reinen Geist und Verstand habt. Ich wünsche Euch für Eure Berufung alles Gute, und dazu die nötige Entschlossenheit. Wenn Ihr noch eine Bitte habt, die Euch dieses Haus erfüllen kann, dann soll sie erfüllt werden.«

»Ehrwürdiger Vater«, sagte Rhun gefaßt, während er den blendenden Blick auf Schatten und Sterblichkeit richtete und wieder das Kind wurde, das er war, »muß ich denn fortgehen? Sie rief mich zu sich, so zärtlich, daß ich keine Worte dafür finde. Ich wünsche, bis zum Ende meines Lebens hier bei ihr zu bleiben. Sie rief mich zu sich, und ich will sie nie wieder verlassen.«

»Und Ihr wollt ihn behalten?« fragte Cadfael, nachdem der Junge sich mit einer tiefen Verbeugung verabschiedet hatte und in seiner bezaubernden, unbewußten Vollkommenheit gegangen war.

»Wenn er bei seiner Absicht bleibt, gewiß. Er ist ein lebender Beweis für die göttliche Gnade. Aber ich will ihm nicht voreilig die Gelübde abnehmen, damit er später nichts zu bedauern hat. Er wird jetzt von Freude und Staunen getragen und würde Zölibat und Zurückgezogenheit freudig auf sich nehmen. Wenn er in einem Monat noch den gleichen Wunsch hat, werde ich ihm glauben und ihn freudig willkommen heißen. Aber er soll auf jeden Fall die volle Novizenzeit durchmachen. Er soll sich die Türe nicht selbst versperren, solange er nicht völlig sicher ist. Und nun«, sagte der Abt, während er nachdenklich den Leinenbeutel auf seinem Schreibtisch betrachtete, »ist die Frage, was wir damit tun. Ihr sagtet, der Beutel sei zwischen die Betten gefallen und könnte einem der beiden gehören?«

»Der Junge erzählte es mir. Aber Ehrwürdiger Vater, Ihr werdet Euch daran erinnern, daß die beiden jungen Männer, nachdem der Ring des Bischofs gestohlen worden war, ihre Beutel zur Untersuchung vorgezeigt haben. Was die beiden bei sich hatten, vom Messer abgesehen, das der eine im Torhaus abgab, kann ich nicht sagen. Aber der Vater Prior, der die Untersuchung vornahm, wird es sagen können.«

»Ja, das wird er können. Für den Augenblick«, entgegnete Radulfus, »glaube ich allerdings nicht, daß wir das Recht haben, den Besitz eines Mannes zu durchsuchen, und ich glaube auch nicht, daß es wichtig sein kann zu erfahren, welchem der beiden der Beutel gehört. Wenn Messire de Bretagne sie einholt, was ihm sicherlich gelingen wird, werden wir mehr erfahren. Vielleicht kann er sie sogar überzeugen, zurückzukehren. Wir werden warten, bis wir etwas von ihm gehört haben. Laßt den Beutel inzwischen hier bei mir. Wenn wir mehr wissen, können wir überlegen, wie wir ihn dem Besitzer zurückgeben.«

Der Tag der Wunder näherte sich mit klarem Himmel und weicher, süßer Luft so anmutig, wie er begonnen hatte, seinem Ende. Die Menschen in der Enklave gingen pflichtbewußt zur Vesper, und das Abendessen in Refektorium war ein andächtiges, stilles Fest. Die Stimmen, die beim Mittagessen noch aufgeregt und schrill gesprochen hatten, klangen nun in der dankbaren Stille der Erfüllung weicher und ruhiger.

Bruder Cadfael ließ die Bibellesung im Kapitelsaal aus und ging statt dessen in den Garten. Er stand lange auf dem sanften Hügel über den Erbsenfeldern und betrachtete den Himmel. Die untergehende Sonne hatte noch eine Stunde oder mehr vor sich, ehe ihr Rand die fedrigen Spitzen der Büsche auf der anderen Seite des Baches berührte. Der Westen, der am Morgen die Dämmerung reflektiert hatte, erstrahlte jetzt in triumphierendem, blassen Gold, ganz ohne Wolken, die ihn hätten dunkler färben oder seine Makellosigkeit schmälern können. Der Duft der Kräuter im umfriedeten Garten stieg als schwere, süß und würzig duftende Wolke auf. Ein schöner Ort, ein prächtiger Tag — warum hatte sich ein Mann fortgestohlen und war fortgelaufen?

Eine sinnlose Frage. Warum tat ein Mann die Dinge, die er tat? Warum erlegte Ciaran sich selbst eine solche Mühsal auf? Warum zeigte er solche Frömmigkeit und Hingabe und ging doch ohne Abschied und ohne Dank an einem so herrlichen Tag? Matthew hatte beim Abschied ein Geldgeschenk hinterlassen. Warum hatte Matthew seinen Freund nicht überredet, noch einen Tag zu bleiben? Und wie konnte er, der noch am Morgen aufgeregt und in heller Freude Hand in Hand mit Melangell gelaufen war, das Mädchen am Nachmittag ohne Bedauern verlassen und seine bittere Pilgerschaft mit Ciaran wieder aufnehmen, als wäre nichts geschehen?

Waren es zwei oder drei Männer? Ciaran, Matthew und Luc Meverel? Was wußte er von ihnen, von den dreien, falls es drei waren? Luc Meverel war zum letzten Mal gesehen worden, als er allein nach Norden in Richtung Newbury wanderte. Ciaran und Matthew waren von Bruder Adam aus Reading gesehen worden; sie waren von Süden nach Abingdon gekommen, wo sie zusammen übernachteten. Wenn einer von ihnen Luc Meverel war, wo und warum hatte er dann seinen Gefährten aufgelesen, und vor allem, *wer war sein Gefährte?*

Olivier hatte die beiden inzwischen wohl eingeholt und die Antworten auf einige dieser Fragen bekommen. Und er hatte gesagt, daß er zurückkommen würde, daß er Shrewsbury nicht verlassen würde, ohne mit einem Mann gesprochen zu haben, der ihm ein guter Freund war. Cadfael nahm diese Versicherung ernst und freute sich darüber.

Es war nicht die Notwendigkeit, sein Kräutergebräu oder die blubbernden Weine zu versorgen, die ihn dazu brachte, zu seinem Verschlag zu gehen, denn Bruder Oswin, der jetzt mit den anderen Brüdern im Kapitelsaal war, hatte für die Nacht alles aufgeräumt und dafür gesorgt, daß die Kohlenpfanne gelöscht war. In einer Schachtel waren Feuerstein und Zunder, falls es nötig sein sollte, die Kohlenpfanne abends oder früh am Morgen neu zu entfachen. Es war eher so, daß Cadfael sich daran gewöhnt hatte, sich in die Einsamkeit seines Verschlages zurückzuziehen, um in Ruhe nachzudenken; und der vergangene Tag hatte ihm ebenso Grund zum Nachdenken wie zur Dankbarkeit gegeben. Denn wo waren seine Sorgen geblieben? Wunder wurden ebensooft dem Unwürdigen wie dem Würdigen zuteil. Welch ein Wunder, daß die Heilige den jungen Rhun ins Herz geschlossen und ihm eine helfende Hand gereicht hatte. Aber das zweite Wunder war in doppelter Hinsicht wunderbar und ging weit über die Bitten ihres demütigen Dieners hinaus und verblüffte ihn mit seiner Großzügigkeit. Ihm Olivier zurückzubringen, den er doch Gott und der großen weiten Welt überlassen hatte, nachdem er sich damit abgefunden hatte, daß er ihn nie wiedersehen würde! Und dann noch die Worte Hughs, der unwissentlich zum Herold eines Wunders wurde, als er sagte: »Betet Ihr um ein zweites Wunder?« Er hatte demütig und erstaunt für das eine Wunder gedankt und nichts mehr erwartet; doch dann hatte er sich umgedreht und Olivier gesehen.

Der Westhimmel war immer noch klar und hell wie flüssiges Gold, und die Sonne stand noch hoch über den Baumwipfeln, als er die Tür seiner Hütte öffnete und in das gemütliche, nach Kräutern duftende Halbdunkel trat. Er dachte und sagte später, daß er in diesem Augenblick die unzertrennliche Beziehung zwischen Ciaran und Matthew plötzlich umgekehrt sah, in ihr Gegenteil verkehrt, und daß er in einem noch verschlossenen, fernen Winkel seines Kopfes begann, die ganze Angelegenheit zu verstehen, so zweifelhaft und unschlüssig die Enthüllung auch schien. Aber er hatte keine Zeit, die Vision einzufangen und zu verfestigen, denn als er über die Schwelle trat, keuchte es irgendwo im Schatten der Hütte, und es raschelte, als wäre ein wildes Tier in seinem Bau aufgestört worden und machte sich bereit, sein Leben zu verteidigen.

Er blieb stehen und zog hinter sich die Tür weit auf, um anzudeuten, daß es einen Fluchtweg gab. »Nur ruhig!« sagte er freundlich. »Darf ich denn nicht mehr ohne Erlaubnis meine eigene Hütte betreten? Und sollte sich durch mein Eintreten jemand bedroht fühlen?«

Seine Augen, die sich rasch an die Dunkelheit gewöhnt hatten, denn es schien ihm nur im Vergleich zum Strahlen draußen dunkel, musterten die Regale, die blubbernden Weinflaschen, die in einer breiten Reihe standen, die pendelnden, raschelnden Kräuterbüschel, die unter den niedrigen Deckenbalken hingen. Die Dinge nahmen Formen an und wurden sichtbar. Auf der breiten Holzbank an der Rückwand regte sich ein Haufen wirrer Kleider und richtete sich auf, bis das weizengelbe Haar eines Mädchens und das tränenüberströmte, geschwollene Gesicht Melangells zu sehen waren.

Sie sprach kein Wort, aber sie sank auch nicht sofort

wieder um. Sie war weit darüber hinaus und hatte schon lange keine Angst mehr, sich so, wie sie war, einem verschwiegenen Menschen, dem sie vertraute, zu zeigen. Sie steckte die Füße in die abgestoßenen Lederschuhe auf dem Boden und lehnte sich gegen die Balken der Wand, wie um sich durch die feste Berührung zu beruhigen. Sie gab einen schweren, gewaltigen Seufzer von sich, der aus großer Tiefe zu kommen schien, und sank kraftlos und ergeben zusammen. Als er über den Boden aus gestampfter Erde schritt und sich neben sie setzte, wich sie nicht zurück.

»Nun«, sagte Cadfael, während er sich umständlich setzte, um ihr Zeit zu geben, wenigstens ihre Stimme wieder in die Gewalt zu bekommen. »Nun, mein liebes Kind, hier ist niemand, der Euch erlösen oder verdammen könnte, und deshalb könnt Ihr frei heraus sprechen, denn alles, was Ihr sagt, wird unter uns beiden bleiben. Aber wir zwei wollen uns gründlich beraten. Was wißt Ihr nun, das ich nicht weiß?«

»Warum sollen wir uns beraten?« fragte sie mit leiser, tonloser Stimme. »Er ist fort.«

»Was fort ist, kann wiederkommen. Die Straßen führen immer zu anderen Straßen, in diese und in jene Richtung. Was tut Ihr allein hier draußen? Euer Bruder läuft auf zwei gesunden Beinen herum und hat alles, was er sich gewünscht hat; nur Ihr fehlt ihm wohl.«

Er sah sie nicht direkt an, aber er spürte, wie sich ihr warmer, weicher Körper regte; sie lächelte, wenn auch zaghaft. »Ich bin geflohen«, erwiderte sie, »um ihm nicht die Freude zu verderben. Ich habe es den größten Teil des Tages ertragen, und ich glaube, niemand außer Euch hat bemerkt, daß es mir fast das Herz zerrissen hat.« Sie sprach ohne Vorwurf; es klang eher resigniert.

»Ich habe Euch gesehen, als wir von St. Giles zurückkamen«, sagte Cadfael. »Euch und Matthew. Da war Euer Herz noch heil, und seines auch. Wenn das Eure jetzt zerrissen ist, glaubt Ihr dann, daß seines ohne Wunde ist? Nein! Aber was ist hernach geschehen? Welches Schwert hat die Bande zwischen Eurem und seinem Herzen zerschnitten? Ihr wißt es! Und Ihr könnt es mir jetzt sagen. Sie sind fort, es kann nichts mehr verdorben werden. Aber vielleicht gibt es noch etwas zu retten.«

Sie legte die Stirn an seine Schulter und weinte eine Weile lautlos. Nun, da sich seine Augen an die Dunkelheit gewöhnt hatten, wurde es in der Hütte sogar heller. Sie vergaß, ihr trostloses, verquollenes Gesicht zu verbergen, und er sah, daß die Prellung auf ihrer Wange purpurn angelaufen war. Er legte den Arm um sie und zog sie an sich, um die Schmerzen des Körpers zu lindern. Die der Seele würden mehr Zeit und Nachdenken erfordern.

»Hat er Euch geschlagen?«

»Ich habe ihn festgehalten«, sagte sie schnell, um ihn zu verteidigen. »Er konnte nicht freikommen.«

»Und er war so wild? Er *mußte* sich freimachen?«

»Ja, was immer es ihn oder mich kostete. Oh, Bruder Cadfael, warum nur? Ich dachte, ich glaubte, daß er mich liebt, wie ich ihn liebte. Aber seht, wie er mich in seinem Zorn behandelt hat!«

»Zorn?« fragte Cadfael scharf und drehte sie an den Schultern herum, um sie näher zu betrachten. »Was auch immer ihn zwang, mit seinem Freund zu gehen, erklärt nicht, warum er zornig auf Euch sein sollte. Der Verlust trifft Euch, aber gewiß kann man Euch nichts vorwerfen.«

»Er warf mir vor, daß ich es ihm nicht gesagt hätte«,

erwiderte sie mutlos. »Aber ich tat nur das, worum Ciaran mich gebeten hatte. Zu seinem und zu deinem Wohl, hatte er gesagt, und auch zu meinem eigenen; laß mich gehen, aber halte ihn fest. Sage ihm nicht, daß ich den Ring wiederbekommen habe. Ich will gehen. Vergiß mich, sagte er, und hilf ihm, mich auch zu vergessen. Er wollte, daß wir zusammen glücklich werden...«

»Wollt Ihr damit sagen«, fragte Cadfael scharf, »*daß sie nicht zusammen gegangen sind?* Daß Ciaran ohne ihn aufgebrochen ist?«

»So war es nicht«, seufzte Melangell. »Er meinte es gut mit uns, deshalb hat er sich allein davongestohlen...«

»Wann war das? Wann? Wann habt Ihr mit ihm gesprochen? *Wann* ist er gegangen?«

»Ich war in der Morgendämmerung hier, Ihr werdet Euch erinnern. Ich traf Ciaran unten am Bach...« Sie tat einen tiefen, verzweifelten Atemzug und gab die ganze Sturzflut frei und berichtete, soweit sie sich erinnern konnte, jedes Wort, das bei der Begegnung am frühen Morgen gefallen war. Cadfael starrte sie fassungslos an, und die Vorahnung der Erleuchtung, die sich schon geregt hatte, erwachte von neuem und regte sich erheblich klarer in seinem Bewußtsein.

»Fahrt fort! Sagt mir, was dann zwischen Matthew und Euch geschah. Ich weiß, daß Ihr getan habt, was Ciaran von euch verlangte; ich bezweifle, daß Matthew am Morgen überhaupt einen Gedanken auf Ciaran verschwendet hat, denn er glaubte ihn gut aufgehoben im Gästehaus und viel zu ängstlich, um einen Schritt zu tun. Wann fand er es heraus?«

»Nach dem Mittagsmahl fiel ihm auf, daß er Ciaran noch nicht gesehen hatte. Er war sehr unruhig. Er suchte ihn überall ... wir trafen uns hier im Garten. ›Gott behüte dich, Melangell, denn nun mußt du auf dich selbst aufpassen, so leid es mir tut ...‹.« Sie konnte sich fast wörtlich an die Unterhaltung erinnern und berichtete alles wie ein müdes Kind, das eine Lektion wiederholt. »Ich habe zuviel verraten, denn ihm war sofort klar, daß ich mit Ciaran gesprochen hatte ... er wußte, daß ich wußte, daß Ciaran heimlich aufbrechen wollte.«

»Und danach, als Ihr dies gestanden hattet?«

»Er lachte«, sagte sie, und ihre Stimme war nur noch ein verzweifeltes Flüstern. »Ich habe ihn bis zu diesem Morgen noch nie lachen gehört, und als ich ihn dann hörte, war es bitter und zornig.« Sie haspelte den Rest herunter, und jedes Wort fügte einen weiteren Strich zu dem verkehrten Bild, das Cadfael vor seinem inneren Auge sah und das seiner Erinnerung Hohn sprach. »›*Er* gibt *mich* frei! Und *du* mußt seine Vertraute sein!‹« Die Worte waren so tief in sie eingebrannt, daß sie sogar die Wildheit wiederholen konnte, mit der sie gesprochen worden waren. Wie wenige Worte es schließlich brauchte, um alles zu verändern, um ergebene Hingabe in erbarmungslose Verfolgung zu verdrehen, selbstlose Liebe in leidenschaftlichen Haß, ein edles Opfer in kalkulierte Flucht und die bewußte Peinigung des Fleisches in eine körperliche Tarnung, die nicht abgestreift werden durfte.

Er hörte wieder Ciarans wilden, durchdringenden Angstschrei, als er ihm das Kreuz abnehmen wollte, und Matthews leise Stimme: »Ich habe ihn immer wieder gebeten, es abzulegen. Wie sonst könnte er seine Schmerzen wirklich loswerden?«

Wie sonst! Cadfael fiel auch wieder ein, daß er die beiden daran erinnert hatte, daß sie am Fest einer Heiligen teilnehmen würden, die sicherlich auch die Gabe besaß, Leben zu schenken – ›sogar einem Mann, der dem Tode geweiht ist‹! Oh, heilige Winifred, steh mir bei, steh uns allen bei und wirke ein drittes Wunder, um die beiden ersten zu vervollkommnen!

Er faßte energisch Melangells Kinn und zog ihr Gesicht hoch. »Mädchen, Ihr müßt jetzt eine Weile selbst auf Euch aufpassen, denn ich muß Euch verlassen. Richtet Euer Haar und macht ein tapferes Gesicht und geht zu Euren Verwandten zurück, sobald Ihr ihre Blicke ertragen könnt. Geht eine Weile in die Kirche, dort ist es jetzt still; wen würde es verwundern, wenn Ihr lange Zeit im Gebet verbringt? Sie werden sich nicht einmal über Eure Tränen wundern, wenn Ihr dabei lächeln könnt. Tut, was Ihr könnt, denn ich habe etwas zu erledigen.«

Er konnte ihr nichts versprechen, er konnte ihr keine sichere Hoffnung zurücklassen. Er wandte sich ohne ein weiteres Wort von ihr ab, und sie starrte ihm nach, zwischen Furcht und Hoffnung schwankend, während er eilig durch den Garten und über den Hof zur Wohnung des Abtes schritt.

Wenn Radulfus überrascht war, daß Cadfael so bald schon wieder um eine Audienz bat, so zeigte er es nicht. Vielmehr ließ er ihn sofort ein und legte sein Buch beiseite, um Cadfaels Anliegen seine ungeteilte Aufmerksamkeit zu widmen. Offenbar hing es mit den jüngsten Ereignissen zusammen und war sehr dringend.

»Ehrwürdiger Vater«, sagte Cadfael, sich lange Erklärungen ersparend, »es hat eine neue Wendung gegeben. Messire de Bretagne ist auf einer falschen Fährte. Die jungen Männer haben nicht die Straße nach Oswestry genommen, sondern den Meole-Bach überquert und sich auf dem kürzesten Wege nach Wales gewandt. Und sie sind nicht zusammen aufgebrochen. Ciaran schlich am Morgen davon, während sein Gefährte ihm erst auf demselben Weg folgte, als er von seiner Abreise erfahren hatte. Und es gibt, Ehrwürdiger Vater, Grund zu der Annahme, daß es für einen und wahrscheinlich für beide gut ist, wenn sie möglichst bald eingeholt und aufgehalten werden. Ich bitte Euch, laßt mich ein Pferd nehmen und ihnen folgen. Und schickt eine Nachricht an Hugh Beringar in die Stadt, daß er uns auf demselben Weg folgen soll.«

Radulfus nahm die Erklärung mit ernstem, ruhigen Gesicht auf und fragte nicht weniger knapp: »Wie kommt Ihr darauf?«

»Ich weiß es von dem Mädchen, mit dem Ciaran vor seiner Abreise sprach. Es entspricht zweifellos der Wahrheit. Und bevor ich ausreite, ist noch etwas zu tun, Ehrwürdiger Vater. Ich bitte Euch um Erlaubnis, in dem Beutel, den sie zurückließen, nachsehen zu dürfen, ob wir dort einen weiteren Hinweis auf die beiden oder wenigstens auf einen von ihnen finden.«

Ohne ein weiteres Wort und ohne zu zögern zog Radulfus den Leinenbeutel ins Kerzenlicht und löste den Verschluß. Er schüttete den Inhalt auf die Schreibfläche; es war nicht viel, gerade genug für einen armen Pilger, der nur wenig besitzt und mit leichtem Gepäck reisen will.

»Anscheinend wißt Ihr jetzt«, sagte der Abt, indem er Cadfael scharf ansah, »welchem der beiden der Beutel gehört?«

»Ich weiß es nicht genau, aber ich habe eine Vermutung. Für mich selbst bin ich sicher, aber ich kann mich irren. Gebt mir die Erlaubnis!«

Der Abt breitete die wenigen Besitztümer auf der Schreibfläche aus. Die Börse, die schon schmal war, als Prior Robert sie untersuchte, war jetzt flach und leer. Das häufig benutzte, aber gut erhaltene ledergebundene Brevier war in das Ersatzhemd eingerollt, und als Cadfael es ergriff, rutschte das Hemd vom Schreibtisch und fiel auf den Boden. Er ließ es liegen und öffnete das Buch. Auf dem Einband stand, mit der zierlichen Schrift eines Schreibers geschrieben, der Name der Besitzerin: ›Juliana Bossard‹. Und darunter, mit frischer Tinte und einer wenig geübten Hand: *Zu Weihnachten 1140 für mich, Luc Meverel. Gott schütze uns alle!*

»So lautet auch mein Gebet«, sagte Cadfael, während er sich bückte, um das heruntergefallene Hemd aufzuheben. Er hielt es ins Licht und sah die Umrißlinien eines herausgewaschenen Flecks auf der linken Schulter. Er verfolgte den Verlauf der Linie über der Schulter und sah, daß sie die ganze linke Seite der Brust umschloß. Das Leinen war sonst völlig sauber, und das ursprüngliche Braun war vom vielen Waschen ausgebleicht. Er breitete es mit der Brust nach oben auf dem Tisch aus. Die dünne braune Linie, außen scharf umrissen und innen etwas verschwommen, umschloß den größten Teil der linken Brust und den linken Oberarm. Der Raum innerhalb der Linie war saubergewaschen, selbst der Rand war verblichen, aber er war noch gut erkennbar, und einige Farbtupfer verrieten, wie der Fleck entstanden war.

Auch wenn Radulfus sich nicht in der Welt herumgetrieben hatte wie Cadfael, hatte er dennoch einige Erfahrung. Er betrachtete das ausgebreitete Beweisstück und sagte gefaßt: »Das war Blut.«

»Allerdings«, sagte Cadfael und rollte das Hemd zusammen.

»Und der Besitzer des Hemdes kommt von einer Burg, deren Herrin Juliana Bossard heißt.« Er sah Cadfael nachdenklich und ernst an. »Haben wir dann einen Mörder bei uns beherbergt?«

»Ich glaube schon«, erwiderte Cadfael, während er die Fragmente eines Lebens in ihr bescheidenes Behältnis schob, des Lebens eines Mannes, der keine Hoffnung mehr hatte; keine einzige Münze war mehr in der Börse. »Aber ich glaube, wir haben noch Zeit, einen zweiten Mord zu verhindern – wenn Ihr mir die Erlaubnis gebt, sofort aufzubrechen.«

»Nehmt das beste Pferd, das sich im Stall finden läßt«, sagte der Abt einfach, »und ich will Hugh Beringar Bescheid geben und ihm ausrichten lassen, daß er Euch mit einigen Männern folgen soll.«

Sieben Meilen nördlich auf der Straße nach Oswestry zügelte Olivier sein Pferd, als er einen drahtigen Jungen mit hellen Augen sah, der im üppigen Sommergrün, das langsam ins Kraut schoß, auf der breiten Böschung Ziegen weidete. Der Junge zog am langen Führungsseil einer Ziege, um sie sanft zu einer Stelle weiterzuziehen, an der das Licht des frühen Abends warm auf dem hohen Gras lag. Er blickte ohne Furcht zu dem Reiter hinauf; er war ein Halbwaliser, und Unterwürfigkeit war ihm fremd. Er lächelte leicht und begrüßte Olivier freundlich.

Der Junge war hübsch, tapfer und furchtlos; genau wie der Mann. Sie sahen sich an und fanden Gefallen aneinander.

»Gott sei mit dir!« sagte Olivier. »Wie lange weidest du deine Tiere schon hier? Und hast du während der Zeit einen Lahmen und einen Gesunden zu Fuß vorbeikommen gesehen, die etwa im gleichen Alter waren?«

»Gott sei mit Euch, Herr«, erwiderte der Junge fröhlich. »Ich war schon vor der Mittagszeit hier an der Straße, denn ich habe mein Mittagessen dabei. Aber ich sah niemand vorbeikommen, der Eurer Beschreibung entspricht. Und ich habe mit jedem, der nicht gerade im Galopp vorbeikam, ein paar Worte gewechselt.«

»Dann brauche ich mich nicht weiter zu beeilen«, sagte Olivier und wartete eine Weile, während sein Pferd an den Grasspitzen zupfte. »Sie können jetzt nicht mehr vor mir sein. Aber sage mir: Wenn sie früher nach Wales hinüber wollten, wo kann ich sie dann unterwegs treffen? Sie brachen vor mir von Shrewsbury auf, und ich habe eine Botschaft für sie. Wo kann ich mich nach Westen wenden und einen Bogen um die Stadt schlagen?«

Der junge Hirte ging bereitwillig auf jeden Wortwechsel ein, der ihm eine Ablenkung von seiner eintönigen Arbeit bot. Er überlegte, welches die beste Straße sei, und erklärte schließlich: »Reitet etwa eine Meile oder mehr zurück, bis über die Brücke bei Montford. Dort findet Ihr einen ausgefahrenen Weg, der nach Westen abgeht, für Euch also nach rechts. Reitet an der ersten Abzweigung nach Westen; das ist nicht der direkte Weg, aber er führt Euch in die gewünschte Richtung. Er umrundet Shrewsbury in etwa fünf Meilen Entfernung und verläuft am Wald entlang, aber er quert jeden Weg, der aus Shrewsbury herausführt. Vielleicht erwischt Ihr Eure Männer noch. Ich wünsche Euch Glück dabei!«

»Vielen Dank«, sagte Olivier, »und vielen Dank für den Rat.« Er beugte sich herunter und nahm die Hand, die der Junge gehoben hatte, um bewundernd und erfreut die walnußbraune Schulter des Pferdes zu streicheln, und nicht etwa, um ein Almosen zu erbitten. Er drückte dem Jungen eine Münze in die glatte Hand. »Gott sei mit dir!« sagte er. Er zog sein Pferd herum und ritt die Straße zurück, über die er gekommen war.

»Und mit Euch, Herr!« rief ihm der Junge nach. Er

sah ihm nach, bis Pferd und Reiter hinter einer Baumgruppe verschwunden waren.

Die Ziegen drängten sich aneinander, denn der Abend rückte näher, und sie wollten in den Stall zurück, da sie die Stunde am Stand der Sonne ebenso gut ablesen konnten wie ihr Hirte. Der Junge nahm die Zügel, pfiff fröhlich und wanderte über die Straße bis zu dem Weg, der durch die Felder zu seinem Heim führte.

Olivier kam zum zweitenmal über die Brücke, die den Severn überspannte. Das eine Ufer war eine steile, baumbestandene Böschung, das andere eine offene, flache Wiese. Hinter dem ersten Acker auf der anderen Seite zweigte rechts ein gewundener Pfad ab, der zwischen einzelnen Baumgruppen hindurch eher nach Süden als nach Westen führte, doch nach etwa einer Meile mündete er in eine bessere Straße, die den Weg kreuzte. Olivier ritt, den Anweisungen des Jungen folgend, der Sonne entgegen, und als er eine Weggabelung erreichte, wandte er sich nach links und hatte die Sonne, die gerade den Rand der Welt berührte und in plötzlich auftauchenden, blendenden Strahlen durch die Büsche lugte, zu seiner Rechten. Auf diese Weise umrundete er langsam die Stadt Shrewsbury. Die Wege wanden sich durch Baumgruppen, die die letzten Ausläufer der nördlichen Spitze des großen Waldes markierten. Manchmal ging es im Zwielicht durch dichten Wald, manchmal über offene Heide und durch Büsche, manchmal über Inseln bebauter Felder, und manchmal waren kleine Weiler zu sehen. Er lauschte auf alle Geräusche und hielt an jeder Kreuzung mit einem Weg, der aus Shrewsbury kam. Bei jeder Hütte und jedem Hof fragte er nach den beiden Reisenden. Aber niemand hatte ein solches Paar vorbeikommen sehen. Olivier faßte Mut. Sie hatten einige Stunden Vorsprung, aber wenn sie seinen Weg nicht gekreuzt hatten, dann waren sie vielleicht noch innerhalb des Kreises, den er um die Stadt schlug. Für den Barfüßigen waren diese Wege kein Kinderspiel, und er war vielleicht gezwungen, sich häufig auszuruhen. Im schlimmsten Fall, wenn er sie doch verpaßt hatte, würde ihn sein gewundener Weg zur Hauptstraße führen, auf der er sich Shrewsbury von Südosten genähert hatte; von dort aus konnte er in die Stadt zu Hugh Beringar zurückreiten und dessen Gastfreundschaft genießen, nachdem er sich an einem schönen Abend etwas Bewegung verschafft hatte.

Bruder Cadfael hatte sich sofort daran gemacht, seine Stiefel anzuziehen, seine Kutte zu schnüren und das beste Pferd zu satteln, das er in den Ställen fand. Er hatte nicht oft Gelegenheit, sich an einem solchen halb vergessenen Vergnügen zu erfreuen, aber daran dachte er jetzt nicht. Er hatte dem Boten, der schon über die Brücke zur Stadt eilte, um Hugh zu benachrichtigen, einige klare Anweisungen auf den Weg gegeben; Hugh würde ebensowenig wie der Abt lange Fragen stellen, sondern die Dringlichkeit erkennen und wissen, daß für Erklärungen keine Zeit blieb.

»Sagt Hugh Beringar«, lautete der Auftrag, »daß Ciaran auf dem kürzesten Wege zur walisischen Grenze unterwegs ist, daß er aber die offenen Straßen meidet. Ich glaube, er wird sich auf einem Nebenweg nach Süden halten, um die alte Heerstraße zu erreichen, die die Römer erbaut haben, nachdem wir dumm genug waren, sie hier eindringen zu lassen. Dieser Weg führt durch flaches Gelände in ziemlich gerader Linie nördlich von Caus zur Grenze.«

Cadfael wußte, daß es ein Schuß ins Blaue war. Ciaran war nicht aus dieser Gegend, aber er mochte, wenn er Verwandte in Wales hatte, das Grenzland recht gut kennen. Noch wichtiger aber war, daß er drei Tage in der Abtei verbracht hatte, und wenn er von Anfang an eine solche Flucht geplant hatte, dann war es ihm leichtgefallen, die Brüder und Gäste nach dem besten Weg auszuhorchen. Die Zeit drängte, und man mußte sich für die beste Möglichkeit entscheiden. Cadfael traf seine Wahl und machte sich auf den Weg.

Er verschwendete keine Zeit, indem er umständlich zum Tor hinausritt und die Straße nahm, um die Jagd gen Westen zu beginnen, sondern führte sein Pferd im Laufschritt durch die Gärten, sehr zum Erstaunen von Bruder Jerome, der gut zehn Minuten vor der Zeit durch den Kreuzgang zur Komplet ging. Zweifellos würde Jerome recht erzürnt Prior Robert Bericht erstatten. Cadfael vergaß ihn sofort wieder. Er führte das Pferd um das noch nicht abgeerntete Erbsenfeld zu den Wiesen am Bach hinunter. Unten auf der Wiese stieg er auf. Der Rand der Sonne war schon hinter den Baumwipfeln versunken. Cadfael ritt eilig in dieses Wechselspiel aus Licht und Schatten hinein und kam auf den Wegen, die ihm vertraut waren wie seine Handfläche, gut voran. Nach einer Weile traf er im Westen auf die Straße, der er eine halbe Meile im Handgalopp folgte, bis sie zu weit nach Süden abschwenkte; dann ging es wieder gen Westen, der untergehenden Sonne entgegen. Ciaran hatte sogar vor Matthew einen großen Vorsprung, ganz zu schweigen von denen, die jetzt erst die Verfolgung aufnahmen. Aber Ciaran war lahm, er trug eine Last und hatte Angst. Fast konnte man ihn bedauern.

Nach einer weiteren halben Meile bog Cadfael an

einem kleinen Nebenweg, den er genau kannte, wieder nach Südwesten ab und ritt durch tiefen Schatten in die nördlichen Ausläufer des großen Waldes hinein. Es war nicht mehr als ein schmaler Waldweg. Es hatte sich nicht gelohnt, diesen Hain zu roden, denn aus dem Boden ragten hier und dort Felsen hervor. Dies war noch nicht das Grenzland, aber es war nahe daran, und der Boden erhob sich zu widerspenstigen Anhöhen, die felsig durch die dünne Krume brachen. Die Hügel waren mit Heidekraut und hartem Hochlandgras bewachsen, mit gedrungenen Büschen und einzelnen Bäumen, während in den feuchten Senken dicht an dicht uralte Bäume standen, unter denen sich vielfältiges Leben tummelte. Etwas weiter in dieser Richtung begann der dichte, dunkle Wald mit seinen hohen Baumkronen, schwer durchdringlichem Unterholz und einem Gewirr von Brombeerbüschen. Der Wald war unberührt; nur hier und dort hatte man helle, offene Inseln gerodet und bestellt, die jedesmal in Erstaunen versetzten.

Dann erreichte er die alte Straße, die wie ein Messer von Ost nach West durch den Wald schnitt. Er dachte an die Männer, die sie gebaut hatten. Die Straße war inzwischen keine Heerstraße mehr, sondern ein schmaler, mit dünnem Gras bedeckter Reitweg, der noch immer lanzengerade und fast ebenerdig durch den Wald führte und nur dort stieg und fiel, wo ein Hügel den Weg versperrte. Cadfael wandte sich nach Westen und ritt dem goldenen oberen Rand der Sonne entgegen, der zwischen den Ästen hervorschien.

In dem Stück des alten Waldes, das sich nördlich und westlich vom Weiler Hanwood erstreckte, gab es Haine, in denen Gesetzlose reichlich Deckung finden konnten, wenn sie den wenigen Siedlungen in der Nähe fernblieben. Die Menschen, die hier wohnten, sicherten ihr Land mit Zäunen und hielten zusammen, um sich gegenseitig zu schützen. In den Wald ging man nur, um zu plündern, zu wildern oder um die Schweine zu weiden, natürlich alles mit gebotener Vorsicht. Reisende, die zwar in Notlagen mit Hilfe und Gastfreundschaft rechnen konnten, waren im dichten Wald auf sich allein gestellt, wenn sie sich zu tief hineinwagten. Im großen und ganzen war man hier in Shropshire unter Hugh Beringar ebenso sicher wie irgendwo anders in England, und Vagabunden konnten sich nicht lange halten; doch die Deckung reichte aus, um vorübergehend zu verschwinden und bot denen Unterschlupf, die ihn nötig hatten.

Einige der kleineren Anwesen in diesem Grenzland waren wegen der gefährlichen Lage aufgegeben worden, einige waren verwahrlost, die Felder unbestellt. Bis zum April dieses Jahres war die Grenzfeste von Caus in walisischen Händen gewesen, was eine zusätzliche Bedrohung darstellte, und seit Hugh die Burg zurückerobert hatte, war noch nicht genug Zeit vergangen, um die verlassenen Dörfer wieder aufzubauen. Außerdem gab es in diesem prächtigen Sommer reichlich Wild, und hier und da ein gewildertes Tier und ein kleiner Diebstahl konnten zwei oder drei Männer über Wasser halten, während ihre Taten im Süden in Vergessenheit gerieten. Unterdessen konnten sie sich überlegen, wie sie am besten die Zeit verbrachten, bis sie sicher nach Hause zurückkehren konnten.

Herr Simeon Poer, selbsternannter Händler aus Guildford, war nicht unzufrieden über die Beute, die er in Shrewsbury gemacht hatte. An drei Abenden, länger konnten sie ohnehin kaum unerkannt arbeiten, hatten sie den hoffnungsfrohen Spielern aus Stadt und Vorstadt ein hübsches Sümmchen abgenommen. Außerdem hatte Daniel Aurifaber für den gestohlenen Ring einen guten Preis bezahlt, William Hales hatte einiges von den Marktständen mitgehen lassen, und John Shure hatte mit seinen langen glatt gewachsten Fingernägeln eine ganze Menge Münzen aus zahlreichen Taschen und Börsen geklaubt. Schade nur, daß sie William Hales zurücklassen mußten, der gefangen worden war, aber alles in allem waren sie noch recht gut davongekommen, wenn auch mit einigen Kratzern und um einen Mann vermindert. Pech für William, aber so spielte das Leben. Jeder wußte, daß ihm das passieren konnte.

Sie hatten die stark benutzten Wege gemieden und waren den Einwohnern, die ihren Geschäften nachgingen, aus dem Weg gegangen; sie hatten nachts unbemerkt geplündert, nachdem sie sich vergewissert hatten, wo es keine Hunde gab. Sie hatten sogar eine Art Dach über dem Kopf, denn in den Dickichten jenseits der alten Straße hatten sie, überwuchert und gut verborgen, die Überreste einer Hütte gefunden. Es waren die Überbleibsel eines Gehöfts, das schon vor langer Zeit verlassen worden war. Noch ein paar Tage dieses bequemen Lebens, wenn das Wetter umschlug vielleicht früher, und sie würden sich nach Süden durchschlagen, um sich zunächst von Shrewsbury zu entfernen, ehe sie sich nach Osten wandten und Grafschaften heimsuchten, in denen man sie noch nicht kannte.

Wenn einsame Reisende die Straße entlang kamen, die erkennbar aus dieser Gegend stammten, dann ließen sie sie in Ruhe, denn ein Ortsansässiger würde bald vermißt werden, und dann wäre man ihnen schnell auf den Fersen. Aber sie hatten nichts dagegen, jeden Wanderer zu überfallen, der eindeutig ein Fremder war und eine weite Reise vor sich hatte, denn man würde ihn so schnell nicht vermissen, und außerdem war er ein lohnenderes Ziel für einen Überfall, da er die Mittel für seine Reise bei sich haben mußte, wie bescheiden sie auch waren. In diesen Wäldern und Dikkichten konnte ein Mann leicht auf Nimmerwiedersehen verschwinden.

Sie hatten sich vor ihrer Hütte bequem zur Nacht eingerichtet. Das Feuer war gut in dem mit Lehm verkleideten Loch versteckt, das sie eigens zu diesem Zweck ausgehoben hatten, und das Fett des gestohlenen Huhns klebte ihnen noch an den Fingern. Der Sonnenuntergang in der Außenwelt war hier nicht mehr als ein düsteres Zwielicht, aber ihre Augen hatten sich umgestellt, und sie waren ausgeruht und nach dem müßigen Tag voller Tatendrang. Walter Bagot hielt Wache; er lag ein Stück entfernt an dem schmalen Weg in Deckung. Nun kam er hastig herangeschlichen, doch sein Ausdruck ließ eher auf Vorfreude denn auf Furcht schließen.

»Da kommt einer, den wir uns vornehmen können. Der barfüßige Wanderer aus der Abtei ... einigermaßen hergestellt, aber lahm wie eh und je. Kein Mensch wird wissen, wohin er gegangen ist.«

»Er allein?« fragte Simeon Poer überrascht. »Du Narr, er hatte doch immer seinen Schatten bei sich. Das heißt, daß wir es mit zweien zu tun haben, denn wenn einer davonkommt, haben wir den anderen auf den Fersen.«

»Er ist allein«, erwiderte Bagot lüstern. »Allein, ich sage es euch, er hat sich abgesetzt, oder sie haben sich im Einvernehmen getrennt. Wen kümmert es schon, was aus ihm wird?«

»Bei dem ist nichts zu holen«, entgegnete Shure verächtlich. »Laß ihn gehen. Der ist nicht mehr wert als sein Hemd und seine Hose; sonst hat er nichts.«

»Ah, aber er hat etwas! Geld, mein Freund!« sagte Bagot mit glitzernden Augen. »Täusche dich nicht in ihm, er ist gut gerüstet, wenn er sich auch bemüht, es niemand merken zu lassen. Ich weiß es! Ich habe ihn abgetastet, wann immer ich im Gedränge in der Kirche neben ihm stand. Er hat unter seinem Mantel, unter Hemd und Hose, eine gut gefüllte, schwere Börse an seinen Gürtel geknüpft; ich konnte nur nicht darankommen, ohne das Messer zu benutzen, und das war zu gefährlich. Er kann für sich zahlen, wo immer er übernachtet. Kommt, steht auf, er ist eine leichte Beute.«

Er war seiner Sache sicher, und sie waren nur zu gern bereit, sich eine fremde Börse anzueignen. Sie erhoben sich fröhlich, die Hände an die Dolche gelegt, und schlichen lautlos durch das Unterholz zur schmalen Straße, über der ein helles blaßblaues Band des Himmels schimmerte. Shure und Bagot verbargen sich auf der einen Seite des Weges und Simeon Poer auf der anderen hinter dichten grünen Büschen, die im vollen Licht blattreich und hoch gewachsen waren. In diesem Teil des Waldes standen sehr alte Bäume; gewaltige Buchen mit knorrigen und dicken Stämmen, die drei Männer kaum mit ausgestreckten Armen umfassen konnten. An vielen Orten wurde altes Waldland gerodet, umgepflügt und zur Jagd freigemacht, aber im großen Wald gab es noch weite Bereiche, in denen der Bewuchs unberührt und jungfräulich war. Im grünen Halbdunkel unter den Bäumen warteten die drei vogelfreien Männer reglos auf ihr Opfer.

Dann hörten sie ihn. Verbissene, gleichmäßige,

mühsame Schritte, die durch das rauhe Gras stapften. Am grasbewachsenen Rand einer Hauptstraße wäre er mit weniger Schmerzen und erheblich schneller vorangekommen als auf diesem schwierigen Weg. Sie hörten seinen schweren Atem schon, als er noch zwanzig Meter entfernt war, und dann sahen sie seine große, dunkle Gestalt aus dem Zwielicht auftauchen. Er ging gebeugt und stützte sich auf einen langen, knorrigen Stab, den er irgendwo unter einem Baum aufgelesen hatte. Anscheinend schonte er den rechten Fuß, aber er setzte auch den linken vorsichtig auf, als wäre er auf eine scharfe Kante getreten und hätte sich die Fußsohle aufgeschnitten oder das Fußgelenk gezerrt. Er wäre bemitleidenswert gewesen, wenn diese drei so etwas wie Mitleid gekannt hätten.

Er lauschte aufmerksam, und die Haare standen ihm zur Berge, und er schien so vorsichtig wie die kleinen Nachttiere, die in seiner Nähe im Unterholz herumkrochen und quakten. Er hatte schon, als er noch in Gesellschaft wanderte, jeden Schritt der vielen Meilen voller Angst getan, und nun, da er sich losgesagt hatte und auf sich gestellt war, wurde seine Angst noch größer. Trotz seiner Flucht war er seiner Angst nicht entkommen.

Doch es war seine übergroße Angst, die ihn rettete. Die Räuber ließen ihn langsam an ihrem ersten verborgenen Gefährten vorbeigehen, so daß Bagot ihn von hinten angehen konnte, während Poer und Shure von beiden Seiten von vorn kamen. Es waren nicht so sehr seine angestrengt lauschenden Ohren, die ihm verrieten, daß hinter ihm ein Mensch lauerte, sondern eher ein prickelndes Gefühl auf der Haut, eine Bewegung der kühlen Abendluft, das Heben des Armes, der fast lautlos auf ihn zielte. Er stieß einen erstickten Schrei aus, wirbelte herum und schwang den Stab, und das Messer, das ihn durchbohren sollte, schlug nur einen Span aus dem Holz. Bagot wollte mit der linken Hand den Ärmel oder den Mantel packen und rasch wie eine Schlange ein zweitesmal zustoßen, doch er lief ins Leere, als Ciaran ungestüm zurücksprang und durch die Angst über sich selbst hinauswuchs. Er machte kehrt und stürmte auf seinen mißhandelten Füßen vom Weg herunter in die dichten Schatten unter den engstehenden Bäumen. Er schnaufte und stöhnte bei jedem Schritt, aber er rannte wie ein aufgescheuchter Hase.

Wer hätte gedacht, daß er sich so schnell bewegen konnte, wenn es um sein Leben ging? Aber er hielt das Tempo nicht lange durch, und der Antrieb brachte ihn nicht sehr weit. Die Männer stürmten hinterher und schwärmten aus, um ihn von drei Seiten einzukreisen, sobald er müde wurde. Sie kicherten, während sie ihn suchten, und ließen sich Zeit. Der Lärm, mit dem er durch die Büsche brach, und dazu seine unkontrollierten Schmerzensschreie, hallten gespenstisch durch den düsteren Wald.

Äste und Brombeerranken schlugen Ciaran ins Gesicht. Er rannte blind drauflos, schwenkte vor sich den Stab und bahnte sich geräuschvoll einen Weg durch die Büsche. Er stolperte immer wieder schmerzhaft über die toten Äste und die trügerischen Löcher, in denen sich über viele Jahre Blätter gesammelt hatten. Die Räuber folgten ihm gemächlich, da sie bemerkt hatten, daß er langsamer wurde. Der schlanke, bewegliche Schneider war schon auf einer Höhe mit ihm und schwenkte ab, um ihm den Weg abzuschneiden. Er hatte sogar noch genug Luft, um seine Kumpane heranzupfeifen, die gemächlich den Kreis schlossen wie Hirtenhunde, die ein verirrtes Schaf zur Herde zurücktreiben.

Ciaran betrat eine Lichtung, die von einer gewaltigen, uralten Buche beherrscht wurde, und versuchte in einer letzten Anstrengung, hinüberzulaufen und im Dickicht auf der anderen Seite zu verschwinden. Doch die glitschigen Blätter und die Wurzeln darunter vereitelten seine Hoffnung. Er rutschte aus und schlug schwer gegen den Baumstamm. Er hatte gerade noch Zeit, sich aufzurichten und sich an den breiten Stamm zu lehnen, dann waren sie über ihm.

Er schlug mit dem Stab, schrie um Hilfe und wußte nicht einmal, welchen Namen er in seiner Angst schrie.

»Hilfe! Mörder! Matthew, Matthew, hilf mir!«

Kein Ruf antwortete ihm, aber plötzlich krachten Äste, und irgend etwas schoß so rasch aus der Dekkung über das Gras, daß Bagot beiseite geworfen wurde und auf die Knie fiel. Ein langer Arm drückte Ciaran gegen den massiven Baumstamm, und dann stand Matthew breitbeinig neben ihm, den blanken Dolch in der Hand. Das letzte Abendlicht fiel auf sein gerötetes, wutverzerrtes Gesicht und flimmerte auf der Messerklinge.

»Oh, nein!« rief er laut und deutlich und zog die Lippen zurück, bis die Zähne zu sehen waren. »Laßt ihn in Ruhe. Dieser Mann gehört mir!«

Die drei Angreifer hatten sich instinktiv zurückgezogen, bevor sie noch erkannt hatten, daß ein Mann in ihre Mitte vorgedrungen war, doch sie begriffen rasch und liefen nicht sehr weit. Sie blieben, vorsichtig wie jagende Tiere, aber unerschrocken, stehen und umkreisten die Beute, ohne sich zurückzuziehen. Sie beobachteten und dachten nach und berechneten die veränderten Chancen. Zwei Männer und ein Messer, und den zweiten kannten sie so gut wie den ersten. Sie hatten einige Tage in der gleichen Enklave gewohnt und das gleiche Dormitorium und Refektorium geteilt. Sie überlegten ohne große Sorge, daß sie ebenso erkannt worden waren, wie sie ihre Opfer erkannt hatten. Das Zwielicht entstellte die Gesichter, aber ein Mann ist nicht nur an seinem Gesicht zu erkennen.

»Ich habe es doch gesagt, oder?« knurrte Simeon Poer, indem er mit seinen Kumpanen einige Blicke wechselte, die trotz der Dunkelheit verstanden wurden. »Ich sagte doch, daß er nicht weit sein konnte. Aber egal, zwei können so flach liegen wie einer.«

Nachdem Matthew seine Absicht und sein Recht kundgetan hatte, schwieg er. Der Baum, den sie im

Rücken hatten, war so gewachsen, daß sie von hinten nicht angegriffen werden konnten. Er umrundete ihn ständig, während Bagot sich am Rand der Lichtung zeigte und ihn beobachtete. Die Räuber waren zu dritt, und der erschütterte und lahme Ciaran war für keinen der drei ein Gegner, falls es zum Kampf kam; allerdings hielt er sich mit aufgestelltem Stab am Baumstamm bereit, um mit Klauen und Zähnen um sein elendes Leben zu kämpfen, wenn es sein mußte. Matthew verzog die Lippen zu einem bitteren Lächeln, als er daran dachte, daß er für einen so großen Lebenshunger sogar noch dankbar sein mußte.

Auf der anderen Seite des Stammes sagte Ciaran, der die Wange gegen die Borke gelegt hatte, leise: »Du wärst mir besser nicht gefolgt.«

»Habe ich nicht geschworen, bis zum Ende bei dir zu bleiben?« erwiderte Matthew genauso leise. »Ich halte meine Schwüre. Ganz besonders diesen.«

»Und doch hättest du dich still davonschleichen können. Jetzt sind wir beide dem Tod geweiht.«

»Noch nicht! Und wenn du mich nicht wolltest, warum hast du mich dann gerufen?«

Ciaran schwieg verwirrt. Er hatte nicht bemerkt, daß er einen Namen gerufen hatte.

»Wir haben uns aneinander gewöhnt«, sagte Matthew grimmig. »Du beanspruchst mich, wie ich dich beanspruche. Glaubst du denn, ich überließe dich einem anderen Mann?«

Die drei Beobachter hatten sich zu einer dunklen Gruppe gesammelt und steckten beratend die Köpfe zusammen, die Gesichter stets auf die Beute gerichtet.

»Sie kommen gleich«, sagte Ciaran mit verzweifelter, tonloser Stimme.

»Nein. Sie warten, bis es dunkel ist.«

Sie hatten es nicht eilig. Sie drohten nicht, sie verschwendeten ihren Atem nicht auf Worte. Sie warteten geduldig wie Raubtiere auf den richtigen Augenblick. Sie trennten sich wortlos, verteilten sich auf der Lichtung und gingen gerade weit genug in Deckung, um eben sichtbar zu bleiben und die Opfer durch ihre Gegenwart und ihr Zögern zu beunruhigen. Gerade so, wie eine Katze reglos, erbarmungslos und aufmerksam stundenlang vor einem Mauseloch sitzen kann.

»Ich ertrage es nicht«, flüsterte Ciaran leise und schluchzte.

»Daran läßt sich leicht etwas ändern,« erwiderte Matthew mit zusammengebissenen Zähnen. »Du mußt nur das Kreuz vom Hals nehmen, dann bist du alle Sorgen los.«

Das Licht verblaßte. Ihre Augen, die die düsteren Büsche absuchten, begannen Bewegungen zu sehen, wo keine waren, und strengten sich doppelt an, um von neuem getäuscht zu werden. Sie mußten nicht mehr lange warten. Die Angreifer umkreisten sie in guter Deckung und warteten darauf, daß eines ihrer Opfer nicht achtgab und in die falsche Richtung blickte. Fraglos erwarteten sie diesen Fehler zuerst von Ciaran, der schon sehr geschwächt war. Bald, sehr bald schon.

Bruder Cadfael war etwa eine halbe Meile entfernt, als er den Schrei vor sich rechts vom Weg hörte. Es war ein lauter, wilder und verzweifelter Schrei. Die Worte waren nicht zu verstehen, aber die Angst konnte man nicht verkennen. Im schweigenden Wald, wo nicht einmal ein Lufthauch die Äste regte oder in den Blättern raschelte, trug jedes Geräusch sehr weit. Cadfael ritt eilig weiter, schon fast traurig sicher, was ihn erwartete, wenn er den Ursprung des Angstschreies erreichte. Die viele Meilen lange, geduldige, stetige Verfolgungsjagd durch halb England mochte jetzt, knapp eine Viertelstunde zu früh, beendet sein. Er konnte nichts mehr tun. Matthew hatte Ciaran eingeholt, einen Ciaran, der seiner strengen Buße müde war, da ihn nun niemand mehr sah. Er hatte selbst ganz richtig gesagt, daß er sich nicht so sehr haßte, um sich eine solche Mühsal grundlos aufzuerlegen. Nun, da er allein war, mochte er sich in Sicherheit gewiegt haben, vielleicht hatte er das schwere Kreuz abgelegt und war sogar schon auf der Suche nach Schuhen für seine Füße. Wenn Matthew ihn nur nicht derart abtrünnig und schutzlos gefunden hatte.

Das zweite Geräusch, das die Stille durchbrach, ging in dem Lärm, den Cadfael beim Reiten selbst erzeugte, beinahe unter, doch er bemerkte die Unruhe im Wald und zügelte sein Pferd, um zu lauschen. Da rauschte und krachte es, als hastete jemand schnell und pfeilgerade durch den Wald. Dann hörte er einen Moment lang mehrere Schreie gleichzeitig, nicht sehr laut, aber scharf und besorgt, und dann erhob sich eine Männerstimme lauter als die anderen. Es war Matthews Stimme, die nicht triumphierend oder beängstigt rief, sondern eher knapp und trotzig. Da vorn waren nicht nur die beiden Pilger, und es war nicht mehr weit.

Er stieg ab und führte sein Pferd vorsichtig, so weit er es wagte, auf dem Weg weiter bis zu der Stelle, von der die Geräusche gekommen waren. Hugh konnte sich sehr schnell bewegen, wenn es nötig war, und Cadfaels knappe Botschaft gab ihm Grund genug dazu. Er hatte sicher die Stadt auf dem kürzesten Weg verlassen, über die Westbrücke und über eine gute Straße nach Südwesten, um zwei Meilen zurück auf diesen alten Weg zu stoßen. In diesem Augenblick war er vielleicht nicht weiter als eine Meile hinter ihm. Cadfael band sein Pferd am Wegrand fest, um ein deutliches Zeichen zu geben, daß er einen Grund gefunden hatte, hier Halt zu machen, und daß er in der Nähe war.

Es war wieder still. Cadfael suchte die Büsche nach einer Stelle ab, an der er ohne verräterische Geräusche in den Wald eindringen konnte, und arbeitete sich instinktiv und mit dem Tastsinn in die Richtung vor, aus der die Schreie gekommen waren. Es war fast unnatürlich still. Nach einer Weile bemerkte er den schwachen Schein des letzten Tageslichts zwischen den Ästen. Dort vor ihm war eine Lichtung.

Er erstarrte und blieb reglos stehen, als zwischen ihm und dem schwachen Lichtschein ein Schatten vorüberglitt. Ein großer und schlanker Mann, der sich wie eine Schlange durch die Büsche schob. Cadfael wartete, bis er das Licht wieder sah, dann schlich er vorsichtig weiter, bis er die Lichtung überblicken konnte.

In der Mitte stand eine Buche mit einem gewaltigen Stamm, der schwarz und mächtig die weit gespannten Äste trug. In der Dunkelheit regte sich etwas. Nicht einer, sondern zwei Männer preßten sich an den Stamm. Stahl reflektierte das Licht gerade lange genug, um als das erkannt zu werden, was er war: ein gezückter, blanker Dolch. Zwei hielten dort die Stellung, und mindestens zwei andere hatten sie eingekreist und warteten, bis sie die Hilflosen gefahrlos niedermachen konnten. Cadfael nahm sich Zeit, die ganze dunkler werdende Lichtung abzusuchen und bemerkte wie erwartet zitternde Blätter, die den Standort eines Mannes verrieten; und auf der anderen Seite lauerte noch einer. Also drei, und wahrscheinlich alle bewaffnet und gewiß nicht mit lauteren Absichten, wenn sie so verstohlen des Nachts durch den Wald schlichen, ohne ein Ziel zu haben. Sie warteten auf den richtigen Augenblick zum Morden. Drei waren in Shrewsbury unter der Brücke entkommen und in diese Richtung geflohen. Drei tauchten hier im Wald wieder auf und gingen immer noch ihrem schändlichen Gewerbe nach.

Cadfael zögerte und überlegte, wie er am besten verfahren sollte; ob er zum Weg zurückschleichen und auf Hughs Eintreffen warten und hoffen sollte, oder ob es besser wäre, allein etwas zu unternehmen, um die Räuber abzulenken und zu erschrecken und das Morden hinauszuzögern, bis Hilfe kam. Er hatte sich gerade entschlossen, zu seinem Pferd zurückzugehen und mit soviel Lärm und Aufhebens wie möglich in den Wald zu reiten, um die Räuber glauben zu machen, da kämen sechs und nicht nur einer, als ihm mit erschrekkender Plötzlichkeit die Entscheidung abgenommen wurde.

Einer der drei Belagerer brach mit einem kriegerischen Schrei aus der Deckung und rannte zu der Seite des Baumes, wo das kurze Aufblitzen des Stahls gezeigt hatte, daß mindestens einer der Belagerten bewaffnet war. Aus der Dunkelheit unter den Ästen kam eine dunkle Gestalt hervor, um dem Angriff zu begegnen und Cadfael erkannte Matthew. Der Angreifer wich aus und hielt sich außer Reichweite; es war eine gut berechnete Finte, denn im gleichen Augenblick schossen die beiden anderen lauernden Schatten aus der Deckung und stürmten zur anderen Seite des Baumes, um gemeinsam über den schwächeren Verteidiger herzufallen. Es gab ein Handgemenge, dann ertönte ein wilder gequälter Schrei, und Matthew fuhr herum, schlug um sich und streckte den Arm nach seinem Gefährten aus, um ihn gegen den Baum zurückzuziehen. Ciaran hing halb bewußtlos zwischen den dicken, glatten Wurzeln des Baumes, und Matthew baute sich, den Dolch schwenkend, breitbeinig vor ihm auf.

Cadfael sah es und beobachtete stumm und atemlos diesen ergebenen Feind. Er holte erst wieder Luft, als die drei Räuber gemeinsam ihre Beute angingen und versuchten, sie schlagend und prügelnd durch ihre schiere Übermacht unter sich zu begraben.

Cadfael füllte seine Lungen und schrie in die Nacht hinaus: » Haltet sie! Auf sie, haltet die drei! Das sind unsere Schurken!« Er machte soviel Lärm, daß er sich nicht über die Echos wunderte, die er in seiner Rage zwar hörte, aber nicht beachtete. Sie kamen aus zwei Richtungen gleichzeitig, vom Weg, den er verlassen hatte, und von Norden, aus der entgegengesetzten Richtung. Irgendein Winkel seines Verstandes begriff, daß er Echos erzeugt hatte, aber er fühlte sich recht allein, als er weiterbrüllte und die Arme wie Fledermausflügel ausbreitete, um sich in das Handgemenge unter dem Baum zu stürzen.

Er hatte vor langer Zeit allen Waffen abgeschworen, aber das kümmerte ihn nicht; abgesehen von zwei kräftigen, wenn auch leicht rheumatischen Fäusten, war er unbewaffnet. Er stürzte sich in das Gewirr von Männern und Waffen unter dem Baum, packte einen Umhang, zog ihn mitsamt Träger nach hinten und verdrehte das Tuch, um dem Träger, der Gift und Galle spie, die Luft abzudrücken. Doch seine Stimme hatte mehr getan, als nur seinen Ansturm zu begleiten. Das schwarze Menschenknäuel löste sich in Einzelwesen auf. Zwei sprangen heraus und sahen sich wild nach der Quelle der Unruhe um, während Cadfaels Gegner sich keuchend, mit ausgestecktem Arm und einem gefährlichen Dolch, herumdrehte und einen Schlitz in die dunkle Kutte schnitt. Cadfael warf sich mit seinem ganzen Gewicht auf ihn, packte sein Haar und drückte sein Gesicht schamlos frohlockend in die Erde. Irgendwann würde er dafür Buße tun, doch jetzt hatte er seine helle Freude, und das Kreuzfahrerblut summte in seinen Adern.

Am Rande bemerkte er, daß noch etwas anderes geschah, und mehr, als er gehofft hatte. Er hörte und spürte das unverwechselbare Zittern und Donnern von Hufen auf der Erde und vernahm eine befehlsgewohnte Stimme, die Anordnungen gab, deren Sinn er jedoch nicht verstand, und die ihn nicht veranlaßten, den Griff zu lockern, um genauer zu lauschen. Die Lichtung war ebenso von Bewegungen wie von Dunkelheit erfüllt. Der Mann unter ihm gewann seine Fassung zurück, wand sich heftig und zog Cadfael seitlich herab. Die Falten des Tuches glitten aus Cadfaels Hand, und Simeon Poer riß sich frei und kroch davon. Überall rannten jetzt Menschen, aber die Flüchtigen würden nicht weit kommen.

Simeon Poer, der sich als letzter befreit hatte, tastete rachsüchtig zwischen den Baumwurzeln herum, berührte einen kauernden Körper, fand die Kordel eines baumelnden Talismans, der wahrscheinlich wertvoll war, und riß mit aller Kraft daran, bevor er sich aufrichtete, um in Deckung zu rennen. Es gab einen wilden Schmerzensschrei, die Kordel riß, und das Ding, was immer es war, lag in seiner Hand. Er stand auf und rannte geradewegs zu den nächsten Büschen und stürzte sich blind hinein, knapp einen Meter vor den Händen, die ihn von einem Pferderücken aus packen wollten.

Cadfael öffnete die Augen und holte Luft. Überall

auf der Lichtung war Bewegung, die Dunkelheit bebte und zitterte, und die Gewalt folgte einer klaren Absicht und einem Ziel. Er setzte sich auf und sah sich in Ruhe um. Er saß unter der großen Buche, und irgendwo vor ihm, in Richtung des Weges, wo er sein Pferd zurückgelassen hatte, schlug jemand mit Feuerstein und Dolch und Zunder gelassen Funken, um eine Fackel zu entzünden. Der Zunder begann zu glühen und wurde sanft angeblasen, bis er aufflammte. Die gut mit Öl und Harz eingeriebene Fackel nahm den Funken auf und gebar eine kleine helle Flamme, die wuchs und heller wurde und dazu diente, eine zweite und dritte Fackel anzuzünden. Die Lichtung verwandelte sich in einen kleinen, runden Kessel, dessen Wände aus dichten Büschen bestanden, und der einen Baumwipfel als Deckel hatte.

Hugh kam lächelnd aus der Dunkelheit und reichte Cadfael eine Hand, um ihn auf die Beine zu ziehen. Jemand anders kam leichtfüßig von der anderen Seite gerannt und beugte sich herunter, um ihm ein wundervolles, fackelbeschienenes, hochwangiges, schmales Gesicht mit begierigen Goldaugen und schwarzem Haar zu zeigen, das sich gleich Rabenflügeln um die Wangen schloß.

»Olivier?« sagte Cadfael verwundert. »Ich glaubte Euch auf der Straße nach Oswestry. Wie habt Ihr uns hier gefunden?«

»Mit Hilfe Gottes und eines Ziegenhirten«, erwiderte die warme fröhliche Stimme, an die Cadfael sich gut erinnerte. »Und mit Hilfe Eures Stimmorgans. Kommt, seht Euch um! Ihr habt die Schlacht gewonnen.«

Sie waren auf die Flucht gegangen, die drei: Simeon Poer, Händler aus Guildford, Walter Bagot, Handschuhmacher und John Shure, Schneider; aber ein halbes Dutzend von Hughs Männern war ihnen auf den Fersen, und sie würden bald eingefangen sein und mußten sich für mehr verantworten als eine kleine Betrügerei auf dem Marktplatz. Die Nacht legte sich über eine enge Arena aus Fackellicht, auf der es jetzt sehr ruhig und still wurde. Cadfael stand auf. Sein aufgeschlitzter Ärmel baumelte herunter. Die drei standen im Halbkreis vor der Buche. Die Fackeln leuchteten grell und erzeugten scharfe Kontraste zwischen Licht und Schatten. Matthew riß sich aus dem Taumel zwischen Leben und Tod, als sie ihn ansahen. Er drückte sich vom Baum ab und trat vor wie ein Schläfer, der viel zu früh geweckt worden war. Er sah sich um, als suchte er etwas, an dem er sich festhalten und orientieren konnte. Als er hervortrat, regte sich zwischen seinen Füßen der zusammengesunkene Ciaran. Er hob langsam den Kopf von den verschränkten Armen.

»Steh auf!« sagte Matthew. Er entfernte sich noch weiter vom Baum, immer noch den blanken Dolch in der Hand, an dessen Spitze sich ein Blutstropfen sammelte. Von der Hand, die den Dolch hielt, fielen weitere Tropfen auf den Boden. Seine Knöchel waren aufgerissen. »Steh auf!« sagte er. »Dir ist nichts geschehen.«

Ciaran kam langsam zu sich, erhob sich auf die Knie und reckte sein schmutziges, bleiches Gesicht ins Licht. Er war jenseits von aller Erschöpfung und Furcht. Er sah weder Cadfael noch Hugh an, sondern starrte in hilfloser Verzweiflung in Matthews Gesicht. Hugh spürte, wie sich ihre Blicke trafen und wollte schon eingreifen, um die Spannung zu brechen, doch Cadfael legte ihm eine Hand auf den Arm und hielt ihn zurück. Hugh sah ihn scharf von der Seite an und fügte sich der Warnung. Cadfael hatte seine Gründe.

An Ciarans zerfetztem Hemdkragen klebte Blut; ein Fleck, der vor ihren Augen größer wurde. Ciaran hob seine Hände, die bleischwer schienen, und zog unbeholfen das Leinentuch von Kehle und Brust. Auf der linken Seite seines Halses verlief ein offener, blutender Schnitt, dünn wie von einem Messer. Simeon Poers letzter, blinder Raub hatte das Kreuz zum Ziel gehabt, an dem Ciaran so verzweifelt festgehalten hatte. Er kniete unterwürfig und elend und zeigte einen Hals, der symbolisch bereits aufgeschlitzt war.

»Hier bin ich«, flüsterte er tonlos. »Ich kann nicht mehr fortlaufen, mein Leben ist verwirkt. Nun kannst du mich haben!«

Matthew stand reglos vor ihm und betrachtete den bösen Schnitt, den ihm die Kordel beigebracht hatte, bevor sie gerissen war. Das Schweigen wurde unerträglich drückend, aber immer noch hatte er kein Wort zu sagen. Sein Gesicht war im flackernden Fackelschein eine verschlossene Maske.

»Er hat recht«, sagte Cadfael sehr leise und vernünftig. »Er gehört wirklich Euch. Die Bedingungen seiner Buße sind nicht mehr erfüllt, und sein Leben ist verwirkt. Nehmt ihn!«

Matthew gab nicht zu erkennen, daß er die Worte verstanden hatte; er verzog nur verkrampft, wie unter Schmerzen, die Lippen. Er wandte den Blick nicht von dem Elenden, der demütig vor ihm kniete.

»Ihr seid ihm unablässig gefolgt und habt Euch an die vereinbarten Bedingungen gehalten«, drängte Cadfael weiter. »Ihr steht unter Eid. Nun vollendet Euer Werk!«

Er befand sich auf sicherem Boden und wußte es. Mit der Unterwerfung war das Werk vollendet, es gab nichts weiter zu tun. Da der Feind nun seiner Gnade ausgeliefert war und er jedes Recht auf Rache hatte, war der Rächer hilflos, ein Gefangener seiner eigenen Natur. Ihn ihm war nichts mehr außer leerer Trauer, Widerwillen und Ekel vor sich selbst. Wie konnte er einen elenden, gebrochenen Mann töten, der vor ihm kniete und keinen Widerstand leistete, sondern ergeben auf seinen Tod wartete? Es war nicht mehr wichtig, ob er starb.

»Es ist vorbei, Luc«, sagte Cadfael leise. »Tut, was Ihr tun müßt.«

Matthew schwieg noch einen Augenblick; wenn er verstanden hatte, daß er mit seinem richtigen Namen angesprochen worden war, so gab er es nicht zu erkennen. Auch das war nicht mehr wichtig. Nachdem das Ziel endlich erreicht war, kam ein schreckliches Gefühl von Leere und Verlust. Er öffnete die blutbefleckte Hand und ließ den Dolch aus seinen Fingern ins Gras gleiten. Er wandte sich ab wie ein Blinder, tastete mit den Zehen den Boden ab, bevor er den Fuß aufsetzte, und stolperte durch die dichten Büsche, um in der Dunkelheit zu verschwinden.

Olivier atmete scharf ein und riß sich aus seiner Benommenheit. Er zupfte Cadfael heftig am Ärmel. »Ist es wahr? Ihr habt ihn gefunden? *Er* ist Luc Meverel?« Er akzeptierte die Wahrheit, ohne daß ein weiteres Wort gesagt werden mußte, und sprang eilig zu der Stelle, an der sich nach Lucs Verschwinden die Büsche noch bewegten. Er wäre ihm nachgerannt, wenn Hugh ihn nicht am Ärmel festgehalten hätte.

»Wartet noch einen Augenblick! Wenn Cadfael recht hat, dann habt Ihr auch ein Anliegen hier. Dies ist gewiß der Mann, der Euren Freund ermordet hat. Er ist Euch einen Tod schuldig. Wenn Ihr ihn wollt, gehört er Euch.«

»Das ist die Wahrheit«, sagte Cadfael. »Fragt ihn! Er wird es Euch sagen.«

Ciaran hockte im Gras und ließ verwirrt und verloren den Kopf hängen. Er sah den Männern nicht mehr ins Gesicht, sondern wartete nur ohne Hoffnung oder Verstehen darauf, daß jemand entschied, ob und unter welchen elenden Bedingungen er leben oder sterben sollte. Olivier betrachtete ihn nachdenklich, schüttelte mitleidig und ablehnend den Kopf und ergriff das Zaumzeug seines Pferdes. »Wer bin ich«, sagte er, »daß ich vollstrecken könnte, was Luc Meverel abgeschlagen hat? Laßt ihn mit der Last auf seiner Seele gehen. Mein Auftrag gilt dem anderen.«

Damit entfernte er sich eilig und führte sein Pferd energisch durch die Büsche. Als er verschwunden war, wurde es langsam wieder still. Cadfael und Hugh blickten einander stumm an, und zwischen ihnen hockte der arme Sünder auf dem Boden.

Cadfael fand allmählich in die Welt zurück. Drei von Hughs Offizieren standen mit Pferden und Fackeln in der Nähe und sahen ihnen schweigend zu; irgendwo, nicht weit entfernt, gab es ein kurzes Handgemenge und einen Schrei, als einer der Flüchtigen überwältigt und gefangengenommen wurde. Simeon Poer war kaum fünfzig Meter entfernt im Gebüsch gefaßt worden und stand jetzt unter schwerer Bewachung. Seine Handgelenke waren an das Zaumzeug eines Wachtmeisters gefesselt. Auch der Dritte würde nicht lange auf freiem Fuß bleiben. Die nächtlichen Abenteuer waren vorbei. Dieses Waldstück war nun wieder sicher, und selbst barfüßige und unbewaffnete Pilger konnten es ungefährdet durchqueren.

»Was tun wir nun mit ihm?« fragte Hugh unvermittelt, während er mit einigem Widerwillen das menschliche Wrack zu ihren Füßen betrachtete.

»Da Luc auf seinen Anspruch verzichtet hat«, erwiderte Cadfael, »würde ich mich nicht einmischen. Und etwas gibt es immerhin zu seinen Gunsten zu sagen: Er hat nicht falsch gespielt, und er hat die Bedingungen nicht absichtlich gebrochen, nicht einmal dann, als niemand mehr da war, der ihn hätte anklagen können. Nur ein kleiner Pluspunkt, den man zur Verteidigung seines Lebens vorbringen könnte, aber immerhin. Wer sonst hätte das Recht zu vollenden, was Luc unvollbracht ließ?«

Ciaran hob den Kopf und sah zweifelnd von einem Gesicht zum anderen. Er konnte noch nicht recht verstehen, daß er verschont werden sollte, aber er begann zu glauben, daß er noch lebte. Er weinte; ob vor Schmerzen, Erleichterung oder etwas Dauerhafterem als diesen beiden Gefühlen, konnte man nicht erkennen. Das Blut verkrustete auf seinem Hals zu einer dunklen Linie.

»Sprecht und sagt mir die Wahrheit«, sagte Hugh leise. »Wart Ihr es, der Bossard erstochen hat?«

Ciaran hob das bleiche, aufgelöste Gesicht und antwortete mit schwankender Stimme. »Ja.«

»Warum habt Ihr das getan? Warum habt Ihr den Schreiber der Königin angegriffen, der doch nichts weiter getan hatte, als gewissenhaft seinen Auftrag auszuführen?«

Ciarans Augen flammten einen Augenblick auf, und ein flüchtiger Funke seines früheren Stolzes, seiner Intoleranz und seiner Wut leuchtete auf wie der letzte Funke eines ersterbenden Feuers. »Er kam hochmütig, brüllte den Herrn Bischof nieder und trotzte dem Konzil. Mein Herr war zornig und beleidigt...«

»Euer Herr«, sagte Cadfael, »ist der Prior von Hyde Mead. Das habt Ihr jedenfalls behauptet.«

»Wie könnte ich behaupten, einem zu dienen, der mich hinausgeworfen hat? Ich habe gelogen! Es war der Herr Bischof selbst – ich habe Bischof Henry gedient und seine Gunst genossen. Und jetzt bin ich verloren! Ich konnte nicht ertragen, wie unverschämt dieser Christian zu ihm war ... er stellte sich gegen alles, was mein Herr beabsichtigt und geplant hatte. Ich haßte ihn! Ich dachte damals, daß ich ihn haßte«, sagte Ciaran, der sich traurig erinnerte. »Und ich dachte, es würde meinem Herrn gefallen!«

»Ein Gedanke, der sich als Trugschluß erwiesen hat«, erwiderte Cadfael, »denn was immer er sein mag, ein Mörder ist Henry von Blois gewiß nicht. Und Rainald Bossard verhinderte die Missetat, ein Mann Eurer eigenen Partei, der sehr geschätzt war. Wurde er damit in Euren Augen zum Verräter, als er einem ehrbaren Gegner half? Oder habt Ihr blind drauflosgeschlagen und ohne Absicht getötet?«

»Nein«, entgegnete die tonlose, kraftlose Stimme. »Er behinderte mich, und ich war zornig. Ich wußte, was ich tat. Ich war sogar froh ... *damals!*« sagte er und atmete verbittert ein.

»Und wer hat Euch als Buße diese Reise auferlegt?« fragte Cadfael. »Und zu welchem Zweck? Euch wurde unter gewissen Bedingungen das Leben geschenkt. Welches waren diese Bedingungen? Ein Mann mit großer Macht legte schützend die Hand über Euch.«

»Es war mein Herr, der Bischof selbst«, erwiderte Ciaran und kämpfte einen Augenblick mit dem Schmerz, als er sich an seine Treue erinnerte, die abgewiesen worden war. »Niemand sonst wußte davon, ich habe es nur ihm gesagt. Er wollte mich nicht dem

Gesetz übergeben, sondern die Sache anders beilegen, weil er fürchtete, daß seine Pläne für den Frieden unter Führung der Kaiserin gefährdet werden könnten. Aber er war unerbittlich. Ich stamme zur Hälfte aus dem dänischen Wikingerreich von Dublin und bin zur anderen Hälfte Waliser. Er bot mir freies Geleit nach Bangor an, daß der dortige Bischof mich nach Caergybi in Anglesey bringen und auf ein Schiff nach Dublin setzen könnte. Aber ich mußte barfuß reisen und das Kreuz um meinen Hals tragen, und wenn ich diese Bedingungen auch nur einen Augenblick bräche, gehörte mein Leben dem, der es nehmen wollte, ohne Vorwurf und ohne Strafe. Und mir wurde verboten, je wieder zurückzukehren.« Ein anderes Feuer von zurückgewiesener Liebe, zerstörtem Ehrgeiz und abgewiesener Hingabe flammte einen Augenblick durch sein gebrochenes Gesicht und starb verzweifelt.

»Aber er verkündete das Urteil nicht öffentlich«, sagte Hugh, auf etwas eingehend, das noch nicht geklärt war. »Wie kam es dann dazu, daß Luc Meverel davon erfuhr und Euch folgte?«

»Wie kann ich das wissen?« Seine Stimme war tonlos und leer vor Erschöpfung. »Ich weiß nur, daß ich von Winchester aufbrach, und an der Straßenkreuzung in der Nähe von Newbury erwartete er mich schon, schloß sich mir an und folgte mir auf Schritt und Tritt wie ein Dämon. Er wartete nur darauf, daß ich die Bedingungen brach — denn er kannte sie buchstabengenau! —, so daß er ohne Vorwurf mein Leben nehmen konnte. Er folgte mir, wohin auch immer ich ging, er ließ mich nie aus den Augen, er machte kein Geheimnis aus seinem Willen, er versuchte sogar, mich zu verleiten, Schuhe anzuziehen und das Kreuz abzulegen — und, meine Herren, es war schrecklich schwer! Er nannte sich Matthew ... sagtet Ihr nicht, daß er Luc heißt? Dann kennt Ihr ihn? Ich wußte nicht ... er sagte, ich hätte seinen Herrn getötet, den er sehr liebte, und er würde mir nach Bangor und nach Caergybi und sogar nach Dublin folgen, falls ich überhaupt an Bord eines Schiffes käme, ohne das Kreuz abzulegen oder Schuhe anzuziehen. Und am Ende würde er mich bekommen. Jetzt hat er mich bekommen — aber warum hat er sich abgewendet und mich verschont?« Die letzten Worte sprach er verständnislos und verwundert.

»Er fand Euch nicht des Tötens wert«, erwiderte Cadfael so sanft und nachsichtig er konnte, ohne die Wahrheit zu verschleiern. »Jetzt geht er verzweifelt und beschämt davon, weil er soviel Zeit auf Euch verwendet hat, die er besser hätte nutzen können. Es ist eine Frage der Werte. Lernt, was einen Wert besitzt und was nicht, und vielleicht werdet Ihr ihn eines Tages verstehen.«

»Ich bin schon zu Lebzeiten tot«, sagte Ciaran und wand sich. »Ich habe keinen Herrn, keine Freunde, keine Aufgabe...«

»Alle drei Dinge werdet Ihr finden, wenn Ihr danach sucht. Geht dorthin, wo Ihr hingeschickt worden seid und tragt die Bürde, die Ihr tragen müßt und sucht nach Eurer Aufgabe«, entgegnete Cadfael. »Denn das müssen wir alle tun.«

Er wandte sich seufzend ab. Man konnte nicht wissen, was gute Worte oder die Lektionen des Lebens bewirkten, man konnte nicht sagen, ob sich neben Ciarans Verzweiflung auch Reue rührte, oder ob seine Gefühle nur ihm selbst galten. Cadfael war plötzlich sehr müde. Er sah Hugh mit einem etwas schiefen Lächeln an. »Ich wünschte, ich wäre daheim. Was nun, Hugh? Sollen wir aufbrechen?«

Hugh starrte den geständigen Mörder stirnrunzelnd an. Der junge Mann lag wie eine Schlange mit gebrochenem Rückgrat im Gras, unterwürfig, in Tränen aufgelöst und leicht verletzt. Ein erbärmlicher Anblick, wenn auch Mitleid nicht angebracht schien. Und doch, er war höchstens fünfundzwanzig Jahre alt, von gutem Wuchs, gut gekleidet und kräftig, und die Fortsetzung seiner Reise mochte schmerzhaft und mühselig sein, aber sie ging nicht über seine Kräfte, und er hatte immer noch den Ring seines Bischofs, der ihm überall half, wo das Gesetz noch galt. Die drei Banditen, die inzwischen gefesselt und bewacht waren, würden ihn nicht mehr aufhalten. Ciaran würde sicher das Ziel seiner Reise erreichen, wie lange es auch dauern würde. Nicht das Reiseziel, das er in seiner falschen Geschichte genannt hatte; er würde nicht gesegnet in Aberdaron sterben und zwischen den Heiligen von Ynys Enlli begraben werden, sondern er würde zu seinem Geburtsort zurückkehren und ein neues Leben beginnen. Vielleicht würde er sich sogar verändern. Er würde sich wohl den ganzen Weg bis Caergybi, wo irische Schiffe anlegten, den harten Bedingungen unterwerfen; vielleicht sogar bis Dublin, vielleicht sogar bis ans Ende seines geschenkten Lebens. Wer konnte es wissen?

»Ihr könnt«, sagte Hugh, »Euch frei bewegen, wohin Ihr wollt. Ihr habt jetzt keine Räuber mehr zu fürchten, und die Grenze ist nicht weit. Was Ihr von Gott zu befürchten habt, sollt Ihr mit Gott ausmachen.«

Er drehte sich so entschlossen um, daß seine Männer sofort begriffen, daß alles vorbei war. Sie sammelten sich um die Gefangenen und die Pferde.

»Was ist mit den anderen beiden?« fragte Hugh.

»Sollte ich nicht einen Mann auf der Straße zurücklassen, der für Luc ein überzähliges Pferd bereithält? Er ist Ciaran zu Fuß gefolgt, aber es ist nicht nötig, daß er zu Fuß zurückkehrt. Oder sollte ich einige Männer hinterherschicken?«

»Das ist nicht nötig«, erwiderte Cadfael bestimmt. »Olivier kommt schon allein zurecht. Sie werden zusammen zurückkehren.«

Er hatte keine Gewissensbisse, sondern entspannte sich, gewärmt und zufrieden. Das Übel, das er gefürchtet hatte, war abgewendet, wenn auch um Haaresbreite und um einen hohen Preis. Olivier würde seinem Abtrünnigen folgen und ihn mitbringen oder ihm weiter folgen, wenn er verschwinden wollte, zornig und aufgelöst wie er war, nachdem ihm das Lebensziel, das er so verbissen verfolgt hatte, genommen war und ihm nur eine schmerzende Leere blieb, wo einst brennende Leidenschaft gewesen war. Olivier würde in dieser Leere den Sieg davontragen und das gequälte Herz erwärmen, bis es für eine andere Liebe bereit war. Er sollte eine tröstende Nachricht von Juliana Bossard bekommen, denn ihm wurden ein Heim und ein herzliches Willkommen versprochen. Es gab eine Zukunft. Wie hatte Matthew-Luc seine Zukunft gesehen, als er in der Abtei seine Börse bis auf die letzte Münze leerte, bevor er die Verfolgung seines Feindes aufnahm? Gewiß hatte er sich vorgestellt, daß die Person, die er bisher gewesen war, ihr Ende finden würde, und weiter konnte er nicht sehen. Nun war er wieder jung, er hatte noch das ganze Leben vor sich und brauchte nur ein wenig Zeit, um wieder zu sich zu kommen.

Olivier würde ihn zur Abtei zurückbringen, wenn die schlimmste Verzweiflung vorbei war. Denn Olivier hatte versprochen, nicht abzureisen, ohne einige Stunden mit Cadfael verbracht zu haben, und auf Oliviers Versprechungen konnte man sich beruhigt verlassen.

Und der andere ... Cadfael drehte sich noch einmal im Sattel um, nachdem er aufgestiegen war. Er warf einen letzten Blick auf Ciaran, der auf den Knien unter dem Baum hockte, wie sie ihn zurückgelassen hatten. Sein Gesicht war in ihre Richtung gewandt, aber seine Augen waren geschlossen, und er preßte die Hände an die Brust. Vielleicht betete er, vielleicht spürte er auch nur in jeder Faser seines Fleisches das Leben, das ihm geschenkt worden war. Wenn wir alle fort sind, dachte Cadfael, wird er einschlafen, wo er liegt. Er kann nicht mehr, denn er ist in einem Zustand, der sogar jenseits aller Erschöpfung ist. Er wird einschlafen, wo er hätte sterben sollen. Aber wenn er aufwacht, wird er gewiß verstehen, daß er wiedergeboren ist.

Der langsamere Geleitzug, der die Gefangenen in die Stadt bringen sollte, begann sich zu sammeln, die Fesseln wurden überprüft, und die Fackelträger überquerten die Lichtung, um aufzusitzen. Die flackernden Lichter entfernten sich von der knienden Gestalt, und die Dunkelheit senkte sich über Ciaran, als wäre er vom Stamm der Buche verschluckt worden.

Hugh führte sie auf die Straße zurück und nahm die Richtung zur Stadt. »Oh, Hugh, ich werde alt!« sagte Cadfael mit einem gewaltigen Gähnen. »Ich will ins Bett.«

Es war schon nach Mitternacht, als sie durchs Torhaus in den großen, bleich im Mondlicht liegenden Hof einritten. In der Kirche hörten sie den Gesang der Frühmette. Sie hatten sich auf dem Rückweg nicht beeilt und kaum gesprochen; sie waren es zufrieden gewesen, wie schon manch anderes Mal, zusammen durch eine Sommernacht oder einen Wintertag zu reiten. Es würde noch eine weitere Stunde dauern, bis Hughs Offiziere die Gefangenen in der Burg von Shrewsbury untergebracht hatten, denn sie mußten sich der Geschwindigkeit der unberittenen Räuber anpassen. Aber Simeon Poer und seine Kumpane würden noch vor dem Morgengrauen sicher hinter Schloß und Riegel sitzen.

»Ich werde warten, bis die Laudes vorbei sind,« sagte Hugh, als sie am Torhaus von den Pferden stiegen. »Der Vater Abt wird wissen wollen, was geschehen ist. Allerdings hoffe ich, daß er nicht darauf bestehen wird, noch heute nacht die ganze Geschichte zu hören.«

»Dann kommt mit mir in die Ställe«, erwiderte Cadfael. »Ich will dafür sorgen, daß dieser treue Geselle abgesattelt und versorgt wird, solange meine Brüder noch in der Kirche sind. Ich habe gelernt, immer erst für mein Tier zu sorgen, ehe ich mich selbst ausruhe. Was man einmal gelernt hat, vergißt man sein Leben lang nicht mehr.«

Das Mondlicht war hell genug, um die Ställe ausreichend zu beleuchten. Die nächtliche Stille und die ruhige Luft trugen jeden Ton des Gottesdienstes leise und klar herüber. Cadfael sattelte sein Pferd ab und brachte es in den Verschlag. Er versorgte es mit Futter und legte ihm eine leichte Decke über den Rücken, damit es sich nicht erkältete; es waren Pflichten, die er jetzt nur noch selten erledigen durfte. Sie erinnerten ihn an andere Pferde und andere Reisen, an Schlachten, die weniger glücklich ausgegangen waren als das kleine aber verzweifelte Gefecht, das gerade gewonnen und verloren worden war.

Hugh stand mit dem Rücken zum großen Hof und hatte den Kopf schräg gelegt, um zu lauschen. Doch es waren nicht die Geräusche näherkommender Schritte, die ihn plötzlich herumfahren ließen, sondern der schlanke Schatten, der vor seinen Füßen auf das mondbeschienene Pflaster fiel. Melangell stand im Torbogen des Hofes, erschreckt und erschreckend, vom bleichen Mondlicht mit einem Heiligenschein versehen.

»Kind«, sagte Cadfael besorgt, »warum seid Ihr um diese Zeit nicht im Bett?«

»Wie könnte ich Ruhe finden?« erwiderte sie; doch es war keine Klage. »Niemand vermißt mich, alle schlafen.« Sie stand still und aufrecht, als hätte sie die langen Stunden, seit er aufgebrochen war, damit verbracht, jede Erinnerung an das tränenüberströmte, verzweifelte Mädchen, das die Einsamkeit seiner Hütte gesucht hatte, zu tilgen. Ihr üppiges Haar war zu einem

Zopf geflochten und hochgesteckt, ihr Kleid war ordentlich und ihr Gesicht gefaßt, als sie fragte: »Habt Ihr ihn gefunden?«

Als Mädchen hatte er sie verlassen, als Frau traf er sie wieder. »Ja«, erwiderte Cadfael, »wir haben beide gefunden. Keinem der beiden ist etwas zugestoßen. Sie haben sich getrennt. Ciaran reist alleine weiter.«

»Und Matthew?« fragte sie ruhig.

»Matthew ist bei einem guten Freund. Ihm wird nichts geschehen. Wir sind vor ihnen aufgebrochen, aber sie werden kommen.« Sie würde lernen müssen, ihn bei einem anderen Namen zu rufen, aber das sollte er ihr selbst erklären. Die Zukunft für sie und Luc Meverel würde nicht ganz einfach werden; zwei Menschen, die sich unter recht seltsamen Umständen gefunden hatten. Aber vielleicht hatte St. Winifred auch hier ihre Hand im Spiel? In dieser Nacht war Cadfael bereit, zu glauben und darauf zu vertrauen, daß die Heilige alles zu einem guten Ende bringen würde. »Er wird zurückkommen«, erklärte Cadfael, ihren offenen Blick erwidernd, in dem keine Spur von Tränen mehr zu entdecken war. »Ihr braucht keine Angst zu haben. Aber er hat große Aufregungen hinter sich, und er braucht Eure ganze Geduld und Klugheit. Fordert nichts von ihm. Wenn der richtige Augenblick gekommen ist, wird er Euch alles erklären. Macht ihm keine Vorwürfe –«

»Gott verhüte«, sagte sie, »daß ich ihm jemals einen Vorwurf machen werde. Ich habe mich schuldig gemacht.«

»Nein; wie könnt Ihr das wissen? Aber wundert Euch über nichts, wenn er kommt. Seid wie jemand, der durstig ist und trinkt. Er wird genauso sein.«

Sie hatte sich zu ihm hingewendet, und das Mondlicht streichelte bleich ihr Gesicht, als wäre in ihr eine Lampe entzündet worden. »Ich werde warten«, sagte sie.

»Geht nun und schlaft, denn das Warten kann länger dauern, als Ihr glaubt. Er ist sehr erschöpft. Aber er wird kommen.«

Aber sie schüttelte den Kopf. »Ich will wachen, bis er kommt«, erwiderte sie, und plötzlich lächelte sie ihn an, bleich und glänzend wie eine Perle. Dann drehte sie sich abrupt um und ging rasch und schweigend zum Kreuzgang.

»Ist das das Mädchen, von dem Ihr gesprochen habt?« fragte Hugh, der ihr stirnrunzelnd und interessiert nachsah. »Die Schwester des lahmen Jungen? Das Mädchen, das der junge Mann liebt?«

»Ja, das ist sie«, sagte Cadfael, während er die untere Hälfte der Stalltür schloß.

»Die Nichte der Weberin?«

»Ja, genau die. Mittellos und von einfacher Herkunft«, erklärte Cadfael freimütig. »Nun, ich bin selbst von einfacher Herkunft. Ich bezweifle, daß ein Junge, der zerrissen und wieder zusammengesetzt wurde, wie es Luc heute Nacht geschehen ist, sich über solche Kleinigkeiten Gedanken macht. Allerdings möchte ich wetten, daß andere es tun werden! Ich hoffe, die Dame Juliana hat noch keine Heiratspläne für ihn – etwa eine Erbin von einem Nachbargut –, denn ich denke, die Dinge zwischen den beiden sind so weit gediehen, daß sie ihre Pläne ändern muß. Ein Anwesen oder ein Handwerk – wo liegt der Unterschied, wenn man stolz darauf ist und es gut beherrscht?«

»Eure einfache Herkunft«, erwiderte Hugh munter, »hat einen recht ungewöhnlichen Sprößling hervorgebracht! Und ich muß zugeben, daß diese junge Dame einem Rittersaal größere Ehre machen würde als manche adlige Dame, die ich gesehen habe. Aber hört, der Gottesdienst ist vorbei. Wir wollen unsere Aufwartung machen.«

Abt Radulfus kam wie immer mit festem, unerschütterlichen Schritt aus der Frühmette und den Laudes und begrüßte die beiden Männer, die ihn vor dem Kreuzgang erwarteten. Auf den Tag der Wunder war eine entsprechend prächtige Nacht gefolgt, funkelnd vor Sternen und in bleiches Mondlicht getaucht. Als der Abt aus der Dunkelheit in diese Lichtfülle trat, sah er überdeutlich den Ernst und die Müdigkeit in den Gesichtern der beiden Männer, die auf ihn warteten.

»Ihr seid zurück!« sagte er und blickte an ihnen vorbei. »Aber nicht alle! Messire de Bretagne — Ihr sagtet, er sei einen falschen Weg geritten. Er ist noch nicht zurückgekommen. Habt Ihr ihn getroffen?«

»Ja, Ehrwürdiger Vater, wir haben ihn getroffen«, antwortete Hugh. »Ihm ist nichts zugestoßen, und er hat den jungen Mann gefunden, den er suchte. Sie werden bald zurückkommen.«

»Und das Übel, das Ihr befürchtet habt, Bruder Cadfael? Ihr spracht von einem weiteren Mord...«

»Ehrwürdiger Vater«, entgegnete Cadfael, »bis auf die vogelfreien Männer, die in den Wald geflohen waren, ist niemand zu Schaden gekommen. Die Räuber sind gefangen und werden unter Bewachung in die Burg geführt. Der Mord, den ich fürchtete, konnte verhindert werden, und in jenem Gebiet gibt es keine Gefahr mehr. Ich sagte, wenn die beiden jungen Männer überholt werden können, ist es sicher für einen von ihnen gut, vielleicht sogar für beide. Ehrwürdiger

Vater, sie wurden rechtzeitig eingeholt, und dies war gewiß für beide das Beste.«

»Doch bleibt da noch«, wandte Radulfus grübelnd ein, »der Blutfleck, den wir gesehen haben. Ihr sagtet — Ihr werdet Euch erinnern —, daß wir in der Tat einen Mörder bei uns beherbergt haben. Sagt Ihr dies noch immer?«

»Ja, Ehrwürdiger Vater. Aber es ist nicht, wie Ihr vermutet. Wenn Olivier de Bretagne und Luc Meverel zurück sind, kann alles erklärt werden, denn im Augenblick«, erklärte Cadfael, »gibt es noch einiges, was wir nicht wissen. Aber wir wissen, daß die Dinge, die heute nacht geschehen sind, das Beste sind, was wir hätten erbitten können, und wir haben gewiß Anlaß, ein Dankgebet zu sprechen.«

»Dann ist alles gut?«

»Ja, es ist alles gut, Ehrwürdiger Vater.«

»Dann kann der Rest bis zum Morgen warten. Ihr braucht Ruhe. Aber wollt Ihr nicht mit mir kommen und etwas essen und einen Becher Wein trinken, ehe Ihr schlaft?«

»Meine Frau wartet sicher schon besorgt auf mich«, sagte Hugh, sich höflich entschuldigend. »Euer Angebot ist sehr freundlich, Ehrwürdiger Vater, aber sie soll sich nicht länger ängstigen, als unbedingt notwendig ist.«

Der Abt betrachtete die beiden und drängte nicht weiter.

»Gott segne Euch dafür!« seufzte Cadfael, als er über den leicht abschüssigen Hof zum Torhaus ging, wo Hugh sein Pferd angebunden hatte. »Ich schlafe fast im Stehen ein, und nicht einmal ein guter Wein könnte mich wiederbeleben.«

Das Mondlicht war verblaßt und die Sonne noch

nicht aufgegangen, als Olivier de Bretagne und Luc Meverel langsam durch das Torhaus der Abtei in den Hof ritten. Sie wußten beide nicht mehr genau, wie lange sie durch die tiefe Nacht gewandert waren, denn sie waren beide Fremde in diesem Land. Selbst als Luc eingeholt und höflich angesprochen wurde, war er blind weitergelaufen; seine Hände hingen schlaff an den Seiten herab, und er hob sie höchstens einmal, um die Büsche zu teilen; er sprach kein Wort, er hörte nichts; nur ein winziger Teil in ihm bemerkte den ruhigen, unermüdlichen Verfolger, der ihm mitfühlend und unaufdringlich folgte. Als er endlich ins hohe Gras einer Wiese am Waldrand niedersank, band Olivier sein Pferd ein Stück entfernt fest und legte sich neben ihn, nicht zu nahe, aber doch so nahe, daß der Stumme wußte, daß er dort war und geduldig wartete. Nach Mitternacht war Luc eingeschlafen. Schlaf war sein dringendstes Bedürfnis. Er war des Antriebs beraubt, der ihn seit zwei Monaten am Leben hielt; ein toter Mann, der nur noch umging, weil er nicht sterben konnte. Schlaf war die Erlösung. Vielleicht konnte er endlich wirklich sterben und sein Verlustgefühl und die Bitterkeit vergessen, die schreckliche Leidenschaft, die ihn angetrieben hatte, den gräßlichen Kummer um seinen Herrn, der in seinen Armen, an seiner Schulter, an seinem Herzen gestorben war. Der Blutfleck, der sich nicht herauswaschen ließ, egal, wie lange er scheuerte, war sein Zeuge. Er hatte ihn im Hemd gelassen, um seinen Haß zur Weißglut anzufachen. Jetzt aber, im Schlaf, war er von allem befreit.

Er war von den frühesten Vögeln geweckt worden, die in der Stille vor der Dämmerung noch zögernd sangen. Er öffnete die Augen und sah in ein Gesicht, das sich über ihn beugte, ein Gesicht, das er nicht kannte, das er aber kennenlernen wollte, denn es blickte lebhaft, freundlich und ruhig und wartete höflich, bis er zu sich gekommen war. »Habe ich ihn getötet?« fragte Luc; irgendwie wußte er, daß der Mann, zu dem dieses Gesicht gehörte, die Antwort kannte.

»Nein«, sagte er ernst und leise. »Das war nicht nötig. Aber für Euch ist er tot. Ihr könnt ihn jetzt vergessen.«

Das verstand er nicht, aber er nahm es hin. Er setzte sich im kühlen, reifen Gras auf, und seine Sinne begannen sich wieder zu regen. Er nahm entfernt wahr, daß die Erde süßlich roch, daß im Himmel über ihm verblassende Sterne hingen, die wie verstreute Funken durch die Äste der Bäume lugten. Er starrte Olivier fragend an, und Olivier erwiderte den Blick mit einem leichten, ernsten Lächeln und schwieg.

»Kenne ich Euch?« fragte Luc schließlich verwundert.

»Nein, aber Ihr werdet mich kennenlernen. Mein Name ist Olivier de Bretagne. Ich stehe genau wie Euer Herr in den Diensten von Laurence d'Angers. Ich kannte Rainald Bossard gut, er war sogar mein Freund, denn wir kamen in Laurence' Gefolge aus dem Heiligen Land zurück. Ich bin gekommen, um Luc Meverel, und das ist zweifellos Euer Name, eine Botschaft zu überbringen.«

»Eine Botschaft für mich?« Luc schüttelte den Kopf.

»Von Eurer Verwandten und Herrin Juliana Bossard. Die Botschaft lautet so: Sie bittet Euch, nach Hause zu kommen, denn sie braucht Euch, und es gibt niemand, der Euren Platz einnehmen könnte.«

Er fühlte sich immer noch betäubt und leer, und es fiel ihm schwer, den Worten zu glauben; aber er hatte kein Ziel mehr, er wußte nichts mehr, das er aus eigenem Willen tun konnte, und so fügte er sich gleichgültig in Oliviers Forderungen. »Wir sollten zur Abtei zurückkehren«, sagte Olivier und brachte damit zunächst das Naheliegende zur Sprache. Er erhob sich, und Luc reagierte sofort und stand ebenfalls auf. »Ihr nehmt das Pferd, ich kann laufen«, sagte Olivier, und wieder gehorchte Luc. Es war, als ließe sich ein einfältiger Mensch sanft an der Hand führen.

Nach einer Weile fanden sie den alten Römerweg und die beiden Pferde, die Hugh zurückgelassen hatte. Der Bursche, der sie bewachte, schlief selig neben ihnen im Gras. Olivier übernahm wieder sein eigenes Pferd, und Luc stieg mühelos und mit geübten Bewegungen auf das ausgeruhte Tier; endlich erwachten seine Instinkte wieder. Der gähnende Bursche führte sie, da er den Weg gut kannte. Erst als sie schon die Hälfte des Rückwegs zum Meole-Bach und der schmalen Brücke zurückgelegt hatten, ergriff Luc von sich aus das Wort.

»Ihr sagtet, sie will, daß ich zurückkomme«, fragte er unvermittelt, und in seiner Stimme mischten sich Schmerz und Hoffnung. »Ist das wahr? Ich verließ sie ohne Nachricht, denn was hätte ich tun sollen? Aber was denkt sie jetzt von mir?«

»Nun, sie denkt, daß Ihr Eure Gründe hattet, sie zu verlassen, genau wie sie ihre Gründe hat, Euch wieder bei sich haben zu wollen. Ich habe auf ihren Wunsch in halb England nach Euch gefragt. Was wollt Ihr noch?«

»Ich habe nicht gedacht, daß ich zurückkehren könnte«, erwiderte Luc, der verwundert und zweifelnd die lange, lange Straße anstarrte.

Nein, nicht einmal nach Shrewsbury, und erst recht nicht nach Hause in den Süden. Und doch ritt er nun im kühlen, morgendlichen Zwielicht eine Weile vor der Prim neben dem jungen Fremden über die Holzbrücke, die den Meole-Bach überspannte, statt durch den wasserarmen Strom ins Erbsenfeld zu waten und den Weg zu nehmen, auf dem er die Enklave verlassen hatte. Sie bogen auf die Hauptstraße ein, es ging an der Mühle und dem Mühlteich vorbei und zum Torhaus in den großen Hof hinein. Dort stiegen sie ab, und der Bursche machte sich mit den beiden Pferden sofort auf den Weg zur Stadt.

Luc sah sich benommen um, immer noch verwirrt von den unvertrauten Eindrücken, als wären seine Sinne noch benebelt und schwerfällig, nachdem er so mühsam ins Leben zurückgekommen war.

Um diese Stunde war der Hof leer. Nein, nicht ganz. Auf der Steintreppe, die zum Gästehaus hinaufführte, saß jemand allein und sehr ruhig, das Gesicht zum Tor gewendet. Als sein Blick auf sie fiel, stand sie auf und stieg die breite Treppe hinunter und kam mit raschen, federnden Schritten auf ihn zu. Da erkannte er Melangell.

Wenigstens an ihr war nichts Unvertrautes. Ihr Anblick schenkte sogar der Steinwand in ihrem Rücken und dem Pflaster unter ihren Füßen Farbe und Form und Wirklichkeit. Trotz des zartgrauen Zwielichts konnte er den Umriß ihres Kopfes und ihrer Hände und ihr helles Haar erkennen. Das Leben strömte wie ein schmerzhafter Stoß in Luc zurück wie das Gefühl in eine betäubte Wunde. Sie kam ihm mit erhobenem Gesicht und ausgestreckten Armen entgegen und lächelte ganz leicht mit Augen und Lippen. Und dann, als sie ein paar Schritte vor ihm zögerte, sah er den dunklen Bluterguß, der ihre Wange entstellte.

Der Fleck erschütterte ihn. Er krümmte sich vor Scham und Kummer und stolperte blind in ihre Arme, die ihn freudig aufnahmen. Er sank auf die Knie, legte die Arme um sie und barg sein Gesicht an ihrer Brust, dann begann er, haltlos zu weinen, so spontan und so heilsam wie St. Winifreds Wunderquelle.

Als sie sich später im Sprechzimmer des Abtes versammelten — Abt, Prior, Bruder Cadfael, Hugh Beringar, Olivier und Luc —, hatte er seine Stimme und sein Gesicht wieder in der Gewalt und konnte alles richtigstellen, was an Rainald Bossards Tod und den darauf folgenden Ereignissen noch zweifelhaft war.

»Ich habe Euch unwissentlich getäuscht, Ehrwürdiger Vater«, sagte Cadfael. Er bezog sich auf das Gespräch, nach dem er so hastig aufgebrochen war. »Als Ihr fragtet, ob wir, ohne es zu wissen, einen Mörder beherbergt hätten, antwortete ich Euch, daß ich das in der Tat glaubte, daß wir aber noch Zeit hätten, einen zweiten Mord zu verhindern. Mir ist erst später klargeworden, wie Ihr dies verstehen mußtet, nachdem wir gerade das blutbefleckte Hemd gesehen hatten. Aber Ihr müßt wissen, daß ein Mann, der einen anderen ersticht, das Blut auf Ärmel oder Kragen bekommen kann, aber keinen so großen Fleck auf Brust und Schulter über dem Herzen. Nein, dies war eher ein Hinweis darauf, daß der Träger des Hemdes einen Verletzten, einen tödlich Verletzten in den Armen gehalten hat. Und der Mörder hätte das blutbefleckte Hemd nach der Tat gewiß nicht behalten, sondern er hätte es verbrannt oder vergraben oder sonst irgendwie beseitigt. Aber dieses Hemd, wenn es auch sorgfältig gewaschen worden ist, trug noch deutlich den Umriß des Flecks, und es wurde als heiliges Relikt mitgenommen, vielleicht als Mahnung, Rache zu üben. So wußte ich, daß Luc, den wir als Matthew kannten und in dessen Beutel der Talisman gefunden wurde, nicht der Mörder war. Aber als ich mich an all die Worte erinnerte, die ich die beiden jungen Männer hatte sprechen hören, an all die Beweise ergebener Zuwendung, die der eine dem anderen erwies, sah ich plötzlich das Paar umgekehrt vor mir; ich sah es als Verfolgung. Und ich fürchtete, daß sie mit einem Tod enden würde.« Der Abt sah Luc an und fragte knapp: »Ist das richtig vermutet?«

»Das ist es, Ehrwürdiger Vater.« Luc erklärte unmißverständlich, wie sich seine Besessenheit entwickelt hatte, als hätte er sie gerade erst entdeckt und könnte sie nur verstehen, wenn er darüber sprach. »Ich war an jenem Abend bei meinem Herrn, es war in der Nähe des alten Münsters. Plötzlich fielen vier oder fünf Männer über den Schreiber her, und mein Herr rannte los, wir hinterher, um sie abzuwehren. Und sie flohen, aber einer machte kehrt und stach. Ich sah die Tat, und sie wurde in voller Absicht begangen! Ich hielt meinen Herrn in den Armen – er war gut zu mir gewesen, und ich liebte ihn«, sagte Luc grimmig, doch beherrscht und mit brennenden Augen, als die Erinnerungen kamen. »Er war nach wenigen Augenblicken tot ... und ich hatte gesehen, wohin der Mörder floh; er verschwand im Durchgang hinter dem Kapitelhaus. Ich ging ihm nach und hörte Stimmen in der Sakristei – Bischof Henry war nach dem Ende des Konzils aus dem Kapitelhaus gekommen, und dort hatte Ciaran ihn gefunden. Er fiel vor ihm auf die Knie und sprudelte alles heraus. Ich lauschte in meinem Versteck und hörte jedes Wort. Ich glaube, er hoffte auf ein lobendes Wort«, sagte Luc bitter.

»Ist das möglich?« warf Prior Robert tief erschüttert ein. »Bischof Henry konnte doch nicht eine so üble Tat gutheißen oder billigen.«

»Nein, er billigte sie nicht. Aber er wollte auch keinen so vertrauten Diener als Mörder ausliefern. Er wollte ihn bestraft sehen«, erklärte Luc voller Abscheu, »aber er wollte weiteren Streit verhindern und alles verschleiern, was den Erfolg der Kaiserin und den Frieden, den er schließen wollte, gefährden konnte. Aber einen Mord decken — nein, das wollte er nicht. Ich hörte das Urteil, das er über Ciaran sprach — wenn ich da auch noch nicht wußte, wer er war oder daß er Ciaran hieß. Der Bischof verbannte ihn für immer in seine Heimat, nach Dublin, und verurteilte ihn dazu, jeden Schritt bis nach Bangor und zum Schiff in Caergybi barfuß zu tun und ein schweres Kreuz zu tragen. Und wenn er je Schuhe anzog oder das Kreuz vom Hals nahm, sollte sein Leben verwirkt sein, und jeder, der wollte, konnte ihn ohne Vorwurf oder Strafe töten. Aber Ihr müßt wissen«, ergänzte Luc, der erbarmungslos in seinem Urteil war, »daß der Bischof nicht ehrlich spielte. Denn er gab ihm nicht nur den Ring, der ihm den Schutz der Kirche bis Bangor sicherte, sondern ließ auch kein Wort von dieser Schuld und diesem Spruch verlauten. Wie sollte Ciaran also je Gefahr laufen, sein Leben zu verlieren? Die beiden wären allein gewesen, wenn Gott nicht dafür gesorgt hätte, daß ein Zeuge den Urteilsspruch hörte und es auf sich nahm, die erforderliche Rache zu üben.«

»Und das wart Ihr«, warf der Abt ruhig ein. Er enthielt sich jeder Bewertung.

»Das war ich, Ehrwürdiger Vater. Denn als Ciaran schwor, die auferlegten Bedingungen zu erfüllen, schwor ich einen ebenso feierlichen Eid, ihm durch das ganze Land zu folgen und sein Leben als Rache für meinen Herrn zu nehmen, wenn er je gegen die Bedingungen verstoßen sollte.«

»Und woher wußtet Ihr«, fragte Radulfus mit unverändert freundlicher Stimme, »welchen Mann Ihr zu Tode jagen mußtet? Denn Ihr hattet sein Gesicht nicht deutlich gesehen und kanntet auch seinen Namen nicht.«

»Ich wußte, in welche Richtung er reiste und wann er aufgebrochen war. Ich wartete an der Straße auf einen Mann, der barfuß gen Norden ging – und es mußte einer sein, der nicht daran gewöhnt war, barfuß zu laufen und der gut gekleidet war«, erklärte Luc mit einem kurzen, traurigen Lächeln. »Ich sah das Kreuz an seinem Hals, ich schloß mich ihm an und sagte ihm nicht, wer ich war, sondern was. Ich nahm einen anderen Namen an, damit auf meine Herrin oder ihr Haus kein Makel fiel. Ein Apostelname in Austausch für einen anderen! Schritt für Schritt folgte ich ihm bis hierher und ließ ihn Tag und Nacht nicht aus den Augen und ließ ihn nie vergessen, daß ich ihm den Tod bringen würde. Er konnte nicht um Hilfe bitten und sich von mir befreien, denn ich konnte ihm leicht die Pilgerverkleidung abreißen und zeigen, wer er wirklich war. Und ich konnte ihn nicht anzeigen – teils aus Furcht vor Bischof Henry und teils, weil ich keinen weiteren Streit zwischen den Parteien wollte. Mir ging es nur um die Rache zwischen zwei Männern. Hauptsächlich aber, weil er mein war, mein, und weil ich nicht wollte, daß mir ein anderer Rächer oder eine Gefahr zuvorkam. So blieben wir zusammen. Er versuchte, mir zu entkommen, aber er war kurzatmig und schwach und nach so vielen Meilen im Gehen behindert, und ich blieb bei ihm und wartete.«

Er blickte plötzlich auf und bemerkte den mitfühlenden, ruhigen Blick des Abtes. Er riß die dunklen, klaren Augen auf. »Ich weiß, daß es nicht schön war.

Aber auch ein Mord ist nicht schön. Und dieser Makel trifft nur mich – mein Herr ging makellos ins Grab, nachdem er einen Gegner verteidigt hatte.«

Olivier, der bisher geschwiegen hatte, sagte: »*Und das habt Ihr auch getan!*«

Das Grab, dachte Cadfael während der Messe, war Luc verschlossen geblieben, aber der ausgestreckte Arm, der seinen Gegner vor den drei Räubern schützte, durfte nie vergessen werden. Er hatte sich zurückgehalten und ihm das Leben geschenkt. Er war jung und trug keine Schuld, und nach einer Art von Tod lebte er nun wieder. Ja, Olivier hatte die Wahrheit gesagt. Er hatte sein Leben riskiert und den Gegner verteidigt, und so blieb zwischen Luc und seinem Herrn nichts weiter zurück als der unglückliche, der sinnlose und zufällige Tod selbst.

Er erinnerte sich auch, während er in seine Gebete vertieft war, daß die wenigen Tage, in denen St. Winifred ihre Gunst gezeigt hatte, indem sie die verwirrten Lebensfäden eines halben Dutzends Menschen in Shrewsbury entwirrte, zugleich die Tage waren, in denen sich das Schicksal aller Engländer entschied, vielleicht nur mit weniger Mitgefühl und Weisheit. Denn inzwischen war wohl schon der Tag für die Krönung der Kaiserin festgelegt, und vielleicht war ihr sogar schon die Krone aufs Haupt gesetzt worden. Zweifellos hatten Gott und die Heiligen auch dies bedacht.

Matthew-Luc bat kurz vor der Vesper noch einmal um eine Audienz beim Abt. Radulfus ließ ihn ohne Nachfrage hereinbitten und versuchte, als sie allein waren, sein Bedürfnis zu ergründen.

»Ehrwürdiger Vater, wollt Ihr mir die Beichte abnehmen? Denn ich brauche für den Eid, den ich brechen mußte, eine Absolution. Ich wünsche aufrichtig, mich von der Vergangenheit zu reinigen, ehe ich der Zukunft entgegensehe.«

»Das ist ein guter, kluger Wunsch«, erwiderte Radulfus. »Aber sagt mir eines — erbittet Ihr die Absolution, weil es Euch nicht gelungen ist, den Schwur einzuhalten?«

Luc, der schon niedergekniet war, hob den Kopf und erwiderte den Blick des Abtes offen und ohne Hintergedanken. »Nein, Ehrwürdiger Vater. Ich bitte um Absolution, weil ich den Schwur überhaupt tat. Auch im Kummer liegt manchmal Überheblichkeit.«

»Dann habt Ihr begriffen, mein Sohn, daß Sühne allein die Angelegenheit Gottes ist?«

»Mehr als das, Vater«, entgegnete Luc. »Ich habe gelernt, daß die Sühne bei Gott in guten Händen ist. Wie groß auch die Verzögerung sein mag und auf welch seltsamem Wege sie kommt; es ist gewiß, daß nichts ungesühnt bleibt.«

Und als es getan war, als er mit gefaßter Stimme und langen, nachdenklichen Pausen jeden Funken von Rachsucht, Bitterkeit und Ungeduld, der noch an ihm nagte, aus seinem Herzen verbannt hatte, stand er mit einem gewaltigen Seufzer auf und hob sein geklärtes, erleichtertes und entschlossenes Gesicht.

»Und nun, Ehrwürdiger Vater, wenn ich Euch um eine letzte Gunst bitten darf, möchte ich den Wunsch äußern, daß Eure Priester mich mit einer Frau verbinden, bevor ich aufbreche. Hier, wo ich gereinigt und erneuert wurde, sollen auch meine Liebe und mein Leben beginnen.«

Am nächsten Morgen, es war der vierundzwanzigste Tag im Juni, begann die Abreise mit einiger Unruhe. Was man besaß, wurde eingepackt, Lebensmittel und Getränke wurden für die Reise eingekauft und verstaut, man nahm von neuen Freunden Abschied und fand sich zu Reisegesellschaften zusammen. Zweifellos wußte die Heilige ihren guten Ruf zu wahren und würde dafür sorgen, daß die Junisonne strahlte, bis ihre Anbeter sicher daheim waren und eine wundersame Geschichte erzählen konnten. Die meisten wußten zwar nur die Hälfte, aber auch die war schon wunderbar genug.

Unter den ersten, die sich auf den Weg machten, war Bruder Adam aus Reading, der gemächlich aufbrach. Er würde heute nicht weiter als bis zum Tochterhaus von Reading in Leominster reisen, wo Briefe auf ihn warteten, die er seinem Abt mitbringen sollte. Er ging mit einer prallen Tasche voller Samen von Sorten, die es in seinem Garten noch nicht gab, und er grübelte mit seinem geschulten Verstand über die Wunderheilung, deren Zeuge er geworden war, und beleuchtete die Angelegenheit aus jedem theologischen Blickwinkel, um ihre volle Bedeutung zu ergründen, bis er in sein Kloster zurückkehrte. Es war ein höchst lehrreiches und erbauliches Fest gewesen.

»Ich wollte eigentlich heute nach Hause aufbrechen«, sagte Frau Weaver zu ihren neuen Freundinnen, zu Frau Glover und der Apothekerswitwe, mit denen sie während dieser denkwürdigen Tage eine starke mütterliche Allianz gebildet hatte, »aber nun ist soviel Betrieb, und ich weiß kaum, ob ich wache oder schlafe. Ich muß noch ein oder zwei Nächte bleiben. Wer hätte schon gedacht, daß so etwas herauskommen würde? Ich habe damals nur zu meinem Jungen gesagt, daß wir herkommen und unsere Gebete für die Heilige sprechen wollten und darauf vertrauen, daß sie uns hörte. Nun scheint es, als würde ich die beiden Kinder meiner armen Schwester verlieren; Rhun, Gott segne ihn, will unbedingt hierbleiben und die Kutte anlegen, denn er hat die Absicht, das gesegnete Mädchen, das ihn heilte, nie wieder zu verlassen. Und wirklich, es verwundert mich nicht, und ich will ihm auch keine Steine in den Weg legen, denn er ist viel zu gut für die böse Welt da draußen! Und nun kommt noch der junge Matthew – ach nein, wir müssen ihn wohl jetzt Luc nennen. Er ist von guter Abstammung, wenn auch aus einem armen, landlosen Seitenzweig der Familie, aber er wird schon beizeiten das eine oder andere Landgut bekommen, weil sich doch seine liebe Verwandte so um ihn kümmert...«

»Nun, und Ihr habt Euch um den Jungen und das Mädchen gekümmert«, warf die Apothekerswitwe freundlich ein, »und ihnen ein Dach über dem Kopf und ein Heim gegeben. Es ist nur gerecht, daß es so kommt.«

»Nun ja, Matthew, ich meine Luc, kam zu mir und bat mich um die Hand meines Mädchens, das war gestern abend, und als ich ehrlich antwortete, denn ich bin immer ehrlich, daß meine Melangell nur eine bescheidene Mitgift bekommt, obwohl ich ihr gebe, was ich entbehren kann, was sagte er da? Er meinte, daß er im Augenblick selbst keinen Heller besäße, sondern sogar die Großzügigkeit des jungen Herrn bemühen mußte, der ihn gesucht und gefunden hat; aber in Zukunft würde er gewiß etwas mehr Glück haben, und wenn nicht, dann hätte er immer noch zwei gesunde Hände und den festen Willen, für zwei den Lebensunterhalt zu verdienen. Vorausgesetzt, die zweite wäre mein Mädchen, meinte er, denn außer ihr gäbe es keine andere für ihn. Nun, was sollte ich da sagen? Ich sagte, Gott segne euch beide, und ich will bleiben, bis ihr verheiratet seid.«

»Es ist die Pflicht einer Frau«, sagte Frau Glover munter, »dafür zu sorgen, daß alles mit rechten Dingen zugeht, wenn sie einem jungen Mann ihr Mädchen zur Frau gibt. Aber Ihr werdet die beiden natürlich vermissen.«

»Allerdings«, stimmte Frau Alice zu, während sie ein paar Tränen vergoß. Sie weinte eher aus Stolz und Freude als aus Kummer, denn der Junge war nun fast selbst ein Heiliger, und das Mädchen würde bald verheiratet sein, so daß die beiden mit allem Segen und ruhigem Gewissen auf ihre neuen Lebenswege entlassen werden konnten. »Das werde ich! Aber sie nun beide dort zu sehen, wo sie sein wollen ... und sie sind gute Kinder. Es wird mir schwerfallen, daß sie nicht bei mir sein werden, wenn ich sie einmal brauche, wie sie mich gebraucht haben.« »Und sie werden morgen hier im Kloster heiraten?« fragte die Apothekerswitwe, die anscheinend überlegte, ob sie ihre Abreise nicht auch noch einen Tag hinausschieben konnte.

»Ganz recht, morgen früh vor dem Hochamt. Nun, dann muß ich wohl allein nach Hause reisen«, sagte Frau Alice, indem sie noch eine oder zwei stolze Tränen vergoß und den Abglanz des Ruhmes mit Anmut trug. »Aber übermorgen bricht eine größere Reisegruppe in den Süden auf. Ich werde mich ihr anschließen.«

»Ihr habt Eure Pflicht getan, meine Liebe«, erwiderte Frau Glover, während sie ihre Freundin in die dicken Arme schloß. »Wirklich, Ihr habt sie gut getan!«

Sie wurden von Bruder Paul in der Marienkapelle getraut. Bruder Paul war nicht nur Novizenmeister, sondern auch Beichtvater und hatte Rhun bereits unter seine Fittiche genommen und begonnen, ein väterliches Interesse an ihm zu entwickeln, so daß er nur zu gern bereit war, seine Zuneigung zu dem Jungen auch auf die Schwester auszudehnen. Außer der Familie und den Trauzeugen nahm niemand an der Trauung teil, und das Brautpaar trug nicht einmal Festkleidung, weil sie beide keine besaßen. Luc trug den bequemen, braunen Umhang und die Hose, in denen er draußen in den Feldern geschlafen hatte, und sein gewohntes verknittertes Hemd, das er allerdings gewaschen und geglättet hatte. Melangell war in ihrem selbstgewirkten, einfachen Kleid schön anzusehen. Sie hatte sich das dunkelgoldene Haar zu Zöpfen geflochten und trug es stolz als Krone auf dem Kopf. Beide waren bleich wie Lilien, strahlend wie Sterne und ernst wie das Grab.

Nach all den bedeutenden und bewegenden Ereignissen mußte das Alltagsleben doch weitergehen. Cadfael machte sich am Nachmittag recht zufrieden an die Arbeit. Das Gras auf der Wiese schoß ins Kraut, außerdem stand die Ernte unmittelbar bevor, und so mußte er sich auf zwei jahreszeitlich bedingte Krankheiten vorbereiten, mit denen in jedem Jahr zu rechnen war. Einige Menschen bekamen Ausschläge auf den Händen, wenn sie bei der Ernte halfen, andere begannen zu schniefen, zu schnaufen und zu niesen, und die Augen begannen zu tränen. Sie alle brauchten Lotionen zur Linderung.

Er zerquetschte gerade frische Sauerampfer- und Alraunenblätter mit einem Mörser, um ein Linderungsmittel zuzubereiten, als er leichte, weit ausgreifende Schritte auf dem Kiesweg näherkommen hörte. Dann trat eine Gestalt in die weit geöffnete Tür der Hütte und blieb zögernd stehen. Cadfael wandte sich zur Tür um, den Mörser vor der Brust und den grünfleckigen hölzernen Stößel in der Hand, und sah Olivier dort stehen. Der hochgewachsene junge Mann mußte sich bücken, um nicht gegen die herabhängenden Kräuterbüschel zu stoßen. Er fragte mit der sanften, zuversichtlichen Stimme eines Menschen, der die Antwort schon kennt: »Darf ich hereinkommen?«

Er war bereits in der Hütte und sah sich mit der unverhohlenen Neugierde eines Jungen lächelnd um, denn er war noch nie hier gewesen. »Ich weiß, ich habe mir viel Zeit gelassen, aber da bis zu Lucs Heirat noch zwei Tage Zeit blieben, wollte ich zuerst meinen Auftrag beim Sheriff von Stafford erledigen, da ich schon in der Nähe war, und dann zurückkommen. Ich kam gerade rechtzeitig zur Trauung zurück; ich hatte erwartet, Euch dort zu finden.«

»Ich wäre gern dabei gewesen, aber ich wurde nach St. Giles gerufen. Ein armer Bettler war am Vorabend mit wunden Stellen übersät dort angekommen, und man hatte Angst vor Anstreckung, aber es war nichts zu befürchten. Wenn er früher behandelt worden wäre, hätte man ihn leicht heilen können; nun wird er eine Woche im Hospital bleiben müssen. Unsere jungen Leute hier brauchten mich nicht; ich bin ein Teil von dem, was für sie jetzt vergessen und vorbei ist, und Ihr seid ein Teil von dem, was nun beginnt.«

»Melangell sagte mir, wo ich Euch finden könnte; man hat Euch vermißt. Und hier bin ich nun.«

»Und so willkommen wie das Tageslicht«, sagte Cadfael, indem er den Mörser beiseite stellte. Lange, wohlgeformte Hände faßten die seinen, und Olivier beugte den Kopf zum Begrüßungskuß, wie er sich damals zum Abschiedskuß in Bromfield heruntergebeugt hatte. »Kommt, setzt Euch und trinkt einen Becher Wein — er ist aus eigener Herstellung. Ihr wußtet also schon, daß die beiden heiraten würden?«

»Ich sah, wie die beiden sich begrüßten, als ich ihn herbrachte. Es gab keinen Zweifel, wie es enden würde. Und danach erzählte er mir von seiner Absicht. Wenn zwei sich einig sind und wissen, was sie wollen«, fuhr Olivier munter fort, »dann räumen sie jedes Hindernis aus dem Weg. Ich werde dafür sorgen, daß sie für die Heimreise ordentlich ausgestattet sind, denn ich muß einen Umweg machen.«

Wenn zwei sich einig sind und wissen, was sie wollen! Cadfael erinnerte sich an Vertraulichkeiten, die jetzt anderthalb Jahre zurücklagen. Er schenkte vorsichtig Wein ein, da seine Hand ein wenig unruhiger war als sonst, und setzte sich neben seinen Gast, und die jungen, breiten Schultern lagen fest und lebendig an seinen älteren, steifen. Das klare, schöne Profil war eine Augenweide. »Erzählt mir von Ermina«, forderte er den jungen Mann auf; und er kannte die Antwort schon, ehe Olivier sich mit plötzlichem, strahlenden Lächeln zu ihm umwandte.

»Wenn ich gewußt hätte, daß meine Reise mich zu Euch führt, dann hätte ich Euch von beiden gewiß viele Neuigkeiten übermitteln müssen. Von Yves — und von meiner Frau!«

»Aaaah!« schnaufte Cadfael tief und erleichtert. »Dann ist es gekommen, wie ich hoffte! Dann habt Ihr wahrgemacht, was Ihr mir sagtet, und Erminas Familie erkannte Euch an und gab sie Euch zur Frau.« Das waren zwei gewesen, die ebenfalls wußten, was sie wollten, und sie waren unbesiegbar gewesen. »Wann wurde die Ehe geschlossen?«

»Letztes Jahr zu Weihnachten in Gloucester. Sie ist gerade mit dem Jungen dort. Er ist Laurence' Erbe — er ist jetzt fünfzehn. Er wollte mit uns nach Winchester, aber Laurence wollte nicht, daß er in Gefahr geriete. Sie sind Gott sei Dank in Sicherheit. Wenn dieses Chaos je aufhört«, sagte Olivier feierlich, »dann will ich sie zu Euch bringen oder Euch zu ihr. Sie hat Euch nicht vergessen.«

»Und ich sie auch nicht, ich sie auch nicht! Und ebensowenig den Jungen. Er ist zweimal mit mir geritten und hat in meinen Armen geschlafen. Ich erinnere mich heute noch an seine Wärme und sein Gewicht. Ein guter Junge!«

»Er wäre Euch jetzt wohl etwas zu schwer«, sagte Olivier lachend. »Im vergangenen Jahr ist er aufgeschossen wie Gras; er wird bald größer sein als Ihr.«

»Ah, nun, ich beginne zu schrumpfen wie das Gras im Herbst. Und Ihr seid glücklich?« fragte Cadfael, den es nach noch mehr Glückseligkeit dürstete, als er bereits genossen hatte. »Sie und Ihr?«

»Mehr als ich mit Worten sagen kann«, erwiderte

Olivier gemessen. »Wie froh bin ich, Euch wiederzusehen und Euch dies berichten zu können. Erinnert Ihr Euch noch an das letzte Mal? Als ich mit Euch in Bromfield gewartet habe, um Ermina und Yves heimzubringen? Wie Ihr mir Karten auf den Boden gezeichnet habt, damit ich den richtigen Weg fände?«

Es gibt einen Punkt, an dem die Freude kaum noch erträglich ist. Cadfael stand auf, um die Weinbecher nachzufüllen, und wandte das Gesicht einen Augenblick von einem Strahlen ab, das beinahe zu strahlend war. »Ah, nun, wenn dies ein Wettstreit der Erinnerungen sein soll, dann werden wir bis zur Vesper damit beschäftigt sein, denn ich habe nicht die kleinste Kleinigkeit vergessen. Also laßt uns die Flasche in Reichweite stellen und uns gemütlich setzen.«

Doch bis zur Vesper war noch mehr als eine Stunde Zeit, als Hugh den Austausch der Erinnerungen abrupt unterbrach. Er stürmte eilig und aufgeregt herein und platzte fast vor Neuigkeiten. Doch er nahm sich mit dem Berichten Zeit, denn er wollte nicht offen über etwas frohlocken, das Olivier erschrecken und entsetzen mußte.

»Es gibt Neuigkeiten. Gerade ist ein Kurier aus Warwick gekommen, und die Nachricht macht die Runde, so schnell ein Pferd galoppieren kann.« Cadfael und sein Gast waren aufgesprungen und warteten gespannt auf die guten oder schlechten Neuigkeiten, doch Hughs Gesicht war nichts anzumerken. Es war ein Gesicht, das keine Geheimnisse verriet und das nun aus höflicher Rücksicht fest unter Kontrolle war. »Ich fürchte«, fuhr Hugh fort, »die Neuigkeiten werden Euch bei weitem nicht so gut gefallen wie mir.«

»Aus dem Süden...« begann Olivier gefaßt und leise. »Aus London? Von der Kaiserin?«

»Ja, aus London. An einem einzigen Tag hat sich das Blatt völlig gewendet. Es wird keine Krönung geben. Als man gestern beim Mittagessen in Westminster saß, läuteten die Londoner plötzlich die Sturmglocken – alle Glocken in der Stadt wurden geschlagen. Die ganze Stadt lief bewaffnet zusammen und marschierte gegen Westminster. Sie sind geflohen, Olivier, die Kaiserin und ihr ganzer Hofstaat, in den Kleidern, die sie gerade trugen, und fast alles andere ließen sie zurück. Die Städter haben den Palast geplündert und die Nachzügler fortgetrieben. Sie hat sich nicht bemüht, sie für sich zu gewinnen; nur Drohungen und Vorwürfe und Geldforderungen, seit sie die Stadt betrat. Sie hat sich die Krone entgehen lassen, weil sie es versäumt hat, die Höflichkeit einer Königin zu zeigen und einige versöhnliche Worte zu sprechen. Was Euch angeht«, ergänzte Hugh mit echtem Mitgefühl, »so tut es mir leid! Aber für mich ist es eine große Erleichterung.«

»Ich kann es Euch nicht verdenken«, sagte Olivier einfach. »Warum solltet Ihr Euch nicht freuen? Aber sie ... ist sie in Sicherheit? Hat man sie nicht gefangen genommen?«

»Nein; dem Boten zufolge ist sie wohlbehalten davongekommen, zusammen mit Robert von Gloucester und einigen anderen Getreuen. Die anderen aber haben sich, wie es scheint, verstreut und sind zu ihren Besitztümern zurückgekehrt, wo sie sich sicherer fühlen. So lautet die Botschaft, die ich erhielt, und sie ist kaum einen Tag alt. Die Stadt London wurde von Süden her schwer bedroht«, fuhr Hugh fort und minderte damit etwas das Gewicht des Versagens, das auf den Schultern der Kaiserin lastete, »denn König Stephens Königin hatte die Grenzen besetzt. Die einzige Möglichkeit, sich zu befreien, bestand darin, die Kaiserin zu vertreiben und die Königin einzulassen, und die Herzen waren fraglos auf ihrer Seite: die Königin ist ihnen von den beiden die liebere.«

»Ich wußte es«, sagte Olivier. »Sie war nicht klug – die Kaiserin Maud. Ich wußte, daß sie keinen Groll vergessen kann, und wenn es noch so wichtig gewesen wäre, Nachsicht zu zeigen. Ich habe oft gesehen, wie sie einem Mann, der unterwürfig zu ihr kam und seine Unterstützung anbot, die letzte Würde nahm ... sie versteht sich besser darauf, sich Feinde zu machen, als Freunde zu gewinnen. Umso mehr braucht sie die wenigen, die sie hat«, schloß er. »Wohin ist sie gegangen? Wußte es Euer Bote?«

»Nach Westen, nach Oxford. Sie wird die Stadt sicher erreichen. Die Londoner werden ihr nicht weit folgen, denn sie wollten sie nur aus der Stadt vertreiben.«

»Und der Bischof? Ist er mit ihr gegangen?« Das ganze Unternehmen hatte auf den Schultern des Bischofs geruht, und er hatte sich nach Kräften für sie eingesetzt; nicht mit allen Kräften, aber es hatte ihn einiges gekostet, und sie hatte alles zunichte gemacht. Stephen war in Bristol gefangen, aber noch war er das gekrönte Haupt Englands. Kein Wunder, daß Hughs Augen leuchteten.

»Vom Bischof habe ich nichts gehört. Aber er wird ihr gewiß nach Oxford folgen. Wenn nicht ...«

»Wenn er nicht abermals die Seite wechselt«, beendet Olivier den Satz für ihn. Er lachte. »Anscheinend muß ich Euch eiliger verlassen, als ich vermutet hatte«, sagte er bedauernd. »Der eine hat Glück, der andere Pech. Mit dem Schicksal kann man nicht hadern.«

»Was werdet Ihr tun?« fragte Hugh, der ihn beobachtete. »Ich glaube, Ihr wißt, daß Euch gehört, was Ihr von uns erbittet. Die Entscheidung liegt bei Euch. Eure Pferde sind ausgeruht; Eure Männer haben die Nachricht wohl noch nicht bekommen, aber sie erwarten Eure Befehle. Wenn Ihr Vorräte für die Reise braucht, dann nehmt Euch, was Ihr für nötig haltet. Wenn Ihr aber bleiben wollt...«

Olivier schüttelte den blauschwarzen Kopf, und die geschwungenen Haarsträhnen pendelten um seine Wangen. »Ich muß gehen. Nicht nach Norden, wohin ich geschickt worden bin. Was soll ich dort noch? Ich muß nach Süden, nach Oxford. Was immer sie sonst sein mag, sie ist die Lehnsherrin meines Lehnsherrn, und wo sie ist, da muß ich sein.« Sie blickten einander schweigend an. Dann sagte Hugh freundlich: »Um ehrlich zu sein, ich hätte nichts anderes von Euch erwartet.«

»Ich will gehen und meine Männer suchen, und wir müssen losreiten. Folgt Ihr mir zu Eurem Haus? Ich muß mich von Eurer Frau verabschieden.«

»Ich werde Euch folgen«, erwiderte Hugh.

Olivier wandte sich wortlos an Bruder Cadfael. Sein Ernst wurde einen Augenblick lang von einem kurzen, golden aufblitzenden Lächeln durchbrochen, das sofort wieder verschwand. »Bruder ... bedenkt mich in Euren Gebeten!« Er beugte seine glatte Wange abermals zum Abschiedskuß, und als der Ältere ihm den Kuß gab, umarmte er Cadfael heftig. »Bis zu einer besseren Zeit!«

»Gott schütze Euch!« sagte Cadfael.

Und dann ging er mit raschen Schritten über den Kiesweg und lief immer schneller, aber er war weder entmutigt noch niedergeschlagen, sondern für Niederlage oder Sieg bereit. An der Ecke der Buchsbaumhecke wandte er sich kurz um und sah zurück und winkte, bevor er endgültig verschwand.

»Ich wünschte bei Gott«, sagte Hugh, der ihm nachsah, »daß er auf unserer Seite wäre! Es ist seltsam, Cadfael! Ob Ihr es glaubt oder nicht, aber als er sich gerade umdrehte, glaubte ich, in ihm etwas von Euch zu sehen. Die Art, wie er den Kopf hielt vielleicht ...«

Auch Cadfael stand in der offenen Tür und blickte zur Hecke, hinter der das glänzende, blauschwarze Haar aufblitzte. Man konnte gerade noch die leichten Schritte auf dem Kies hören, dann wurde es still. »Oh, nein«, sagte er abwesend, »er ist ganz nach der Mutter geschlagen.«

Eine unbedachte Äußerung. Unbedacht, aus Geistesabwesenheit oder aus Absicht?

Das darauf folgende Schweigen störte ihn nicht; er blickte weiter zur Hecke, schüttelte leicht den Kopf, als er wieder das Bild sah, das er seit Jahren ständig vor sich sah, und das, mit Gottes und der Heiligen Hilfe, ein drittes Mal in Fleisch und Blut vor ihm stehen würde. Es wäre mehr, als er verdient hätte, aber Wunder werden nicht bemessen oder abgewogen, sondern sind unberechenbar wie Blitze.

»Ich erinnere mich«, sagte Hugh vorsichtig und bedächtigt, da er spürte, daß ihm die Spekulation gestattet war und er nur gehört hatte, was er hören sollte. »Ich erinnere mich, daß er von einem sprach, um dessentwillen ihm der Benediktinerorden besonders teuer ist ... von einem der ihn wie einen Sohn behandelte ...«

Cadfael regte sich, wandte den Kopf dem Freund zu und lächelte ihn an, als er dessen nachdenklichen Blick sah. »Ich wollte es Euch immer schon sagen«, erwiderte er ruhig. »Er weiß es nicht, und wird es von mir nie erfahren. Er *ist* mein Sohn.«